吉林大学诗选

贾玉亭 主编

吉林大学出版社

图书在版编目（CIP）数据

　　吉林大学诗选 / 贾玉亭主编 . -- 长春 ：吉林大学
出版社，2016.8
　　ISBN 978-7-5677-7485-8

　　Ⅰ . ①吉⋯ Ⅱ . ①贾⋯ Ⅲ . ①诗集－中国－当代
Ⅳ . ① I227

　　中国版本图书馆 CIP 数据核字（2016）第 210217 号

吉林大学诗选

贾玉亭　主编
责任编辑：张显吉　责任校对：张显吉　　　　内文排版：吉林省传家文化传媒有限公司
　　　　　　　　　　　　　　　　　　　　　封面设计：未氓

发　　　行：吉林大学出版社出版　　　　　　印　　　刷：北京市玖仁伟业印刷有限公司
开　　　本：787×1092　1/16　　　　　　　印　　　次：2016 年 08 月　第 1 版
印　　　张：33　　字数：930 千字　　　　　　　　　　　2016 年 08 月　第 1 次印刷
书　　　号：ISBN 978-7-5677-7485-8
定　　　价：88.00 元

社址：长春市明德路 501 号　　邮编：130021
发行部电话：0431-89580028/29
网址：http://www.jlup.com.cn
E-mail：jlup@mail.jlu.edu.cn

谨以此书献给母校七十华诞！

序言

欣喜古稀　桃李芬芳

刘中树

　　白山黑水，祖国北疆。吉林大学，卓然屹立。从 1946 年东北行政学院创立，1950 年更名为东北人民大学，到 1952 年全国高校调整后成为综合性大学，1958 年更名为吉林大学，1960 年被国家列为重点大学。之后的 2000 年，吉林大学、吉林工业大学、白求恩医科大学、长春科技大学、长春邮电学院五校合并，和 2004 年解放军军需大学合并进来，组建成规模庞大的新的——吉林大学。70 年历程，风雨兼程，弦歌不辍，科研与教学并重，为国家培养了一批又一批人才。

　　2016 年是吉林大学 70 周年校庆，抚今追昔，感慨良多。

　　我想到吕振羽同志。这位著名马克思主义史学的开拓者，早在上世纪 20 年代末就开始从事高等教育工作的教育家，于 1951 年 8 月被任命为我校校长兼党委书记。那正是学校从革命干部培训机构，向正规化大学转变的重要转折时期。吕校长带领全校师生员工，坚持正确的教育方针和办学理念，根据国家对人材培养的要求，适应建立正规高校的需要，在系科和机构设置等方面做了一系列调整，并进一步健全了各项规章制度。他来校的第二年，正值全国实行院系调整，吕校长抓住机遇，通过大量深入细致的工作，从北大、清华、燕京大学等著名高校聘请了一批专家学者来我校任教，极大地提高了师资水平；同时他强调学术研究在综合大学的重要性，打消了部分教师不敢搞科研的顾虑，从而涌现出一批优秀科研成果。他特别重视培养全面素质人才，在新中国教育史上率先提出"知、德、健、美"全面发展的人才观，充分体现了他教育思想的远见卓识。在管理上，他把分工合作的集体主义和"个人专责制"、"逐级责任制"、"相互保证的联系责任制"结合起来，形成极为有效的管理体制，使各方工作井然有序。从1951年8月到1955年7月短短四年里，吕校长呕心沥血、极富创造性的工作，给学校面貌带来巨大而深刻的变化。他不仅赢得全校师生的衷心爱戴，也赢得教育专家和社会各方一致赞誉。吕校长一直对吉林大学怀有深厚的感情，生前立有遗嘱，在我校捐资设立"吕振羽奖学金"，并把两万五千余册珍贵图书连同在北京的一套四合院住宅无偿捐赠给我校，体现出他对教育事业的支持和热爱，对吉林大学的深切情感、殷切期望。

1955年来吉林大学任党委第一书记、校长的著名教育家匡亚明同志，十分崇敬吕校长，高度评价吕校长"走进书斋就是学问家，走出书斋就是革命家"，自称是吕校长的"后继人"，办学方针与吕校长"志同道合"。他在吉林大学工作八年，以其革命的科学的先进的教育思想和实事求是、民主创新的办学实践，带领学校党政领导班子和全校师生，艰苦奋斗，推动了吉林大学的腾飞。1960年吉林大学成为全国重点综合大学。当时，在"反右"、"大跃进"、"反右倾"的政治形势下，匡亚明校长抓校风建设，坚持教学与科研并重的办学思想，特别注重师资力量，他明确提出："标志一所大学水平的，是教授的数量和水平。"为此，他广聘硕学鸿儒，不拘一格发现、培养、使用人才。1962年5月他主持落实吉林大学党委作出的《关于重点培养提高教师工作的决定》，确定78名重点骨干教师，在"左"的思潮盛行的情况下，以非凡的胆识提出为他们减轻参加社会活动和劳动过重的负担，适当照顾他们的学习、工作和生活条件，保证他们有六分之五的时间用于教学、科研和进修，集中精力专研业务，力争十年左右成为国内学术造诣深厚的教授专家。当时，我很荣幸成为78人中的一员。唐敖庆校长、伍卓群校长则发扬光大了吉林大学这一办学传统。六校合并融六校办学传统之精华，更铸就了吉林大学发展之强势。

回顾我个人的成长，从吉林大学的学生，到留校任教，再到担任行政领导工作，我深感受益于吕振羽校长、匡亚明校长、唐敖庆校长、伍卓群校长的教育理念和办学实践，也由衷感谢我的老师们对我的教诲，感谢同事们的帮助和偕同努力。

在70周年校庆的时刻，我虽未写诗，心里却涌动着诗情。这部《吉林大学诗选》，真是一个适时的好礼物，是对母校有意义的纪念。

在这部诗歌选集中，废名老师是"五四"新诗人，对旧体诗、新诗有独到见解，更看重诗的内容。公木老师写在大地上、脍炙人口的诗行，被几代人吟咏和歌唱，已然载入中国人民革命史和诗歌史。在公木这面诗歌大旗下，芦萍、吴开晋、刘守铮、黄淮、曹积三、曲有源、刘福春等一代吉大校友诗人的诗篇耀眼诗坛。而"文革"后，新时期"崛起的诗群"，冲击僵化的思想和陈旧的诗歌形式，以不待命名的"朦胧"，鼓动了五四白话诗以来又一次澎湃的诗潮！我校七七级的徐敬亚、王小妮、吕贵品们直接参与、引领了"朦胧诗"运动，与南方的舒婷、北岛、顾城们相呼应，成为新一代桂冠诗人。而且王小妮至今写诗更勤，诗思与诗艺更其深致。在《吉林大学诗选》中，我们会欣赏到这些著名诗人的代表作。而更有意趣的是，这部《诗选》中也收入更多未名诗人、业余诗人的优秀诗作，这是吉林大学素有诗歌传统的一个证明，是吉林大学校友们雅好诗赋、具有良好文化底蕴和艺术素养的体现。在辽沈，还有一个以我的大学同班同学、兄长王向锋教授为主心骨的，以邓伟、王永葆、兰云翔、任绍德等为骨干的吉林大学校友诗词曲赋创作群体。他们学习老前辈校友的诗词创作，写作出版了有影响的个人或合著的诗集。王永葆、兰云翔、任绍德三位校友还结成"嘤其鸣矣，求其友声"的"三友诗社"，在庆贺吉林大学建校七十年之际，各自选出自己的部分诗词，编辑出版诗词合集《三友吟声》，作为学子感念母校培育的献礼。

其实，吉林大学的校友不仅诗人辈出。小说家、剧作家、散文家，也英才辈出。计红绪的《雍正皇帝》《戚继光》、温福林的《心路》（《十字血》《难忘岁月》《乱世精英》）等是长篇小说力作。《心路》的作者以亲身经历的所见所感，艺术地展示了在"文革"特定历史时代吉林大学中文系青年学子的心路历程。刘耕路和周雷校友编剧的长篇经典电视剧《红楼梦》、赵云声的《赵四小姐和张学良将军》、李政的《山村新人》《少帅传奇》（与徐陆英合著）、赵葆华的《我的法兰西岁月》《敌后武工队》《至爱亲朋》、王霆钧的《小巷总理》、王宛平的《金婚》《甜蜜蜜》等影视文学剧作，还有陈廷一撰写的百余部纪实文学著作，都是人们熟悉喜爱的佳品。季红真、郭娟两位女士，无疑是当今散文写作的高手。两位才女，季红真驰骋于文坛，郭娟读本科和读我的研究生时就显露了才华，我和曾表彰她的陈启彤老师看好她是第二个季红真。人民文学出版社近出版季红真"献给母亲"的《浮沉漂流记》、花城出版社近出版郭娟的《纸上民国》，就是她们献给母校七十岁生日的散文佳作。

读《吉林大学诗选》，引发我这一番感言，为此我要感谢《诗选》的主编贾玉亭校友，和他带领组织下为《诗选》尽力的校友们。是他们的无私付出和努力，才使得各级校友以诗相会、以诗留念；弦歌一堂、桃李芬芳——这是70年校庆中一件赏心乐事。

70年，几乎已是一个人漫长一生了，而对吉林大学而言，特别是与国内外那些历史悠久、根基深厚的百年名校相比，我们起步不远，路还漫长。让我们以公木老师所写校歌中的一句歌词激励自己：人比山高，脚比路长。是的，我们，现在和未来的吉林大学校友们还要继续努力，继续奋斗，为母校增光添彩。

祝福诗人，祝福校友，祝福吉林大学！

（编者注：刘中树老师1954年吉林大学中文系入学，现为吉林大学哲学社会科学资深教授。曾任吉林大学党委书记、校长。）

目　录

诗词卷

废名

本名冯文炳，男，湖北黄梅人，20 世纪中国文学史上最有影响力的文学家之一。

1901 年 11 月 9 日生，1917 年接触新文学并被新诗迷住，立志"把毕生的精力放在文学事业上面"。1922 年考入北京大学预科英文班，在北大他结识了胡适等人并保持私谊，1929 年受聘于北京大学中文系任讲师，1949 年任北京大学国文系教授。

1952 年调往长春东北人民大学（现吉林大学）中文系任教授，1956 年任中文系主任。先后被选为吉林省文联副主席，吉林省第四届人民代表大会代表，吉林省政协常委。1967 年 10 月 7 日病逝于长春。

废名在文学史上被视为"京派文学"的鼻祖。1925 年出版短篇小说集《竹林的故事》，后创作长篇小说《莫须有先生传》（1932 年）、《桥》（1926–1937 年）、《莫须有先生坐飞机以后》（1947 年）。并创作短篇小说、散文、诗歌若干，他的文学作品简约凝炼而重意境之美，有极高的文学造诣。著有《废名集》共六卷。

废名在文学史上，对沈从文、汪曾祺、李健吾、何其芳、李广田以及后来的贾平凹等文学大家的写作，产生直接和深远的影响，堪称"作家的作家"。

栽花

我梦见我跑到地狱之门栽一朵花，
回到人间来看是一盏鬼火。

冬夜

朋友们都出去了，
我独自坐着向窗外凝望。
雨点不时被冷风吹到脸上。
一角模糊的天空，界划了这刹那的思想。
霎时仆人送灯来，
我对他格外亲切，不是平时那般疏忽模样。

灯（一）

人都说我是深山隐者，
我自夸我为诗人，
我善想大海，
善想岩石上的立鹰，
善想我的树林里有一只伏虎，
月地爬虫
善想庄周之畏神，
褒姒之笑，
西施之病，
我还善想如来世尊，
菩提树影，
我的夜真好比一个宇宙，
无色无相，
即色即相，
沉默又就是我的声音，
自从有一天，
是一个朝晨，
伊正在那里照镜，
我本是游戏，
向窗中觑了这一位女子，
我却就在那个妆台上，
仿佛我今天才认见灵魂，
世间的东西本来只有我能够认，
我一点也不是游戏，
一个人我又走了回来，
我的掌上捧了一颗光明，

我想不到这个光明又给了我一个黑暗，
从此我才忠实于人间的光阴，
我看守着夜，
看守着夜我把我的四壁也点了一盏灯，
我越看越认它不是我的光明，
我的光明哪里是这深山里一只孤影？
我却没有意思把我的灯再吹灭了，
我仿佛那一来我将害怕了。

1931 年 4 月 15 日

灯（二）

深夜读书，
释手一本老子《道德经》之后，
若抛却吉凶悔吝
相晤一室。
太疏远莫若拈花一笑了，
有鱼之与水，
猫不捕鱼，
又记起去年冬夜里地席上看见一只小耗子走路，
夜贩的叫卖声又做了宇宙的言语，
又想起一个年轻人的诗句
鱼乃水之花。
灯光好像写了一首诗，
他寂寞我不读他。
我笑曰，我敬重你的光明。
我的灯又叫我听街上敲梆人。

十二月十九夜

深夜一枝灯，
若高山流水，
有身外之海。
星之空是鸟林，
是花，是鱼，
是天上的梦，
海是夜的镜子。
思想是一个美人，
是家，
是日，
是灯，
是炉火，
炉火是墙上的树影，
是冬夜的声音。

公 木

本名张永年，又名张松甫、张松如。男，河北辛集人。著名诗人、学者、教育家。

1910年出生，1939年公木在延安创作了《八路军进行曲》。1949年此曲列为中华人民共和国开国大典曲目。1965年被中央军委定名为《中国人民解放军进行曲》，1988年中央军委颁发命令，正式定为《中国人民解放军军歌》。

新中国成立后，公木历任中国作家协会文学讲习所副所长、所长。1958年公木被错划"右派"，并被开除党籍。1962年，公木被分配到吉林大学中文系当教员兼代系主任。

1979年党的十一届三中全会后，公木冤案得以昭雪，恢复党籍。他先后任吉林大学中文系主任、教授、副校长，吉林大学文学院名誉院长，中国文联委员暨吉林省文联副主席、名誉主席，中国作家协会理事、顾问暨吉林分会主席、中国毛泽东文艺思想研究会会长、中国诗经学会名誉会长等职。1998年在长春逝世。

主要作品有《公木诗选》《诗论》《中国古典诗论》《中国诗歌史》《中国诗歌史论》《诗要用形象思维》《中国文化与诗学》《第三自然界概论》与《毛泽东诗词鉴赏》等。

八路军进行曲

向前！向前！向前！
我们的队伍向太阳。
脚踏着祖国的大地，
背负着民族的希望，
我们是一支不可战胜的力量。
我们是善战的前卫，
我们是民众的武装。
从无畏惧，
绝不屈服，
永远抵抗，
直到把日寇逐出国境，
自由的旗帜高高飘扬。
听！风在呼啸军号响，
听！抗战歌声多嘹亮！
同志们整齐步伐奔向解放的战场，
同志们整齐步伐奔去敌人的后方。
向前向前！
我们的队伍向太阳，
向华北的原野，
向塞外的山岗。

1939 年秋 延安

英雄赞歌

风烟滚滚唱英雄，
四面青山侧耳听，侧耳听。
晴天响雷敲金鼓，
大海扬波作和声。
人民战士驱虎豹，
舍生忘死保和平。

　　为什么战旗美如画？
　　英雄的热血染红了它。
　　为什么大地春常在？
　　英雄的生命开鲜花。

英雄猛跳出战壕，
一道电光裂长空，裂长空。
地陷进去独身挡，
天塌下来只手擎。
两脚熊熊趟烈火，
浑身闪闪披彩虹。

　　为什么战旗美如画？
　　英雄的热血染红了它。
　　为什么大地春常在？
　　英雄的生命开鲜花。

一声吼叫炮声隆，
翻江倒海天地崩，天地崩。
双手紧握爆破筒，
怒目喷火热血涌。
敌人腐烂变泥土，
勇士辉煌化金星。

　　为什么战旗美如画？
　　英雄的热血染红了它。
　　为什么大地春常在？
　　英雄的生命开鲜花。

1963 年秋作于长春

我爱

雷闪，
不能把光芒和声响，
永留在天空。

颤抖的星，
水样的月光，
甚至灼烁的太阳——
能够照穿乌黑的夜，
直到把黑夜消灭。

然而他们照不亮
人底心，这大海洋：
万年的波涛汹涌，
勇敢的海燕飞翔。
它吞没整个阴暗的古昔，
而驶出通向无限未来的远航。

什么
生命力最久常？
什么
光照得最深最强？

是你啊，
我心爱的诗。

你耸然起立——
从侮辱，
从剥削，
从反抗，
从斗争，
从人类历史底奔流里，
从自然宇宙底造化里……

你把一代底精神，
赋以活的呼吸，
吹向来世。

你拂去蒙蔽正义的尘土，
你使罪恶低头而战栗。

你比空气更轻灵，
你是前进的急先锋，
对每个新辟的领域，
你总是做向导。
你底伴随，
是创造的意志，
是真理底美。

假如有一天，
你把光耀隐逝，
一切过去将只剩一片空白，
而根本也就不会再有未来。

我把自己
投进你底光圈里，
我看见每个人头上，
都照着同样的光圈。

只有那依靠上帝和血统骑人颈上的人，
只有那借助手枪和说谎骗取荣利的人，
只有那仰仗主子威风专以鸣鞭为快的人，
只有那生就一副膝盖用来发抖或下跪的人，
只有他们，那些多余的人，
留在这荣耀而辉煌的光圈之外。

啊，你是什么，
我心爱的诗？

你是
神圣对邪恶战争的阵线；
你是
结合赤红的心与心的纽带。

我放开喉咙
为你歌唱光荣之歌。
我以感激的手，
带着胜利的确信，
抚摩你底周身。

我轻轻地低语，
用我底唇，
贴近你底耳根。

我有时也激动地狂吼，
暴跳着向着你，
像向着一位老朋友。

我向你哭，
向你笑，
向你吵嚷，
向你议论。

我爱过许多男人和女人，
却从没有
像爱你这般深。

1941 年 9 月 3 日

吉林大学诗选

芦萍

本名杨凤翔，男，黑龙江巴彦人，1952 年吉林大学中文系入学。

吉林省作家协会副主席、《诗人》杂志社主编、编审。自 1949 年开始在各报刊发表作品，目前共刊登三千多首（篇）。

中国作家协会会员，作品及传略被收入《中国诗歌大辞典》《中国文学家大辞典》《中国当代艺术界名人录》等三十余部辞书或选本中。多次获政府奖。出版论著、作品集有《现代诗的钥匙》《芦萍诗选》《乡村的早晨》《长白燕》《北方》《星星恋》与《下弦月》等。

东北虎

走路，一个足印就是一朵梅花
奔跑，森林里漂浮着一片彩霞

眼睛里包含着岁月的幽怨
看穿了峡谷、山崖
骨骼中蕴藏着震惊、镇痛的元素
又分解出凶猛与文雅

称王者必然走向孤独
拔萃者才能采撷众华

剪刀峰

你是裁雾还是裁云
裁下来婀娜多姿的风韵
你是剪月还是剪星
剪下来旅游者神秘的梦境

我问询剪刀峰
你埋头地剪裁着长江的黄昏
你是裁剪着人间的悲欢离合
还是古老岁月的幽深
你是剪裁着李杜的诗句
还是剪裁着旅游者的梦魂

当我离开了剪刀峰
你呀，闭上了疲惫的眼睛
祖国的裁剪任务太重了
日日夜夜地剪裁着真善美的音讯
你剪掉了嫉妒，剪掉了猜疑
有剪不完的黑夜与黎明

剪刀峰被落霞接走了
峡江里亮起了航标灯

吉林大学诗选

灯选择了黑夜

灯支付了多少凝重的感情
影才显得格外轻盈
幽深好像比明朗的价值昂贵
黑夜才盛产执着与坦诚

灯以寂寥姿势把火燃成信念
奉献给求索者的眼睛
影以真实的容貌
紧跟着探路人步履的陌生

成功者总是以自我燃烧做代价
如醉如痴地期望理想的来临
有几种事业很忘我
闪闪烁烁地演绎人生

灯光所以选择了黑夜
因为它最能体贴光明
川流不息的昏睡与清醒
才在一生旅途中跫然有声

关上门窗是为了保护脆弱的天地
解开纽扣是为了袒露人生的里程
闪亮是哲理的母亲
朦胧才是诗的灵性

小村裁缝

也许这有山有水的小村
偏僻得无人问津
几百年恩恩怨怨的破绽
曾用贫困这块补丁缝合

变革是一把锋利的剪刀
把山村剪裁成火辣辣的石榴裙
小村成了世界的大裁缝
剪掉了岁月遗留下来的忧伤
剪来了高弹力的紧身的自信
从黎明前裁到黄昏后
裁剪得天衣无缝
每个地方都放出芳馨

大自然的彩色成了小村的时装
山峦是纽扣，小溪是领带
小四轮是一个称职的锁边机
把小村锁得欢欢欣欣

城与乡是世界的两扇门
关闭着陌生也开放着信任
小村也要办一次盛大的展销会
裁缝师傅在塞北学会了大酬宾

没有靠岸的船

你把感情编织着一块洁白的绢
送给我做了航行的帆
我不怕浪花打湿了双脚
大风摇晃着支撑事业的桅杆
我是一条远航的船

真希望你等待在岸上
看航标灯延伸过来的思念

多少个不眠的日日夜夜
在大江里捕捞着生活的夙愿
爱情和事业是两只船桨
我曾把残月摆渡成浑圆
可我离岸还很远，很远

真希望你伫立在岸边
宛如一座雕像在我心间

故乡老井

我把思念之绳挂在辘轳把上
旋转着对故乡的赤诚
谁说今宵塞北没有音讯
东牌楼里就有出墙的红杏
上弦月漂白了苍茫夜色
夜色消瘦了古朴的人生

现代化的城廓全是自来水
龙头总在手中拧着心中的阴晴
记忆那口老井
童年的冬天在井边就打着憧憬
冰清玉洁的季节拒绝圆滑
辘轳把摇醒了乌鸦归宿的黄昏

王向峰

男，辽宁辽中县人，1954 年吉林大学中文系入学。

现为辽宁大学文学院教授、博士生导师。曾任辽宁大学中文系主任、校学术委员会副主任、学位委员会副主席，辽宁省人民政府学位委员会委员。

中国作家协会会员，辽宁省美学学会、诗词学会名誉会长，中国文艺理论学会、辽宁省文联、作协、社科联和文化交流协会顾问。先后被吉林大学、山东大学等五所大学聘为兼职教授。

曾获辽宁省人民政府首届"哲学社会科学成就奖"、1992 年国家教委"优秀学术专著奖"、2004 年"全国文艺理论突出贡献奖"、2005 年中国作协"鲁迅文学奖"（理论评论类作品）、2006 年"首届中华优秀图书奖"等。

醒在故乡家园门外的晨梦

梦境中竟是这样清楚：
经多年从外地回到故乡，
在村西头走进了村子，
直奔熟悉的故宅。
紧背着双带的行囊在身后，
怕在村里显得招摇，
把一顶带红星的帽子掖进了腰带。

走进东街，见西邻四家的房舍
好像都没有改变旧貌，
唯有到自家的门前
见院墙已经颓圮，
园墙已经残断，
"真是桑田沧海啊！"
竟道出了梦中的一声感叹。

未及走进院中，
我就登上门东的一堵断墙，
向熟悉的村东望去，
我要看那里
我曾经捉鱼的地河干未干，
我经常登临的大桥在不在。
这时家兄从院中走出，
赶着的好像几头牛；
还有我的一个研究生也跟着走出来，
说知道我要回来才在家中等侍。

我这时望着屋门，
心想老父一定在屋中等待儿子远归；
久盼我归家的妻子，
也一定在殷切地盼我归来……
心中一阵激动，
忽然在晨梦中觉醒，
——天已大亮，梦飘于书房。

2016 年 6 月 12 日

吴开晋

笔名吴辛，男，籍贯山东沾化，生于山东阳信县，1955 年东北人民大学（现吉林大学）中文系入学。

山东大学中文系教授、博士生导师。当代诗人、著名诗歌评论家。1960 年曾参加全国文代会。1978 年调山东大学中文系任教，中国作家协会会员，兼任中国新文学学会理事、中国诗歌学会理事、山东省当代文学研究会副会长。

出版《现代诗歌艺术与欣赏》《新时期诗潮论》（主编、合著，国家教委"七五"重点科研项目）与《当代新诗论》等。出版诗集《月牙泉》《倾听春天》《游心集》等。主编《当代诗歌名篇赏析》《三千年诗话》《三上文库·古代诗词卷》与《唐诗宋词名句三百》等。

诗作《土地的记忆》，于 1996 年获"以色列米瑞姆·林德勃哥诗歌和平奖"。诗论集《新诗的裂变与聚变》于 2005 年获国际炎黄文化研究会龙文化金奖。2001 年与 2004 年曾两次赴美国马里兰大学讲授中国诗歌。

写在海瑞墓前

柏树摇动着古树的寂寞
阳光轻轻走近石碑
它读着石碑上刀刻的古字
发出叮咚的声音

透过睡石
它也许看见了古墓中那抖动的胡须
和那双圆睁的眼睛
眼睛里没有泪水
仍然流淌着青色的烟和红色的火
还有一声沉重的叹息

这眼睛也许会变为种子
在某个雨后长出古墓
在广阔的天地间
怒视着每片阴影

弯下手臂，柏树枝开始催促
阳光向石碑、古墓告别
它们走得很慢很慢
拾走了一串串在石阶上的脚印

吉林大学诗选

山之魂

——阳朔群山印象

一万匹彩缎似的云霞来做帏幔
一万声爆裂的雷霆来报信息
要做父亲了
太阳兴奋得摇摇摆摆
伸出无数条光的手臂抚爱地球
大地母亲在烈火中痛苦地扭动身躯
群山，在母腹中躁动
它们挤压、撞击、呼叫、呐喊
渴望着生命的开始

到浩淼的银河去飞腾吧
到洪荒的大漠去奔驰吧
到漫漫的洪水中去畅游吧
孕育亿万世纪的种子正该诞生

云幔低垂，天色昏暗
电鞭挥摇，飓风怒卷
石破天惊的一声呼叫
震裂了天庭
惊呆了群星
大地母亲分娩了

群山从灼热的烈焰中挣出了母体
向上，向上
向往飞腾的变为雄鹰
向往奔驰的变为猛狮
向往跳跃的变为猿猴
向往长泳的变为巨鲸
向往跋涉的长成骆驼
向往腾空的长成巨龙

也许，真怕儿女们离体远去
大地母亲又投出一条绿色的带子
于是，漓江日夜抱着这群奇异的儿女
把群山的呼喊溶入碧绿的江底

阳电之自白

——赠妻明岩

我是火热的阳电　　　　　　滚烫之云絮
从冬到春　　　　　　　　　如火在烤炙我
蛰伏在云层里　　　　　　　也许　我将默默熔化
我躲避着阳光的抚爱　　　　是你　从高大树干
为我赤裸之身而含羞　　　　跃向太空
　　　　　　　　　　　　　我们张臂拥抱

我从北极流浪到南极　　　　发出耀眼之光
在寻找你——我的阴电　　　如震天的霹雳
哪一座湖泊和河流
是你的闺房　　　　　　　　如椽的雨柱
从冬到春　　　　　　　　　是我们欢喜的泪
你也在寻找我吗　　　　　　让我们相拥而去到浩淼之银河安家
　　　　　　　　　　　　　永不相分

土地的记忆

土地是有记忆的　　　　　　听！那隆隆作响的
正如树木的年轮　　　　　　是卢沟桥和诺曼底的炮声
一年一道沟壑　　　　　　　还夹着万千染血的呐喊
贮存着亿万种声音　　　　　那裂人心肺的
当太阳的磁针把它划拨　　　是奥斯维辛和南京城千万冤魂的呻吟
便会发出历史的回声　　　　还有野兽们的狂呼乱叫

那震人心魂的
是攻占柏林和平型关的号角还有枪刺上闪耀的复仇怒吼

莫要说那驱除魔鬼的炮声
已化为节日的焰火，高高升入云端
莫要说那焚尸炉内的骨灰
已筑进摩天大楼的基础，深深埋入地层
莫要说被野兽剖腹孕妇的哀嚎
已化为伴随婴儿的和谐音符
莫要说被试验毒菌吞噬的痛苦挣扎
已化为无影灯下宁静的微笑
这些早已过去
如烟云飘浮太空
安乐是一种麻醉剂
人们也许把过去遗忘
但土地不会忘记
他身上留有法西斯铁蹄践踏的伤痛
留有无数反抗者浇铸的纪念碑里的呼喊
每当黎明到来
他便在疼痛中惊醒

清明乡思

——怀念母亲

青天滴下三泓泪水——
前天的　昨天的　今天的
岁月如梭
编织着我无尽的思念
清明——
我心灵的每一天都是你
伴我走到母亲面前

母亲　你用树叶草根酿成乳汁
哺育儿女长大
我真想回到你体内看看
你用什么消化那粗糙的纤维
对！是那怦怦跳动的心脏　和
滚烫的的热血
而后，又化成了丛丛白发
和道道皱纹

母亲，你从不动手打孩子
只有一次，为我
打泥仗弄脏了新补的上衣
在胳臂上轻轻拧了我一下
却让我疼痛了七十年
我真愿你每天都拧我一下
这样就可以
天天依偎在你怀里

快让清明的三泓泪
化作滚滚波涛吧
我要时时乘坐思念之船
去看望已经醒来的母亲

刘守铮

男，1957 年吉林大学物理系入学。

1962 年分配到黑龙江技术物理研究所工作，1984 年调到黑龙江省科委政策研究室。1990 年筹建黑龙江科技发展研究所，任主任、所长等职务，正高职研究员。

这里是一泓秋水的池塘

这里是一泓秋水的池塘
浸渍着五彩缤纷的梦想
这里没有随波逐浪
这里没有雨骤风狂

这里没有评古论今的宏论
这里没有令人微醺的华章
这里没有阳春白雪的孤傲
这里没有市井俚语的泛黄

这里只有些许的宁静
几缕落日前的霞光
这里只有些许的感怀
几许无意间的惆怅

这里只有些许的思念
几多激情的飘荡
这里只有几分梦的憧憬
几多绚丽的朝阳
这里没有慷慨激昂
只有浅吟低唱
这里只有擦出的火花
只有心与心的碰撞

这里没有繁花似锦
没有国色天香
只有蓬茸绿草几朵小花
向您点头招手眺望

请您留下您的足印
请您留下您的目光
您可以在这里采撷
我还可以在这里生长

2010 年 3 月 12 日

一枝玫瑰花

一枝玫瑰花
没有送给她
仍旧在那里放着
经历着岁月的洗刷

子期按期走了
也带走了一颗伯牙
江边依旧是繁花伴着垂柳
山头依旧是星光伴着月华

怀念搅动着千年暴雪
怀念搅动着万里风沙
她俏俏地离去
没有留下该说的话

一枝玫瑰花
没有送给她
仍旧在那里放着
成为一抹嫣红待落的晚霞

2008 年 6 月 17 日

来与走

江水默默地在身边奔流
树叶轻轻地在摇头
慢慢咀嚼着几十个春秋
命运如锋断开牵着的双手

这里没有十里长亭
这里没有灞桥烟柳
同在苦海中飘零
同在劳顿的尘世中邂逅

这这里没有天长地久
这里没有日和月的相随
锦簇花团　等待霜降寒秋
晴空万里　等待雷鸣雨骤

两颗心互为拥有
去轻舐永不愈合的创口
迎着晨曦我们赤条条地来
迎着暮霭我们赤条条的地走

2008 年 11 月 16 日

吉林大学诗选

李致洁

男，北京人，1957 年吉林大学物理系入学。

1962 年分配中国科学院半导体研究所工作，曾作为访问学者赴美三年，在宾州匹兹堡市卡内金－梅隆大学学习。历任中国科学院半导体研究所副所长、中国科学院高技术促进与企业局局长，获"全国科技大会奖"、中国科学院科技进步三等奖。被评为"中国科学院有突出贡献管理人员"。现为中国科学院老科技工作者协会常务理事、副理事长。

一个赴美访问学者献给祖国母亲的歌

1980 年，通过了国家 EPT 考试后，受研究所派遣作为访问学者赴美国学习工作三年。

我虽已这把年纪，
母亲送我到海外寻求科学的真谛。
光怪陆离的世界不能引诱我，
母亲的期望和嘱托在我的心底。

母亲度过了多少坎坷的岁月，
如今春风吹绿了神州大地。
奥运会的金牌、飞转的"银河"*，
是母亲的乳汁和汗水的哺育。

生我养我的母亲啊，
我希望您健壮美丽日新月异，
我会在"苦海学舟"中不息的奋斗，
激励我的
是在蔚蓝晴空飘扬的五星红旗。

1984 年 12 月 30 日

注：* 奥运会的金牌：1984 年洛杉机奥运会我国健儿首次喜得奥运会的金牌。
"银河"指我国研制的亿次银河计算机。

吉林大学诗选

阎书琴

女，1957 年吉林大学物理系入学。

1962 年至 1971 年在国防部第十研究院，1971 年至 1986 年在中科院计算所，1986 年至 1993 年在联想集团，1993 年至 1998 年在《电脑爱好者》杂志。退休后，在北京市海淀老年大学学习书画。

在法官面前

"总有那么一天，
你要被回忆的法官审判。"
如果你不愿让自己的良心，
鞭打自己的灵魂，
那你就马上跳进激流，
把你的灵魂冲洗一番。

"总有那么一天，
你要被回忆的法官审判。"
如果你不愿让自己的心愿，
被无赖的蠢行摧残，
那你就应勤快聪明，
不能心急也不能发烦。

"总有那么一天，
你要被回忆的法官审判。"
如果你不愿让羞耻的泪水，
送终你的碌碌无为，
那你就应跑步向前，
把你的行为拉向高洁这边。

"总有那么一天，
你要被回忆的法官审判。"
如果你不愿让悔恨之心，
谴责虚度年华的时辰，
那你就抱着最大的自信，
把你的生活合理整编。

"总会有那么一天，
你要被回忆的法官审判。"
如果你不能为灿烂的人生而自豪，
不能为自己生命和事业而骄傲，
那你就要为信念去努力实现
临终你会无愧而永远安然！

1957 年 11 月 2 日

吉林大学诗选

走入大学

我踏上一艘新船，
船儿已扬帆启航，
再见吧！母校、老师、同学，
再见了，家乡、爹娘，
昨日的梦想，
播种下美丽的愿望，
实现了：就在今天，
我走进了大学的课堂，
登上这艘新船
和新的伙伴们远航。
我沐浴着旭日阳光，
呼吸清晨的馨香，
幸福洋溢在我们周围，
新伙伴相识握手鼓掌。
我们迎着彩霞，迎着曙光，
奔向知识的殿堂。
为划向那光辉的彼岸，
奋勇向前，
为共产主义的巨轮，
付出我们全部力量。

1957 年 8 月 30 日
吉大二舍 16 室

同学情

吉林大学物理系 57 级

闫书琴　张世泽　刘守铮　王斌

长相忆　相忆长
美丽的长春怎能忘？
1957 年的金秋，
我们迈进了向往的殿堂——
东北人民大学物理系。

我们是破壳的雏鹰，
急切求索智慧的翅膀，
却遇上了雨雪风霜。
为国产东风轿车修路奔跑；
在新立城水库大坝上推土赛诗忙；
为实现 1070 万吨钢的奋斗目标，
我们步入了全民大炼钢铁的行列；
这些就是我们 1958 年没念书的课堂。

一滴汤水，辘辘饥肠。
我们挺起信仰的脊梁。
多灾憔悴的祖国啊，
我们依然喊她，我的亲娘！
宿舍食堂、物四阶书声朗朗，
三点一线，抢回失去的春光。
1825 个日月升降
251 颗饱满热情的胸膛
带着党和人民的希望，
奔向祖国需要的四面八方。

地久不如思念久，
天长不如情意长。
耄耋老儿郎，华发胜红妆。
想舞就舞，想唱就唱，
杯酒醉红霞，如画看夕阳。
人生难得几时狂。

黄淮

本名黄维超，男，1959 年吉林大学中文系入学。

创办深圳中国现代格律诗学会，任常务副会长兼秘书长，《现代格律诗坛》主编。

中国作家协会会员，著作有《命运与爱》、《人之诗》《黄淮九言抒情诗》（国内第一本现代九言新格律诗）、《诗人花园》《中华诗塔》、《星花集》（国内第一本微型格律诗）、《点之歌：黄淮新格律诗选》、《雷：黄淮一行哲理诗 900 首》（国内第一本一行哲理诗）、《人类高尔夫——黄淮自律体小诗 300 首》（国内第一本自律体新格律诗）、《望星空——黄淮微型格律诗 900 首》、《望乡——黄淮 353 小汉俳 900 首》（国内第一本 353 小汉俳）等诗集。共同主编著作有《公木诗学经典》、《中国新格律诗选萃》、《雅园诗选》等。《中国文学大辞典》、《中国诗歌大辞典》及《中国新诗大辞典》等多部辞书收入黄淮及其作品条目。

公木精神

——微型诗 32 首

天下为公　　　　如松品格　　　　诗心正气

天
一个大写人，
头顶一片蓝。
下
竖一根高杆，
冲击封顶线……
为
一点观航路，
一点操罗盘。
公
屈踞一条腿；
奋起双翼飞。

如
女娲开口笑，
抟土塑人胎。
松
十年树佳木，
为公育良才。
品
口口口称赞，
立德人品乖。
格
木木各有志，
皆是栋梁材。

诗
寸土寸金纯；
寸言寸心真。
心
血泪汗三点，
日月星凌空。
正
两竖立得直；
三横也公平。
气
凝成水解渴，
知恩要报恩。

大爱无我

大
肩扛长扁担，
跨步登高山。
爱
授受为师友，
心字隐复显。
无
无为无不为，
挺身敢擎天。
我
举手望大江，
寻找远行帆…..

开慧铸魂

开
天下本无路，
开步路路通。
慧
彗星落心坎，
灵感如泉涌。
铸
传神寿而康，
修成金刚身。
魂
来去一朵云，
千秋塑诗魂。

树人立德

树
遥望对面村，
又多一片林。
人
一撇加一捺，
走遍全天下。
立
立足地平线，
抬头昂首行。
德
仁者一条心，
四海路路通。

一代师范　　　　　传世楷模

一
一二开天地，
三生万物春。
代
游弋经风雨，
代代出贤人。
师
取长，补短，
尊师，孝亲。
范
草绿，花鲜，
流水，清纯。

传
专业学识精，
德高育学人。
世
一代二十年，
代代心相通。
楷
比比白日照，
木木皆成林。
模
浓荫下乘凉，
莫忘植树人。

2013 年 12 月 22 日

编者注：黄淮介绍，公木精神就是："天下为公，如松品格；诗心正气，大爱无我；一代师范，传世楷模。"

于丛杨

男，1959 年吉林大学中文系入学。

1964 年在吉林大学执教，1975 年至 1987 年在北京语言大学执教。1987 年后在国家汉办 / 孔子学院总部工作。

大学的铃声

丁零零，丁零零，
一曲曲，一声声，
穿过书的海洋，
越过楼的山岭，
回响在长长的走廊，
爬向阶梯教室的台蹬。
催动桌椅站立工整，
又把黑板唤醒，
点燃每一盏酒精灯，
开启试验室马达的引擎……

丁零零，丁零零，
老师踏着清脆的铃声，
昂首挺胸，
跨进教室的大门，
亲切扫视青春的面容。
铃声一停，眼前便涌来万马奔腾，
知识的浪花，追逐着向前奔涌：
公木总是跟随铃声走向讲台，

仿佛军歌引导冲锋，
讲《寓言》探《诗经》，
引经据典娓娓动听；
废名不废冯文炳，
竹林的故事青春的面影，
佛诗中飘荡着木鱼声声；
于省吾端着盛有甲骨的小鼎，
面对龟片上的每一个道道每一个坑，
剖析它神秘的本义和字形；
关梦觉迅速地画出曲线，
指点经济规律的运行；
马起手捧《婚姻法》，
论述为什么 18 岁是法定婚龄……

丁零零，丁零零，
朱光亚最喜欢听铃声。
实验室里黑板前，
总见到他慈祥的笑容：
"细推物理即是乐，
不用浮名伴此生。"
铃声里，量子化学之父——唐敖庆，
透过玻璃瓶底式的眼镜，
自由操纵分子内旋转，
奇妙公式令世界震惊！
"拼却老红一万点，
换将新绿百千重"；
人称"无名英雄"蔡镏生，
带着从美国买回的
微量天平和油扩散泵，

大步迎向急促的铃声。
课堂上，他像一只环视天宇的雄鹰，
带领学生翱翔在，
催化动力学和光化学的天空；
晶体学大师余瑞璜，
踩着铃声怀揣激情，
向学生展示新的固体电子结构模型，
胸中涌动着岳飞悲壮的《满江红》；
王湘浩拉开教室的门柄，
脑门上的颗颗汗珠，
闪动着几何学的晶莹，
讲台上，侃侃而谈计算机的前景……

丁零零，丁零零，
面对渴求知识的一双双眼睛，
知识的统帅，辛勤的园丁，
呼风唤雨，谴将调兵。
从人类文明的长河里打捞文明，
从先贤的经典中撷取真经：
丁零零的铃声导引着——
他来了，用电改变世界的爱迪生；
爱因斯坦透过"相对论"的门缝，
高喊着究竟是我疯还是别人疯；
老师更手持牛顿的苹果，
砸向每一个学生的头顶；
看，门捷列夫数点着元素表，
犹如数点着天上的繁星；
老师还不远万里，
从波罗的海的上空，

引领着诺贝尔飘然而至鸣放宫，
请他讲述炸药与和平，
他从黄昏讲到拂晓直到太阳东升；
跟随丁零零走来的，
还有李政道、杨振宁和吴健雄，
阵阵铃声唤来了神秘的宇宙不守恒……

丁零零，丁零零，
穿过时间的隧道，
老师举着柏拉图亚里斯多德的长明灯，
追溯人类先哲的启蒙；
通古今之变的老师，究天人之际的精英，
谦恭地请出太史公，
请他在坚忍和屈辱中，
评说老庄和孔孟；
那边的文科楼三层，
李白正高歌一曲：
"云想衣裳花想容。"
诗圣杜甫仰天悲歌《兵车行》；
这边的外语系正在视听，
《罗密欧与朱丽叶》的坚贞爱情……

丁零零，丁零零，
下课的铃声，
欢快喜悦轻松。
请老师休息一会儿吧，
留洋归来的，喝杯咖啡清清喉咙，
国学浸润的老先生，
喝杯龙井，让阳气升腾，

同学们喝杯白开水吃根棒冰。
让我们稍作喘息，
蓄势待发，向科学堡垒，
发起新的进攻。

丁零零，丁零零，
上课的铃声又响起，
好像在催人登上新的征程，
又似乎在呼喊：
向前冲，攀高峰！
铃声渐停、渐停，
它的回音是那么深沉凝重，
拖着长音拍打着每个人的肩膀，
撞击着年轻人的心胸：
同学们！
前面是深邃的科学迷宫，
头顶是人类灿烂文明的彩虹。
快，跟随老师去寻宝探胜，
那里有你们的崇高理想，
那里有你们的大胆憧憬，
更有你们气壮山河的美梦……
快坐好，老师来了，
向老师致敬！

1962 年 11 月第一稿于长春
2015 年 8 月第二稿于多伦多

后记：《大学的铃声》原诗作于 1962 年 11 月，吉林大学中文系公木老师曾予指导并亲自修改。1963 年元旦，此诗由吉林大学学生会组织的近二十人的诗歌朗诵队，在中国作家协会吉林分会和吉林人民广播电台于长春宾馆联合举办的"迎新年诗歌朗诵会"上朗诵。半个世纪荏苒，原稿已失。现据回忆重新改写，未添加 1962 年以后学校出现的新情况。特此说明。

吉林大学诗选

颜廷奎

男，1962 年吉林大学中文系入学。

天津百花文艺出版社编审。著作有诗集
《五片枫叶》、散文集《牛背上的黄昏》等。
系中国作家协会会员。

在五月的田里

在五月的田里
我拾到白居易的脚印

他总是下乡
或在市场上转悠
卖炭翁杜陵叟采地黄者
全被他摄入泪眼
从乡下归来
他胸中的那些田垄
就变成一行行不平的诗

自愧，愤懑
司马江州的青衫湿了
心泉的流水顺着垄沟直泻
如阳光直刺庄严的高墙

不会拐弯
宁当折剑头
不做绕指柔

白公乐天
一辈子未曾乐过
绿藤红藕中的西湖陪姬之船
他乐的是田间的泥土
诗人到死依然是诗人
诗人至今依然是诗人

在五月的田里
我拾到白居易的脚印

苏电西

男，黑龙江人，1963 年吉林大学中文系入学。

毕业后先到北大荒军垦农场锻炼，后分配到黑龙江省伊春市，当过师范学校教员、市政府领导秘书。上世纪 90 年代调往哈尔滨并被派到俄罗斯符拉迪沃斯托克（海参崴），从事翻译和经济贸易工作。喜爱文学创作，在国家省市报刊杂志发表小说、散文、诗歌、电影文学剧本、文学评论等若干，出版有论文集《鲁迅教学研究》、文集《情有独钟》、诗词集《心有灵犀》（上下册）等。退休后在北京定居。

同学，二十年后又相会

不用说——
我们曾爱过；
即使是——
我们曾恨过，
如今也变成了
美好的回忆！

不用提——
过去的荣耀和成绩；
就说那些——
幼稚的可笑
和可笑的幼稚，

如今也变成了
无比珍贵的谈资！

我们到一起，
已很少谈到自己；
提问的和回答的
大都是这些
"历史性"的问题！

同时我们也在
努力发掘和回忆
我们自己当年

幼稚的可笑
和可笑的幼稚……

假如早知道
在二十年后，会如此这般
这般如此；
让我重回到
二十年前去吧！
我一定会把我们
每一个爱和恨的细节
以及那些
可笑与幼稚
都记成日记！

但是，今天我们
似乎都有各自的歉疚：
当年的一切，
在当时大家都
不以为然，毫不留意；

我们对
当时的同窗情谊，
都未想得这么远，
更不懂得她的
"历史意义"！
因此，也都不怎么珍视，
甚或随意丢弃……

啊，一切怨恨和猜忌，
都已化作烟云散去；
啊，所有的不快和分歧，
都已被
重逢的欢情代替！

假如我们——
能够再一次同窗共读，
我们将——
爱得疯狂，恨得真挚！

频频举起的酒杯里，
盛满了我们
昨天的别离
今天的欢聚
明天的期冀……

我不想与你们告别，
我只愿时间
滞留在此！
让我们每一个同学
都尽情地，大口大口地
吸吮这——
一闪即逝的
甘甜的乳汁……

1988 年 6 月 1 日

我们曾经拥有……

我们曾经拥有吉林大学，
我们曾经拥有吉大中文系，
我们曾经拥有 66 位同窗，
我们曾经拥有同一个教室。

我们曾经拥有著名诗人公木，
他曾为《军歌》作词；
就连唱醒中国的《东方红》，
他也参与了歌词的收集整理。

我们曾经拥有五四时期的冯文炳，
还拥有一大批著名的教授讲师；
我们曾经拥有自己的《初航》，
公木题诗至今仍激活着我们的记忆！

我们曾经拥有宝贵的青春，
我们也曾拥有珍贵的幼稚；
我们曾经拥有孩子般的分歧，
我们曾经拥有不可复制的情谊！

我们的胸膛曾有火在燃烧，
爱情的躁动曾经无法抑制；
我们每天都在知识的海洋里遨游，
我们每天都迸发着难以收敛的活力……

我们曾经拥有，
我们已经拥有，
我们依然拥有，
我们的子孙更会拥有……

2011 年 8 月 9 日

王英惠

男，1963 年吉林大学哲学系入学。国家一级编剧。

曾任吉林省歌舞团团长、吉林省音乐家协会副主席等。代表作有著名歌词《我们在长春相遇》等。

吉林大学之歌

伴随着枪林弹雨
崛起在东北大地
园丁们编织着知识的摇篮
用信念理想把青春哺育
践行着求实创新
传承着励志图强
校园里我们是姐妹和兄弟
学海上肩并肩扬帆万里

每一扇窗口都书声琅琅
每一句教诲都时刻铭记
每一期相逢都满怀豪情
每一届分别都不是远离

每一片桃李都鲜花盛开
每一排栋梁都顶天立地
每一次成功都不是终点
每一座高峰都不是边际

啊
奋发的群体
蓬勃的生机
科学的劲旅
辉煌的业绩
你那响亮的名字就像旗帜
前进的路上我们永远高举

杨强国

男，1963 年吉林大学中文系入学。

毕业后从事金融理论研究和金融业务工作。历任《吉林金融研究》主编、调研处处长、吉林省金融研究所所长，吉林省信誉评级委员会副主任，吉林财经大学客座教授等。有五部财经专著和六十多篇学术论文面世。

多篇文章获国家和吉林省哲学和社会科学优秀成果一、二、三等奖，出版三本诗集。其中，自由体短诗《弈》曾获"吉林省暨长春市第二届群众诗歌散文银奖"，散文诗《落红赋》获"2014 年全国离退休职工诗歌散文大赛"一等奖。

奕

——与昔日同窗初平将军对奕有感

专注的目光，
坚毅的面容，
炮，车，马及五路重兵，
在威严的对垒中，
静待那发起冲锋的号声。
举旗不落，默默地注视着，
界河两岸的部防，
眉宇间堆积着紧张思索的表情。
是否想起了过去动荡的年代，
那如歌般的岁月征程。
书载五车，
你带着莘莘学子的梦，
毅然弃文习武，投笔从戎。
从此演译出一段不朽的传奇，
一个令人心驰神往的人生。
惨烈的拼杀演练，
模拟的实战冲锋，
加之深刻的心灵洗礼，
你坚定了信仰，
也锤炼出了一个真正军人的忠诚。
梦想，消退了青春容颜，
也抚平了坎坷的历程。
你交出了一份令人满意的答卷，
获得了满杠一星的殊荣。

今天，在美丽小城宾馆的一角，
又轻松的坐在楚河汉界岸边，
开始了一轮新的竞赛，
一场没有硝烟的战争。
你举起右手，果断的落下那枚棋子，
像指挥员振臂一呼，
终于下达了进军的命令。
无声的战场，
顿时硝烟弥漫，暗流涌动。
仿佛是涓涓细流，静静流淌，
又像山洪咆哮，万马奔腾。
无声的智斗，
也有精彩，也让人怦然心动。
当你推出最后一颗棋子——支预备队，
你长长地舒了一口气，
脸上浮现出一丝不易察觉的笑容。
精彩的演出结束了但澎湃的思绪仍在涌动。
征服对手也在征服自已，
超越，要有理想和信念，
更要有勇气伴行。
一个深刻的理念，
人生如奕，奕如人生。

后记：初平，吉大同班同学，曾任中共吉林省委常委，吉林省军区政委，少将。

吉林大学诗选

曹积三

1964 年吉林大学法律系入学。

原长春电影制片厂艺术委员会委员。历任《电影文学》《大众电影》编辑记者，《电影晚报》主编、影视策划部主任、电影频道总编辑等职。

代表作有《大明星陈强传》《红都影帅》《大导演汤晓丹传》《中国影人诗选》《当代百家话读书》《画外影人》与《如歌如烟——那年那月那明星》等。著有《皇亲国戚》《神秘雅玛吐》与《圣宝麒麟》等多部影视剧。

迈阿密海滩

椰风滑过脊背，
将满身的阳光吹乱。
海葡萄的绿影悉索作响，
红嘴的鸥鸟在头上飞旋。

看潮起潮落碧波连天，
细细的白浪漫过沙滩。
我掬起一捧海水，
太阳在掌心金光闪闪……

都说彼岸很远很远，
红尘不过一掌之间。
银色的海滩连着蓝色的大海，
浪涛上有驶往故乡的风帆。

都说迈阿密海滩天下无双，
海南三亚却令人梦萦魂牵，
脚下，难寻心仪的贝壳，
那里，各色珍宝落满银滩……

海明威故居

故居座落大海之南，
跨海长桥仿佛通向天边。
火红的凤凰木开满深深的庭院，
嬉闹的六趾猫，等待主人的呼唤。

游泳池依旧碧水映着白云，
战士仿佛大笑着从前线凯旋……
柔情岂能缠住英雄的腿脚，
与猛兽的厮杀令他一往无前。

打字机静静地放在写字台上，
那双大手好似还在描摹疆场的硝烟。
雪茄的气息从躺椅上淡淡地飘来，
那个灵魂依然还在审视喧闹的世间。

故居书店因那千古名作显得如此宏阔，
风吼雷鸣，巨浪滔天，同大鱼的搏斗就在眼前……
生亦勇敢，死亦勇敢，
他正在奋笔书写无畏者的诗篇。

蔡智德

男，1964 年吉林大学中文系入学。

现居河北邢台，退休前为邢台八中校长。

致永远的吉林大学中文 64 级

窸窣光阴，荏苒了凤寅庚齿，
风雨阳光中，僭越了芳华五十。
啊，唏嘘！蓦然回首——
追溯那黄叶纷飞的一九六四。
彼时，六十三个来自大半个中国的，
恰岳麓书院追梦的热血青年，
似曲阜杏坛求学的莘莘学子，
循缘邂逅于吉大——永远的 64 级。
在声声"老师您好啊"的深情眷恋中，
共写一首菁美的中文六四级的抒情诗。
剪一抹春光静美，七舍前的白杨，
风发偶傥了我们的亭亭净直；
吻一袭夏日绰约，八舍前的丁香，
灼华隽丽了我们的嫣红姹紫；

鞠一捧冬雪柔腻，甬路旁的雪松，
高洁背负着我们的静白无疵。
坦然自若地享受一段婉约的时光，
心平气怡地沉醉着岁月温润，
安之若素，情思缱绻，心无旁恣。
文科楼前斯大林大街的喧嚣，
惊扰不了我们的笃笃；
同志街有轨电车的嘈噪，
骚动不了我们的孜孜；
南湖九曲桥下的涟漪，
激荡起我们书生意气遒遒；
图书馆的通明灯盏啊，
闪烁着我们的青春热火炙炙！
潜泱泱学海，博渊渊远鉴，
汲取知识甘泉，吮吸书香乳汁。
沐融融班风辗转同窗之情深邃，
栉拳拳友谊斡旋寒舍之苦诚挚，
历漫漫行程砥砺军训之旅韬志。
留一份天真纯真，感悟流年，
恪守贞洁，静憩安宁，释然处之。

然而，扭曲了幽灵扭曲了然而，
旋转了狂热，蹉跎了无知。
鸣放宫鸣放着焦躁、恣肆，
理化大楼理化了雅致、矜持，
方寸懵懂偏执，韶光伤逝虚掷。
于是，64 级止于永远、憧憬破灭之。于是，
我们被残酷地流放，愚弄地贬斥。
多舛的命运在罅隙中挣扎，
孱弱的灵魂在崖缝中虬直。
福祉在浸淫中飘摇啊，
愿景在霾尘中漫渍。
尽管修行栈道侥幸于尽管，
有芳径、有竹蹊、有茵陌、有翳畤，
也许你花环围颈曾在天竺国颐安沉缅，
抑或桂冠覆顶在伊甸园享受恩赐。
我们普度漫漫红尘，
沧桑了疲惫的蹒跚。
倏忽的岁月无情啊，时光从指缝流失，
雕刻了额皱，霜雪了青丝，
涅槃了琴心，超度了角徵。
终于葱茏嬗变枯黄，叶坠剥离躯枝。
披一身尘埃落迹转身辞兹，
撕一片晚霞裹身采桑撷梓。
届时，我们亲爱的贾老大啊，
像情绵意长的蜘蛛结网拉丝，
网起了——永远的 64 级！

净月潭倒映着晶洁的净月，
朦胧着馨谧，氤氲着幽思，
此时我们心静如水啊，
淡忘了曾经，风干了虚妄，
沉淀了浮躁，升华了潜质。
豁达了云卷云舒的风花雪月，
达观了夕照洗菊，柳梢落日。
矍然，有五位学友不幸殒身辞世，
吾侪更应凭古稀之躯赢利健康，
让生命在过期中保质。
跨七、保八、争九、望十。
溢几分矍铄，学大个儿，及时享乐，
留几分童心，仿佛仙人，洒脱度日。
含饴弄孙，远眺南山采东篱之菊，
寄情山水，凭峰临海胸览千景姿。
携朋会友，流觞兰亭听高山流水，
闲趣网络，微信微博天涯共此时。
不再追求生命的精彩，
将遗憾、烦扰、哀怨驱除跌宕的心室。
随遇而安，低吟残烛的骄傲，
淡定宽心，轻诵暮年的骈诗。
让我们挽臂挺胸开心健康的朝前走啊，
一、二——三、四，
我们美呀美呀美呀，乐呀乐呀乐呀，
我们自豪，因为我们是永远的——永远的64级！

2015 年 9 月 8 日于河北邢台

吉林大学诗选

曲有源

男，吉林怀德人，祖籍山东蓬莱。1968 至 1970 年就读吉林大学大文科班。

1964 年开始发表作品，1978 年至 2003 年在吉林省文联《作家》杂志任诗歌编辑，编审。

诗歌《关于入党动机》荣获"全国中青年诗人优秀诗歌奖（1979 – 1980）"，诗集《曲有源白话诗选》荣获中国作家协会"第二届鲁迅文学奖"。

系中国作家协会会员，中国诗歌学会理事。出版《爱的变奏》《句号里的爱情》《曲有源白话诗选》和《曲有源绝句体白话诗集》等多部诗集。

天涯何处

一棵草和	想把哪儿
另一棵	都会有
草的	你的
紧	消
密	息
联系	传遍天涯
是不是	

碗

碗是看你
来到这
个世
界
的
独眼
对视了
一生便成
为扣在
土地
上
的
一个坟包

雨季

下雨也是
水的书
写方
式
一
点一
滴一行
一片叙述
最长的
篇章
还
有
一个季节

空楼梯

一步一步
走上来
有转
折
有
扶持
它能把
岁月搭叠
成谁都
能反
复
回
想的样子

吉林大学诗选

爱情诗人

他们的
他们
待
在
两处
不在心
里时
那
就
在纸上

蚕豆

蚕为什么
躲进英
里成
为
豆
莫非
这样子

就能够避
免那种
作茧
自
缚
的思念吗

颠倒黑白

其实世界
只有黑
白这
两
种
颜色
昼夜翻
转谁在黑
白颠倒
时能
够
成
功地逃脱

代沟

人生有个
战场未
曾停
止
过
那是
以代沟
为壕堑老
子以道
德为
经
也
不能不败

凡丁

本名张兴光，男，籍贯湖北大悟人，1972 年吉林大学中文系入学。

出生于军人家庭，其父在建国初期曾授予少将军衔。大学期间是吉林大学高材生，文革后在辽宁沈阳市《卫生与生活报》工作直至退休，在全国发表诸多有影响力的诗歌、小说、散文等作品。2012 年因病不幸去世。

围棋

A
你别叹息，你不会失恋
走进那青山吧
当满树的风铃儿摇颤
石阶上，滚落多少红豆

B
把轻浮留给燥热的蝉鸣
心，在泉水中洗净
踏更鼓，踱入古刹空蒙

C

峭壁，耸青铜之冷峻
驴儿踏摇晃的板梯蹁蹁而来
独行，独行
没有挑经书的僧人
问谁：解此玄妙

D

困于断崖，困于死海
也就逼进了——那本哲书

E

乘月亮之船，逶迤于群山
就见古松流水，苍苍老者的飘然

F

出蓬莱，有神仙岛
威尼斯也一晃而过了
船夫的臂膀老龟般蠕动
摇橹，摇橹，永不见彼岸之灯

G

有轻风，抖开折扇
一缕琵琶的幽韵
悬江海大笔泼墨
百条苍龙扶摇成鹏翼
垂天而舞，金鳞纷扬的雪
鸡鸣时，漫了天街

H

钓一叶扁舟，烹鲈鱼已觉无味
以醉剑为杆，钓围城的金鼓

J

立马于断桥，望无声的苇荡

K

误入大林，正有绝妙好诗
在萤火中忽闪
一个凌晨你疲惫地走出
你会留恋
老枪，老枪，掠过金色的斑斓

L

蹄声杂沓穿行于峡谷
窥视的太久了
那只黑豹
从黄昏的悬崖，一跃而下

M

笛声骑鹤，过巫山
翻手云雨
不随水的流形

N

抚烂春秋的竹简，就敢
横槊赋诗么
烧赤壁之火，匿于草庐
偷书人拈须一笑
喝酒吧，周郎

O

把闪电的动感，凝于丹田
藏刀锋，出乎平淡

P

凡大手笔，走海雨天风
不恋雕虫

Q

出牡丹园，赏尽了富士樱花
你才发现，在水一方
你才仗剑长歌而去

R

不经冥思的禅火，五千年烧炼
怎参透一个"劫"字

S

这是宇宙的深处
空灵已漫过边缘，不见渡口
有黑洞，在天狼登崖一望
的孤烟外，是鬼谷之火
哦，骑白马逡巡的哲人
你敢叩响那门环吗

高玉民

男，1972 年吉林大学白求恩医学部医学专业入学。

中国中医科学院获医学博士学位，曾供职于白求恩医科大学组织胚胎教研室从事教学科研工作。1991 年特招到中国人民解放军空军总医院从事科研工作，曾以第一作者身份发表科研论文六十余篇，获军内科技进步奖多项。

自 2004 年以来，逐步完成了从医学专家向社会学者的转变，出任吉林大学白求恩医学部北京校友会副会长兼秘书长，并在吉林大学北京校友会等多家学会任副会长等职务，在业界具有一定的影响力。

自幼喜欢文字，几十年笔耕不辍颇有收获。

写在松花江大坝

相约在松花江大坝，
剪一幅冬天的壁挂，
雪花好似簸箕飞，
冰珠如同馒头大。

在寒冷的江边泼彩，
仿佛走进花春柳下，
诗的天国，
永远都是一首冬天的童话。

精雕细琢是琼之瑶，
天然巧成是仙之葩，
风韵优雅的雪蜡，
和我一起悄悄长大。

苍天必为我生才

把诗稿，
摆上历史的舞台，
是雁就长空啸阵，
是鹰就笑傲云霭。

伪善与谎言，
已被赤诚的热血掩埋，
流吟的往事，
还在瑟瑟的风雨中徘徊。

你的柔情和大江弄浪，
我的豪迈与高山萦怀，
哼一句人过中年心不改，
唱一曲苍天必为我生才。

当昂扬的岁月，
雄赳赳的走来，
我的呐喊，
依旧是一纸血色的情怀。

白求恩之歌

是谁，
抛舍了大西洋彼岸，
那温馨美妙的家园？
将生命的长河，
播植在太行山脉，
旗飞鼓响的峰峦？

白求恩，
你就是刀光剑影中，
卷曲的脊骨，
伸展成光耀千秋的尊严。

不要说似水流年，
激昂的往事，

早已在焦土中沉眠，
不要说欲望和金钱，
击穿了白衣天使，
心灵的圣坛。

因为白求恩的不朽，
才有了历史的回音壁前，
横飞的思想，
不再是一片断壁残垣。

因为白求恩的永恒，
才有了我们心中的江河，
滚动着的，
依旧是崇高而伟大是宣言。

天池中的那双眼睛

松堆浪，
云涌风，
悬天一池碧水清，
镜中天，
映出一双大眼睛。

这双眼睛呵，
是我儿时的月，
是我少年的星，
是我畅想的箭，
搭上豪迈的弓，
鸣镝处，
石破天惊。

我醉倒在白云峰下，
天池畔梦死回生，
我击碎心头的茫然，
我敞开祭坛的尘封。

从此哟，
我是山头的岩，
她就是那岩旁的瑛，
我是林中的溪，
她就是那溪边的青，
世世生生，
簇拥在这梦幻的山峰。

母校情结

母校情结，
就像这雄伟的高楼，
挥不去的思念，
在甜甜的午日睡熟。

傻傻地，
却有一点点的牛，
一付凡人的骨骼，
托着高昂的头。

往昔可以回望，
时光又怎么能倒流？
关山万里始于这繁花盛开的季节，
一息生命就是一念孜孜的进取和追求。

怀念王恩厚老校长

他是战士，
生命的回望，
有多少，
铁血雄风的往事，
温婉如歌的缠绵！

雪山草地，
那是二万五千里，
血与火的交响，
狼烟喋血，
那是一个民族，
铮铮不屈的尊严。

他的家族，
有多少条勃发的生命，
为了这个民族砰然倒下！
他的生命，
有过多少生离死别，
奇冤大辱，
大梦难圆！

是他，
让自己苦难的心路，
和历史的先贤们，
一起辗转煎熬，
一起匍匐向前。

他的胸襟，
因博大而高风亮节，
他的人格，
因豁达而有口皆碑。

他是善良的朋友，
他是慈祥的长者，
他是为人的师表。

因为读了他的人生，
我才知道，
生命，
那怕是一粒小小的沙石，
也要像高山一样，
触摸的是广邈无垠的蓝天。
心灵，
那怕怀有多少苦难，
也要像大海一样，
坦荡包容。

王霆钧

男，1972 年吉林大学中文系入学。

国家一级编辑，长影文学部主任、艺术处处长，兼任长影艺术委员会秘书长、吉林省电影家协会秘书长和吉林省电影审查委员会委员。

中国作家协会会员。出版中篇小说集《美人痣》《秘密寻查》和散文集《王霆钧散文》《永远的电影》以及长篇报告文学《超越》等。

创作的影视剧本被拍成电影的有《小巷总理》《关东民谣》《黑旗特使》《怪侠》《少奇专列》《特别通行证》《追鱼》《长冈的艰难岁月》与《半个世纪的辉煌》等。拍成电视剧的有短篇《少先号》《荒野春潮》，长篇电视剧《月色无言》等。

电影《小巷总理》获国家华表奖、五个一工程奖、第九届长春电影节评委会特别奖；《关东民谣》获国家神农杯银奖；《少奇专列》获电视电影百合奖一等奖。电视剧《月色无言》获天津市长篇电视剧一等奖。电影剧本《东西屋　南北炕》获得国家广电总局颁发的"夏衍杯创意电影剧本奖"。曾被长春市委宣传部等授予"德艺双馨文艺工作者"称号。

邮包来了

"呜嘀嘀"，随着一阵汽笛欢叫，
小岛机帆船，跟着潮水进港了。
战士们紧盯着军邮员的双手，
看着他掏出来一个个邮包。

快！快拆开这邮包个个，
不用看，咱也知道装的什么：
那圆圆的，是珍珠粒粒，
那扁扁的，是宝石颗颖。

人人眼里闪着激动的泪花，
家乡的邮包在战士手里递传：
"俺家乡的玉米来自大寨田啦！
俺北大荒的白菜不怕霜寒……"

战士手捧种子，把荒岛眺望，
胸怀里已有家乡的禾苗荡漾！
荒岛！看你今日还满身褐黄，
明天就让你穿上绿色的军装！

随着邮包，都有家乡的来信，
每一个字都是颗火热的心：
快读给大家听一听吧！
信里的字句哟，是这样亲——

"你们要落实光辉的'五·七'指示，
让荒岛献出蔬菜、粮食，
革命战士应有这雄心壮志，
寄去种籽，表示我们的支持！"

这一颗颗家乡的种子，
仿佛是亲人期望的双眼，
是谁唱起了高亢的"五七战歌"，
和海涛声，震撼着这小岛荒山！

菜苗青青

北方的海岛还带着料峭的寒风，
咱这哨所里哟，春意正浓！
莫看山坡上积雪还没化净，
咱这育苗匣里呵，已菜苗青青。

菜苗呵菜苗，青青菜苗，
看见你激起我心浪滔滔；
菜苗青青呵，青青菜苗，
你是在战士心血浇灌下长高。

为你，同志们精心制做育苗匣，
有的用木板钉，有的用纸壳扎，
有的还用废脸盆子代替，
给你这远来的种子安下了家。

当这一切都已准备妥了，
战士满怀激情把你撒播。
大家日日夜夜盼望你拱土呵，
像盼母猪下崽，小鸡出壳。

夜里，屋外如果是风吼雪卷，
同志们就把你放在炉边；
白天，玻璃透过温暖的阳光，
同志们又把你送到窗前。

呵！是战士的手托着你长大呀，
所以育苗匣里才春意盈盈；
呵！是同志们心中的浩荡春风，
才吹得这小菜苗，青青，青青。

小苗呵，快快地长呵快快地窜，
你瞧那窗外的阳光多么耀眼，
《军民大生产》的歌声伴着铁镐，
正给你建造着理想的家园……

萧宽

男，生于天津，下乡内蒙，1974 年吉林大学中文系入学。

现为新华社新华书画院高级画师，吉林大学文学院兼职教授、内蒙古艺术学院客座教授。

1974 年创作版画（套色木刻）《红色宣传员》选入"全国第四届美展"。1984 年创作漫画《现代化办公》和连环画《菊丽玛》，同时选入"全国第六届美展"。1985 年起加入中国美术家协会，和中国版画家协会等几十个国家级艺术机构。1999 年诗集《草籽》由作家出版社出版。

2005 年造型设计《戒毒魔鬼车》，获中国汽车造型设计精英大赛"最佳幻创奖"。2006 年《萧宽灵性策划》系列讲座，在全国百家电视台陆续播放。同年为《解放军进行曲》词作者、诗人、教育家公木先生创作雕像，座落于吉林大学。

2008 年推出萧宽诗歌系列丛书三套合集。

草籽宣言

一
在野草的怀里断奶
又被秋风的巴掌打落
从此成了流浪汉
不知在何处落脚谋生

二
沦落天涯相思绿

三
把命运交给风
却不为飞黄腾达
愿在跌撞的生涯中
扑到春姑娘怀抱

四
摔在悬崖峭壁上
摔不碎绿的热望
此处不绿他乡绿
还有来年春风

五
被遗弃了
从不沮丧

只要不拒绝岩缝中一撮泥土
便扎下生活的根
只要有一块卧牛之地
便织出春的一角

六
严冬剿不尽绿色
因为绿——
是草子生命凝聚的诗
刻在春的心上

七
被白毛风旋转到九重云霄
又摔进了万丈峡谷

八
那就摔下去
摔下去吧
摔出一片
——绿……

1980年10月1日
于科尔沁草原哲里木报社

吉林大学诗选

刘福春

男，吉林前郭县人，1976 年吉林大学中文系入学。

毕业后供职于中国社会科学院文学研究所，研究员。著有《中国新诗书刊总目》《中国新诗编年史》等。

清晨，海

清晨，我们勇敢地承认了一条小路，
去迎接昨夜被流放的太阳。

没有太阳的夜是可怕的，
逃回的浪呕着团团白沫，跌在沙滩上。

可是，太阳在哪里呢？
我高喊着，登上铁青的山岗。

噢，太阳出来了，真的出来了，
只是用层层云裹住了满身的创伤。

1982 年 5 月

雪

雪
噢，白色也掩埋了
灰色的凄凉

雪的洁白
月的洁白
透明的夜啊
早晨我在雪地里
拾起一千个太阳

雪
噢，白色
也掩埋了灰色的凄凉

1984 年

反季节

四小时的飞行
我从深冬降落到初夏

花又开了
树又绿了
反季节的我
将冬天装进行李
拉着
并不觉得沉重

太阳朗朗地照着
海风轻轻地吹着

温暖的三亚
给我的生命
多添了一个夏季

2016 年 1 月

吉林大学诗选

白光

男，吉林长春人，1977 年吉林大学中文系入学。

吉林大学"赤子心诗社"成员，诗社主要诗人之一。
创作了《圆号独奏》《含露的玫瑰》等有影响的诗作。
毕业后转行去报社当记者，1988 年来深圳做期刊编辑，
直至退休。

在诗歌艺术上，喜欢干净的、清晰的、冷峻的语言。

双眼皮的少妇

我只能看见你的双眼皮
却看不见眼睛里储存的风光

你的双眼皮也是风光
忧伤的美丽　或者　美丽的忧伤

要是能钻进忧伤里面
或许能分享一路走来的沧桑

2012 年 3 月 7 日

我需要一个冬天

我需要一个冬天
属于自己的　完整的冬天

目的地应该在北方以北
因为我来自南方以南

我需要冻僵了的白桦树
扭动干枯而舒展的肢体

还有针一样的冷风
直接注射进神经和血液

一望无际的白雪
一路奔波的疲惫

抖落帽子上的寒霜
噼噼啪啪地点燃干柴

热乎乎的炕头
热乎乎的女人

黄昏　雪爬犁的马铃声
会把今生引渡到来世

2012 年 10 月 9 日

红楼又梦

每个人的心中
都有几条胡同

昨晚我在胡同里转悠
又转进了红楼梦

林黛玉还是从前那付德行
蹙着个眉毛　乱发癔症

见了我仍然爱理不理
跟她唠嗑也是前言不搭后语

不过黎明前她偷偷发来手机信息：
一朝春尽红颜老　花落人亡两不知

我估摸着她这次有点要玩真的
赶紧从大观园西侧的小门溜了出去

2012 年 6 月 1 日

吉林大学诗选

和咸鱼对视

渔村墙上的咸鱼　　　　　　和咸鱼对视
瞪着眼睛　　　　　　　　　我三十八分钟
　　　　　　　　　　　　　没眨一下眼睛

和咸鱼对视
你能多久　　　　　　　　　透过眼睛的眼镜
不眨一下眼睛　　　　　　　能看见空气中
　　　　　　　　　　　　　游走的亡灵

曾经清澈的眼球
还能回放出　　　　　　　　第三十九分钟
珊瑚礁丛　　　　　　　　　我闭上眼睛
与海星搏斗的　　　　　　　却听见嗫嚅的声音：
一段视频　　　　　　　　　其实　我是你的妹妹
　　　　　　　　　　　　　海星　也是我们的亲戚

　　　　　　　　　　　　　　　　2011 年 8 月 7 日

到雪地里住一个夜晚

四根铁钎　就可以架起帐篷
为什么不到雪地里住一个夜晚
开着吉普车　领着拉布拉多犬

带上铁锤和拐棍　鸭绒被　防冻剂　应急灯
酒　馒头　扑克　打火机还有木炭

花掉了半个月工资　准备了半个月时间
期盼着鹅毛大雪纷纷扬扬的一天

我要了却童年的夙愿
吉普车要经过寒冷的年检
拉布拉多找回遗忘的雪原

2011 年 6 月 26 日

重新做一个诗人

就从今天开始
重新做一个诗人
每天照一照镜子
眼睛和眼睛　对视五分钟
检测自己的灵魂

过往的情爱　给风
难释的恩怨　给云
只把仇恨留下　给心
徒步去海边　卫护被切割的沙滩
还有岸上被踩躏的森林

2011 年 7 月 9 日

吉林大学诗选

吕贵品

男，籍贯山东诸城，生长东北吉林，1977年吉林大学中文系入学。

毕业后在吉林大学工作，1985年到深圳谋生，2002年到银川谋事，2007年到北京谋职。当过知识青年、生产队长、大学教师、机关干部、公司总裁等。

从1968年开始诗歌创作。1982年获《萌芽》奖，1983年获《青春》奖，同年获《青年文学》奖，1987年四川人民出版社出版诗集《东方岛》。2010年在作家出版社出版《吕贵品诗选集》，2016年由海天出版社出版《吕贵品诗文集》五本。

和谐号快车

他早早地起床，为了坐一列高铁
从村子到车站至少有半个世纪的路程
要翻过几座山趟过一条河

还要孜孜不倦地读完几本书
然后再生一个孩子最好是个男孩

列车在山水间鸣笛
轻松自如既没喷出烟雾也没喘息粗气
贴着地面轻轻地柔柔地飞翔
低飞出一只燕子

这是一列和谐号快车
舒适绵软的座椅是梦的巢穴
时速 300 公里一梦到达他想去的地方

他向着车站跋山涉水读书生子
一路风雨兼程来到一棵树下
累了。歇歇脚眯一会儿做个梦再走

梦中来到年老
要乘坐的和谐号快车已经离开车站
他就想坐上和谐号列车
可此刻树下的鼾声飘一地黄叶

2014 年 10 月 2 日

走不出去

我始终走不出那个房间
不是因为房门没有打开

我走到门口　忘记带那个皮包
只好回到书房
看到杏花满地牧童醉卧牛背上哭泣

我走到门口　感到有尿没有撒完
只好回到厕所
才知道韩信从胯下爬过时脑门很湿

我又走到门口　想起还没有吃药
只好回到卧室
发现西施浣的长纱浸淫血丝散落床上

我再次跨出门槛一脚在里一脚在外
忽然大雨滂沱我只好转身回屋找伞

我终于可以走出那个房间
突然电话铃声响起
话筒里传来坚硬的声音：你不用来了！

我一屁股坐在了沙发上呆若木鸡
最终我还是没有走出那个房间
我没有走出那个房间
不是因为房门没有打开

2013 年 8 月 1 日

一脚踏空

黄昏弥漫着黄色
尘土漫不经心地飞扬
电锯尖锐的声音切割着这条街道
到处都是碎片

脚手架把大块的水泥围了起来
远看是一只楼房的摇篮
孩子的哭声响彻城里每一个人的耳边

一个腐臭的黄昏在床上散发香气
床上每个虫蛀的小洞里小虫正在交配

慢慢入夜温馨开始在雾中飘浮
人们回家要在那张床上做个好梦

突然一阵骚乱又一阵骚乱
地上一滩鲜红的血浆翻腾热气
让一群人惊诧
让一群苍蝇喧嚣
让这个黄昏增添了一抹红色

从脚手架上凶猛地跌下一个人
那人从高处一脚踏空
仅仅只是一脚
踏空……

2013 年 7 月 8 日

兰亚明

男，吉林长岭人，1977 年吉林大学中
文系入学。

积极探索新诗创作。毕业后就职政府机
关，任科员、副处长、处长、局长、副厅长。
三十余年里风雨相伴却初心无改，一如既
往地追寻着生命之诗意栖居。

出版有诗集《亚明诗选》，散文集《人
这一辈子》。

看魔术表演

人群中　　他挤着
眯起双眼　　细细地看
不是为了捧场
不是为了募钱
他只是看

看——睁大双眼
他使劲地看
他不说这里有鬼
他不说这处处都在遮掩
他只是看

待他把一切都看得分明
他不想在喝彩声还没停下
便大喊一声跳出来
把这一切说穿
他只是在人群中
拨条小缝　　慢慢挤出来
回头淡淡地一笑
离开人群　　走得老远老远

1980 年 1 月

这个人

（一）

读尽最后一行

信被轻轻合上

烟熄了　又燃起

燃起了　又熄了

信又被打开

翻到最后一行

他闭上眼睛

嘴角抽搐了一下

突然　他把信撕得粉碎

又擦亮火柴　将碎片点燃

大滴大滴的泪

砸落了翻飞的纸灰

（二）

烟盒空了

他狠狠捻灭最后一个烟蒂

猛然站起　吸一口长气

咬咬牙　把心呕了出来

噗　吐在地上

又用脚踩死

砰　门在身后关上

他走了　头也没回

（三）

他患了癌症

地地道道的不治之症

他离开家　来到一个僻静处

趁夜深人静　他摸出剪刀

自己动起了手术

沉甸甸的瘤被挖出来了

丝丝缕缕的脉被剪断了

血在流

可奇迹出现了

他的病好了

人们都说他胖了　发福了

可他什么也不说

只是咧着嘴

像是笑

1980 年 1 月

吉林大学诗选

噩梦

圆的　扁的　方的　三角形的
一张张血淋淋的大口
在猫头鹰和蝙蝠的陪伴下
寻觅着满足

恐惧　瑟缩　躲藏
即使勇敢者将正义攥成拳头
一切也都无济于事

他们终于得逞了
嫉妒　庸俗
卑微　偏见
犬齿交错咀嚼着一个个丰满的灵魂
心滴出的血填补了空虚和无聊
冤屈的泪滋润了黑色的狞笑
猫头鹰嚎叫蝙蝠飞舞
噩梦　正在进行

1980 年 2 月

给上帝

也许这蓝天也是你的
太阳是你鲜红的印章
也许这大地也是你的
千万条江河将它捆绑

你多么希望
闪烁的星斗是金色的铆钉
固定你千载不灭的辉煌

可是　你绝不会相信
山峦的崩摧能截断河流
后羿的臂力能射落太阳
就连那颗颗星儿
也可化作眼似的枪口
枪口中喷射着愤怒的光

请你怀疑自己的吧　　上帝
你能抑住大海的胸膛
你能阻止空气的流淌
纵有十万吨的寒冷
你又怎能把人心冻僵

该谢的恩早已谢过
该叩的头早已叩响
身上负着重债
头上还留有血浆
当我们结束祈祷
从地上爬起来时
我们就已经清醒了
一手向你索还自由
一手握紧了枪

1980 年 3 月

李白醉酒

也许西天的那片辉煌
正是因为残阳坠落
也许斗转星移
辉煌的不只是九天长河
也许灵魂无依
飘零中又多了几分落魄
也许路到尽头
坎坷之后依然坎坷
踏着夕阳
拄着青山
在晚风的挽扶下
你蹒跚而来

你来了
摇摇晃晃地来了
醉倒在我的身旁

我惊诧愕然
你怎么能醉呢

豪饮日月的是你
气吞山河的是你
挥天指地的是你
嬉笑怒骂皆成诗篇的还是你
你怎么能醉呢
你的海量　你的豪气　你的狂猖
怎能让我相信你会醉呢

可是　你真的醉了
醉倒在夕阳下
醉倒在这默默的沉寂中
天子不再来呼你
高力士不再为你脱靴
杨贵妃也不再望着你
倚栏而笑
就连你自己也不再狂呼乱叫
自诩酒中之仙
你醉了
伏着那个伴你终生的酒瓮
醉成了一滩烂泥

望着你的醉态
我搀也不是　扶也不是
双手颤颤　不知落向何处
只有大滴大滴的泪砸在心上
你醉了　你真的醉了
面对着险象环生的宦海
面对着茫茫的人生之路

尽管你自称狂人
自信为天生之材
尽管你胸怀壮思
直挂云帆济沧海
尽管你情及潭水

亲情友情乡情万丈
可当你直面前程时
欲渡黄河冰塞川
将登太行雪满山
天长地远魂飞苦
梦魂不到关山难
你还想什么呢
你还说什么呢
哪条路属于你呢

你千呼万唤
你停杯投箸
你拔剑四顾
你抽刀断水
可又有什么用呢
即使你想散发弄舟
一生好入名山游
可你恋乡恋水恋故人的那般情
又怎能割得了断得了呢

万般无奈的煎熬
熬出了你的大彻大悟
熬出了饮酒留名的大道
从此
你不在介意斗酒十千　珍馐万钱
甚至牵出五花马　脱下千金裘
呼儿将出换美酒
与天地清风

一道
共销那万古长愁

你醉了　醉得一踏糊涂
可我理解你呵
理解你的情
理解你的心
理解你
被无奈浸透的整个生命

你醉了　你睡了
人说　醉了便没了痛苦
睡了　便进入了虚无
可你　你的心
为什么偏偏醒着
让千古万代的来者
不得安宁

睡吧　我的朋友
睡吧　我的诗兄
我守着你　我们守着你
不只是为你落泪
更为你祈祷黎明

1981 年 2 月

吉林大学诗选

田巨峰

男，吉林伊通县人，1977 年吉林大学历史系入学。

1982 年 1 月毕业留校，在吉林大学党委学生工作部、党委宣传部工作，曾任党委宣传部副部长，期间调中共吉林省委办公厅综合处工作一年。1985 年 3 月至 1987 年 8 月调深圳市政府办公厅综合处、政治处任副处长。1987 年 8 月至 1993 年 1 月，中共深圳市委组织部干部一处处长、副部长。1993 年 1 月至 1996 年 3 月，任中共深圳市宝安区委副书记兼区政法委书记、中共深圳市委副秘书长、深圳市直机关工委书记；

1996 年 3 月至 2008 年 12 月，任深圳市国有免税商品集团董事长、党委书记。深圳市能源集团董事长、党委书记。深圳市机场集团公司监事会主席。

爱好文史写作和书法，从 1970 年代起，曾在中央省市级报刊杂志发表诗歌散文等百篇。

历史的长河，生命的浪花

——读孙嘉莉的《活到九十》

这是一篇荡气回肠的文章，
饱含着生命的不舍和顽强，
充满着生命斗士的坚韧意志，
还有胜利者挂在嘴角上的嚣张……

它使我想起了历史，
历史就像亚马逊河一样，
它从秘鲁的科迪勒拉山脉发源，
弯弯曲曲，从近到远，一直奔向大西洋……

它奔腾浩瀚，流经多少个时空，
它烟波浩淼，好像是一望无际的海洋。
它深沉稳重，有时看不出水在流动，
她黑白分明，使人感慨大自然的力量……

而每个人呢，在历史的面前多么渺小啊，
就像是亚马逊河的一朵浪花，
亿万朵浪花组成了亚马逊河浩瀚的流量，
它们灌溉着两岸的农田，哺育着每一个村庄……

也许这朵浪花在中途就会消失，
或者变成树木的绿荫、稻穗的金黄，
或者变成食物摆到了餐桌上
或者被蒸发变成了白云，飘在天上，……

谁能说这朵浪花消失了？
谁能说这朵浪花像不存在一样？
不，它存在过，它现在依然存在，
历史长河依然奔流得浩浩荡荡……

林林总总鲜活的生命，
一刻也离不开水的滋养，
五彩缤纷的世界啊，
水就像是它的体液、血浆……

这朵浪花虽然会暂时消失，
这朵浪花虽然会暂时被遗忘，
但水一直存在，一直在流淌，
历史就像亚马逊河一样宽阔悠长……

每一朵浪花都有它自己的面貌，
有的在太阳下翻卷得像白雪一样，
有的在月光下泛起银色的微光，
有的在狂风中掀起了滔天巨浪……

每一朵浪花都有它自己的故事，
不管是它滋润了树木、庄稼，
还是养肥了鱼虾，哺育了村庄，
它的存在都是那样实在，不事声张……

每一朵浪花都有它自己的性格，
有的随和温柔，有的刚强倔强，
有的锲而不舍，有的打一枪换一个地方，
也有的在历史长河中发出了耀眼的闪光……

每一朵浪花都有属于它自己的时光，
也许它流经了多彩的城市，
也许它流经了翠绿的村庄，
也许它曾经在热带雨林里面徜徉……

一朵浪花很小很小，小得如同尘埃那样不起眼，
亿万朵浪花很大很大，大得如同滔天卷地的波浪……
一朵浪花能够反射出太阳的光辉，
亿万朵浪花总是那样奔流不息，源远流长……

2012 年 9 月

吉林大学诗选

王小妮

女，满族，吉林长春人，1977 年吉林大学中文系入学。

毕业后做电影文学编辑，1985 年定居深圳。其诗歌艺术成就，入围国际诺贝尔文学奖提名。

2000 年秋参加在东京举行的"世界诗人节"。2001 年应德国幽堡基金会邀请赴德讲学。2003 年获得由中国诗歌界具有影响力的三家核心期刊《星星诗刊》《诗选刊》与《诗歌月刊》联合颁发的"中国 2002 年度诗歌奖"。曾荣获美国安高诗歌奖、荣获第二届"华语文学传媒大奖"年度诗人奖、荣获美国波士顿西蒙斯大学汉语诗歌奖。现为海南大学人文传播学院教授。

出版有诗集《我的诗选》《我的纸里包着我的火》《半个我正在疼痛》《家里养着蝴蝶》《世界何以辽阔》，长篇小说《人鸟低飞》与《方圆四十里》，随笔散文集《浮躁的烟尘》《放逐深圳》《手执一支黄花》《我们是害虫》《目击疼痛》《派什么人去受难》《谁负责给我们好心情》《王小妮随笔精选》《安放》《一直向北》《上课记》和《上课记 2》等。

爱情

那个冷秋天啊

你的手
不能浸在冷水里
你的外衣
要夜夜由我来熨
我织也织不成的
白又厚的毛衣
奇迹般地赶出来
到了非它不穿的时刻

那个冷秋天啊
你要衣冠楚楚地做人
谈笑
使好人和坏人
同时不知所措

谈笑
我拖着你的手
插进每一个
有人的缝隙
我本是该生巨翅的鸟
此刻
却必须收扰肩膀
变一只巢
让那些不肯抬头的人
都看见
天空的沉重
让他们经历
心灵的萎缩
那冷得动人的秋天啊
那坚毅又严酷的
我与你之爱情

我爱看香烟排列的形状

坐在你我的朋友之中
我们神聊。
并且一盒一盒打开烟。
我爱看香烟排列的形状
还总想
由我亲手拆散它们

男人们迟疑的时候
我那么轻盈
天空和大地
搀扶着摇荡
在烟蒂里垂下头
只有他们才能深垂到
紫红色汹涌的地芯。

现在我站起来
太阳说它看见了光
用手温暖
比甲壳虫更小的甲壳虫
娓娓走动
看见烟雾下面许许多多孩子

我讨厌脆弱
可是泪水有时候变成红沙子
特别在我黯淡的日子
我要纵容和娇惯男人

这世界能有我活着
该多么幸运
伸出柔弱的手
我深爱
那沉重不支的痛苦

十枝水莲（6首）

1. 不平静的日子

猜不出它为什么对水发笑。

站在液体里睡觉的水莲。
跑出梦境窥视人间的水莲。
兴奋把玻璃瓶涨得发紫的水莲。
是谁的幸运
这十枝花没被带去医学院
内科病房空空荡荡。

没理由跟过来的水莲
只为我一个人
发出陈年绣线的暗香。
什么该和什么缝在一起？

三月的风们脱去厚皮袍
刚翻过太行山
从蒙古射过来的箭就连连落地。
河边的冬麦又飘又远。

不是个平静的日子．
军队正从晚报上开拔
直升机为我裹起十枝鲜花。
水呀水都等在哪儿
士兵踩烂雪白的山谷。

水莲花粉颤颤
孩子要随着大人回家。

2. 花想要的自由

谁是围困者
十个少年在玻璃里坐牢。

我看见植物的苦苦挣扎
从茎到花的努力
一出水就不再是它了
我的屋子里将满是奇异的飞禽。

太阳只会坐在高高的梯子上。
我总能看见四分五裂
最柔软的意志也要离家出走。
可是，水不肯流
玻璃不甘心被草撞破
谁会想到解救瓶中生物。
它们都做了花了
还想要什么样子的自由？

是我放下它们
十张脸全面对墙壁
我没想到我也能制造困境。

吉林大学诗选

顽强地对白粉墙说话的水莲

没见过歌手日夜唱颂着的美人
河水不忍向伤心处流

光拉出的线都被感动
洞穿了多少想象中没有的窗口。

心里却变得这么沉这么满。

我要做一回解放者
我要满足它们
让青桃乍开的脸全去眺望啊。

今天无辜的只有水莲
翡翠落过头顶又淋湿了地。
阴影露出了难看的脸。

3. 水银之母

洒在花上的水
比水自己更光滑。
谁也得不到的珍宝散落在地。
亮晶晶的活物滚动。
意外中我发现了水银之母。

坏事情从来不是单独干的。
恶从善的家里来。
水从花的性命里来。
毒药从三餐的白米白盐里来。

是我出门买花
从此私藏了水银透明的母亲
每天每天做着有多种价值的事情。

光和它的阴影
支撑起不再稳定的屋顶。
我每一次起身
都要穿过水的许多层明暗。
被水银夺了命的人们
从记忆紧闭室里追出来。

4. 谁像傻子一样唱歌

今天热闹了
乌鸦学校放出了喜鹊的孩子。
就在这个日光微弱的下午
紫花把黄蕊吐出来。

我没有能力解释。
走遍河堤之东

谁升到流水之上
响声重叠像云彩的台阶。
鸟们不知觉地张开毛剌剌的嘴。

不着急的只有窗口的水莲
有些人早习惯了沉默
张口而四下无声。

以渺小去打动大。
有人在呼喊
风急于圈定一块私家飞地
它忍不住胡言乱语。
一座城里有数不尽的人在唱
唇膏油亮亮的地方。

天下太斑斓了
作坊里堆满不真实的花瓣。

我和我以外
植物一心把根盘紧
现在安静比什么都重要。

5. 我喜欢不鲜艳

种花人走出他的田地
日日夜夜
他向载重汽车的后柜厢献花。
路途越远得到的越多
汽车只知道跑不知道光荣。
光荣已经没了。

农民一年四季
天天美化他没去过的城市
亲近他没见过的人。

插金戴银描眼画眉的街市
落花随着流水
男人牵着女人。
没有一间鲜花分配办公室
英雄已经没了。

这种时候凭一个我能做什么？
我就是个不存在。

水啊水
那张光滑的脸
我去水上取十枝暗紫的水莲
不存在的手里拿着不鲜艳。

6. 水莲为什么来到人间

许多完美的东西生在水里。
人因为不满意
才去欣赏银龙鱼和珊瑚。
我带着水莲回家
看它日夜开合像一个勤劳的人。
天光将灭
它就要闭上紫色的眼睛
这将是我最后见到的颜色。
我早说过
时间不会再多了。

现在它们默默守在窗口
它生得太好了
晚上终于找到了秉烛人
夜深得见了底
我们的缺点一点点显现出来。

花不觉得生命太短
人却活得太长了
耐心已经磨得又轻又碎又飘。
水动而花开
谁都知道我们总是犯错误。

怎么样沉得住气
学习植物简单地活着。
所以水莲在早晨的微光里开了
像导师又像书童
像不绝的水又像短促的花。

2002—2003

徐敬亚

男，吉林长春人，1977年吉林大学中文系入学。

现为海南大学诗学中心教授，当代诗人、文学评论家。大学学生时代曾出席中国作家协会《诗刊》杂志第一届青春诗会，著有诗歌评论《崛起的诗群》《圭臬之死》《隐匿者之光》及散文随笔集《不原谅历史》等。曾主持"中国现代诗大展"，并主编《中国现代主义诗群大观》。现居深圳。

徐敬亚的《崛起的诗群》，与此前谢冕先生发表的《在新的崛起面前》，及孙绍振的《新的美学原则在崛起》，被学术界称为中国当代诗歌评论的"三个崛起"。

罪人

当第一声喝问，匕首般投进人群
"罪人"——两个字，触命惊心！

当第一个罪人被拖出家门
无名的愤恨，咆哮着四处翻滚……

当第二块黑牌挂上了罪人的脖颈
恐怖的阴影，无声地爬向六故三亲

当食指突然指向了第三个脑门
台下，战战兢兢浮动起一片家族索引

吉林大学诗选

当第四个高帽又找到了主人
虔诚的孩子们，慢慢低头思忖

每当台上增加了一个罪人
台下，就减少了一个狂欢的声音

当会场上无数次响起揪心的审讯
人群，开始交头接耳地议论

当台上出现了第五、第六……第一百个罪人
台上和台下，互相无声地交换着眼神

当台上跪满了黑压压的人群
罪人们，已经把手臂挽得紧紧！

每当台上增加一个罪人
台下，就出现十个叛逆的灵魂

历史的天平……一寸一寸，被扭歪着嘴唇
一天，又一天——它，突然一个翻身！

1978 年

后记：《罪人》原发《赤子心》创刊号，及曾由全国十四所高校联办《这一代》创刊号。系首次正式发表。

我告诉儿子

在你诞生的时候
有人在下棋
输掉了开阔地之后
我们站在星星上向天空开枪

记住
是冰和石头组成了你
而水与灰尘的粉沫
要靠你的一生去转化
把温度传给下一代
这算不了什么
我最先给你的只是一只耳朵
你应该听到
总有人喊你的名字
那一天
白兰花低着头穿过玻璃
很多人什么也不说
就走了

在你的面前
将有一个长得很丑的人
冷笑着，坐下来喝酒
那是我生前不通姓名的朋友
他和我，一辈子也没有打开那只盒子

在我的时代
香气扑鼻。悠扬，而又苦涩
贝多芬的鬃毛，乐曲般拂起
而我却从来没有一天开心歌唱过
爸爸不是没有伸出手
最后，我握着的
仍然是自己的全部手指
只有心里的风，可以作证
我的每一个指纹里
都充满了风暴

你的父亲
不是一个温和的人
这个人的温度，全部被冰雪融化
我一生也没有学会点头奉承
正因为我心里想的太好
所以说出的话总是不好
我一辈子用左手写字
握手时却被迫伸出右手
儿子啊
这是我在你生前，就粗暴地
替我们家庭选择的命运
我，已经是我
你，正在是你
但我还是要告诉你
别人向左，你就向右
与世界相反——
多么富有魅力！

我的力量
总有一天会全部溜走
当你的肱二头肌充血的时候
我正与你的力量约会
拳台上，你和对手握拳时
要把墨水悄悄印在他的手上
被我忍住的眼泪
将会成为你流淌的金币
我一天也不会离开你
我将暗中跟踪你，走遍天涯
儿子，不管我在，还是不在
上路之前，都要替我
把那双老式的尖头皮鞋擦得
格外深沉

你的功勋
注定要在上午升起
地毯上的图案突然逃离大门时
你要立刻起身追赶
那时，你会听到
我在牛皮纸里为你沙沙歌唱

一个人
一生总共也渡过不了几条河
我终于明白，我永远学不会的沉默
才是一架最伟大的钢琴
明天，或者下一个明天
总会有人敲你的门

你想也不用想
就要站起来
是胸前一个漏掉的纽扣
使我年轻时就突然坚定
而你，注定是我暗中的永生
我要靠你的目光
擦拭我不愿弯曲的脊背
你要沿着龙骨的曲线寻找女人
男人
可以使水向上走

你的父亲
一生也没有学会偷偷飞翔
我把折断的翅膀
像旧手绢一样赠给你
愿意怎么飞就怎么飞吧
你是我变成的另一只蝴蝶
是一个跌倒者加入了另一种力量的奔跑
你的心脏
是我与一个好女人撒下的沙子
你自己的心，愿意怎么跳就怎么跳吧
儿子，父亲只要求你
在最空旷的时候想起我
一生只想十次
每次只想一秒

我多么希望
你平安地过完一生

可是生活总是那么不平
某一天，当大海扬起波涛
我希望
你，恰好正站在那里
我再说一遍
有人喊你的名字时
你要回答
儿子啊，请记住
你应该永远像我的遗憾
一样美

1984-1999-2014

青海，你寒冷的大眼睛

远望水，我却无法走近水。啊青海
你闪闪发光，浮荡在我的上空
贴着一层层皱褶的皮肤，我匍匐而行
怎样才能大胆，怎样才能骄傲地抬起头
无忌地盯着你的眼睛

那些水啊，你的寒冷的因子
你辛苦积累的日子
把天空的眼泪一滴一滴攒起来，像吝啬的农妇

背过身，低头数着暗中的珍珠
给我一颗吧，挑最小的
让我从移动的光影里大胆地看你

即使在最小的珍珠上，你仍然那么巨大，那么胖
你浑身隆起，你把乳房长满了群山
你扔出全身的骨骼与膏脂，漫野滚动
然后你就笑了，站在最高的山顶上望着人间
让所有比你矮的人，觉得更矮
一步一步仰望着你的最深处

最深的，就是水
就是你看过来的那个方向
你的大眼睛能淹没这个世界的一切
包括你自己，包括你的全部秘密
尽管缺少睫毛，你却不缺少诱惑
荒凉的神啊，你不动声色
你让我不明白

把所有秘密都留给你，我就要走了
带着它，不是更沉重
而是更忧伤，更让我不安宁
青海，轻轻地笑一次吧
笑得更神秘，更多情，更寒冷
你的秘密应该永远安放在你的秘密之中
我永远在你的大眼睛里颤抖

2008 年 5 月 31 日 深圳

青海，高原狮吼

一声比一声更猛的
是我的喘息。高原啊，你正沿着血管
从内部攻打我
每一枪都击中太阳穴，天空蹦跳
擂鼓者用肋骨敲打我的心脏

我怎么敢向你发出挑战
怎么配做你的对手
每一寸平坦里，你都暗藏着云中的尖峰
连绵起伏的剑法，太极拳一样遥远而柔韧
还没有登上你的拳台
我已经累坏了

充满了深度的威胁，天空湛蓝
埋伏了千军万马的高原
给我力气吧，也许
我不应该越过自己的界限
你用一次次的上升，远离我的窥视，惩罚我
每一根草都扇动起鹰的翅膀

升起来了，从四面八方
满天的狮群向我滚滚奔来
鬃毛抖动，牙齿呼啸
头顶上滑过一道道圆形的闪电

顶礼，高原
顶礼，永在我之上的土地
天空湛蓝，天堂端坐，一只狮子
比寂静更寂静
比寂静
更缺少声音

2008 年 6 月 21 日 深圳

青海，我与你盘膝对坐

离开中原，炊烟漂浮中
我溯着大河，一步步向上寻找你
在这宽广之地
你怎能隐藏得这么好
一座山脉，搂紧另一座山脉
青海，你安静得像消失了一样
在我的背后，那里的石头都变成了人
你的人全变成了石头

石头托起山，山托起云
云托起寺院
金黄的寺院托起一顶顶金黄色的僧帽
噢，我看见了，青海
带领着成千上万吨石头

披着袈裟风，你
把念诵声撒满了高原，经幡起舞
酥油灯里
成千上万吨金子呼喊着
明明灭灭

我还是不明白
你的每一天就这样度过吗
不流泪是为了节省水
不吃鱼是为了让它替你游
而你，替谁在游
用身体无声地丈量大地，一匍一卧
你会笑吗，你会忧愁吗
告诉我，怎样从寂寞的石头里抽出光线
告诉我，这么大的房间，你们一生
怎样入睡

经筒飞转
天际线眯着群山的眼睛
这永远没有答案的土地，也永远没有疑问
面对面，盘膝对坐
我与你，一起
睡着了

2008 年 6 月 22 日 深圳

尤红

女，内蒙古通辽人，1977 年吉林大学白求恩医学部医学专业入学。

曾任白求恩医科大学党委副书记兼副校长、卫生部新闻办公室主任、中国康复研究中心党委书记兼首都医科大学康复医学院院长、中国残联办公厅主任、康复部主任。现任中国残联理事、中国狮子联会会长。

法学博士，教授。多年从事卫生事业管理和残疾人康复管理，曾参与多项国家级科研课题。并出版书籍和教材多部，发表论文数十篇。

世纪康老

——献给康克老校长百岁华诞

这是一个硕果挂满枝头的时节
这是一个充满喜悦和敬贺的百岁寿宴
这是一个感受健康、感悟人生、感叹生命的讲坛
这也是一个几代白求恩学子相聚和举杯的庆典

100 年，一个世纪
康老，您的足迹谱写了期颐华章，遍及地北天南

回眸昨日，我们感慨您奋斗岁月的漫长又遥远
面对今天，我们惊叹您矍铄的精神和不老的容颜
憧憬明天，我们祈愿您老当益壮，夕阳更灿烂

100 年，36500 天
康老，您多出我一倍的年轮
却书写了多出我几倍的人生精彩诗篇

晋察冀军区卫校，您参与创建
战火硝烟中，您和白求恩并肩
教学管理，您爱中有严
教书育人，您桃李满园
编写校史，您呕心沥血
传播白求恩精神，您孜孜不倦
建设学校，服务师生六十余载
您见证了白求恩医科大学的诞生、发展和变迁

您平和，真诚，博学，健谈
您勤劳，质朴，向上，乐观
您从容面对身边事，心理，身体都康健

怎能忘，
您 70 岁，给了我迈入大学门槛儿的第一句赠言
政治坚定，技术优良，要让白求恩精神代代相传

怎能忘，
您 80 岁，我多次邀请您为新生讲校史，和老生座谈
您清晰的思路，过人的记忆，让多少年轻人汗颜

怎能忘
您90岁，我陪您一起去河北唐县
您一口气攀登108级台阶
送去了对白求恩永远的敬仰和思念

怎能忘，
您92岁，徒步来到我的病榻前
亲切的问候至今都萦绕我的耳边
是那么的美，是那么的甜

怎能忘
您99岁，我们已经分别五年
一见面儿您就叫着我的名字
嗔怪道：怎么就不回，大家把你想念
一句话，释放出了学生对母校深藏于心底的浓浓情感
周身暖流涌，热泪洒腮边

怎能忘，
您100岁，我意外惊喜的收到了您亲笔书写的贺年片
百感交集啊
我紧紧把它贴在胸前
那是我一生中最为珍贵的纪念

敬爱的康老
您的一百年
我不能够体会其中的苦辣酸甜
但我知道您脚步铿锵，无悔无怨
您的一百年

我怎么能够用这三言两语说完
这记忆中的点点滴滴，零零散散
却是我和校友们对您和"老白校"挥之不去的深深眷恋

硕果挂满枝头
康老，高兴的报告您
三千多名校友
已成为京城亮丽的一道风景线
白求恩的传人一定会让母校更加增彩夺艳

喜悦漾溢庆典
祝愿康老
福如东海水长流
寿比南山松满园

康老，我们约定
2008 年
北京——再相见！

2006 年 9 月 14 日

再致敬爱的康老

五年前的一句："北京——再见"
仿佛就在昨天
今晨的一声噩耗
您我竟分隔两重天

怎能忘
您103岁，坐轮椅到北京参加母校七十年庆典
您对着话筒高喊着"白求恩精神万岁"
让在场的几代白求恩传人感慨万千
我们知道，弘扬白求恩精神是您一生的理想和实践
我们知道，世代传承白求恩精神是您一生最大的心愿

怎能忘
您105岁，我却只能在您的病榻前呼唤
"老校长，我来看您啦"
"康老，尤红来看您啦，您睁睁眼啊"
我断定您在弥留之际仍然保持着一份清醒
您突然的急促呼吸告诉我——您已经听见

我紧紧的靠近您的床边，凝望您平静的脸
试图用您的从容平抚我内心的剧痛和慌乱
我把手轻轻的放在您的脸上
试图让我的血脉挽回您曾经的容颜

可是，您累啦
可是，您没能再看我一眼

我不能接受
几天前的这次相见竟然是我们的诀别
我不可以接受
您不老的青春怎么也可以烟消云散

我真恨，没有回天之力把您的生命永远留住
我真恨，没有妙手回春再让您活上一百年

亲爱的康老，安息吧
您的音容笑貌会伴随着我的生活，我的思念
您继承的白求恩精神会在我和我们的身上再现
您永恒的是 37715 天的生命精彩
您不朽的是人格，是品德，是学识，是贡献

康老，再过几十年
我还是您的学生，我们还会再见

2011 年 1 月 14 日

后记：
2006年9月14日，在康克校长100岁诞辰的日子里，作者代表北京的校友到母校为老校长祝寿，并以诗的形式表达了心意。
2011年1月14日，当作者听到康老仙世的消息后，连夜续写了这首诗，以此献给想念的母校康克老师。

轻轻的，我再次走近你

轻轻的，我再次走近你

捧一束鲜花放在你长眠的土地
斟一杯美酒祭奠你灵魂的远去
当时光拉回到永远的"5·12"
一年前的震撼仍然让我的心战栗

轻轻的，我再次走近你

我唯恐脚步声惊醒你的沉寂
我担心吵杂声打断你的思绪
可是，我无法扼止啊
在你的身上，我还是洒下了痛惜的泪滴

轻轻的，我再次走近你

我曾去汉旺镇见证你
钟楼上的指针定格着世界的悲剧
14 点 28 分
这一刻让高山流泪、让大地无语

我曾去"特殊教育"学校看望你
黑板上分明还写着"残疾人的权力"
没有吃完的盒饭掺杂着灰土
鲜艳的红领巾躲在角落里哭泣

我曾去北川中学寻找你
那散落的课本，那撕开的桌椅
那带有血迹的运动鞋，
那仅仅露出一角的运动衣

我无数次的在内心呼喊
"我的孩子啊，你在哪里？"
心如刀绞，泪如雨滴
苍天啊，你为什么这样无情的把他们的生命夺去

我曾去东方汽轮机厂探望你
那庞大的厂房怎么就只剩下了一堆瓦砾
孤零零的几根柱子啊
凄凉、无助的迎接着风雨

我曾去北川县城祭奠你
多处山体的滑坡桎梏了你的呼吸
全城覆灭，万人失踪啊
我终于知道什么是天崩地陷、撕心裂脾

轻轻的，我再次走近你

我曾把康复知识丛书送给你
数十万字，七万册，几十名专家的汗水凝聚
震后仅仅一周啊，我就让你捧在了手里
欣慰——来源于我想帮助你的朴素诚意

我曾带领康复医疗队救助你
频繁的余震还在晃动着大地
党旗下举起右臂：
为了你，我无所畏惧

第一个给你安上假肢，配上辅具
第一时间使你减轻伤痛或避免残疾
送给你的不仅仅是安慰、希望和力量
那是理念的传播、零的突破和康复的意义

我曾去国务院和卫生部讨论你
什么是康复标准、怎么样全国一盘棋
一个接一个的文件啊
指挥、指导着康复救灾井然有序

我曾去二十个省的伤员转移点探望你
如何医工结合，如何把早期康复渗透进去
我和我的同事啊
倾尽情感、绞尽脑汁、尽心尽力

我曾去广元板房康复中心支援你
送去中央与地方的关爱和高超的医技
你们脸上终于露出的微笑啊
把我的疲惫和惊恐冲洗

我曾到灾民安置点慰问你
你说"有天空就会有雨"
你说"别悲伤，生活还要继续"
我激动、感动啊，为你的坚强和刚毅
我曾在灾后重建帮助你
一座座康复大楼将要拔地而起
一堂堂康复课程为你注入了生机与活力
一次次康复训练你能够在板房康复点随时随地

我曾在人民大会堂再现你
意想不到的回报是"抗震救灾英雄集体"
国家领导接见，党政军颁奖
这是全国康复工作者的光荣，这是中国的最高奖励

轻轻的，我再次走近你

稚嫩的鲜花已经遍布在初春的蜀地
穿心的伤痛化作了不可摧毁的勇气
我和你，他和你
你的命运已经和我们牢牢的绑在了一起

轻轻的，我再一次走近你

是你，让我一次次感受生命的意义
是你，让我一回回读懂刚强和希冀
在大灾大难面前啊
是你告诉了我，什么叫精神永在，不倒不屈

轻轻的，我再一次走近你

2009 年 4 月 4 日于成都

后记：
  2009 年 4 月 4 日清明节，时值四川汶川地震一周年。作者在四川成都，参加由时任卫生部部长陈竺和世界卫生组织总干事陈冯富珍，组织召开的"自然灾害医学救援国际研讨会"。回首抗震救灾时的点点滴滴，作者思绪万千潸然泪下，挥笔一气呵成此诗，作者用文字留下难忘和感动。

邹 进

男，北京人，1977 年吉林大学中文系入学。

曾供职于北京语言大学、中国作家协会等。爱好诗歌，出版有诗集《为美丽的风景而忧伤》。

现为北京人天书店集团公司董事长。1998 年 9 月邹进创办北京人天书店有限公司，提出配送资料室、图书馆及个人书架的服务理念，为人天书店迅速发展奠定了良好基础。目前人天书店已经成为中国大陆较大的民营图书发行公司、专业性的图书经销和出版信息提供商。

古李十番棋

谁是第一人？
血泪之争
数百年后，仍令好弈者
感慨万千
并世双雄
共谱当湖十局
一局既罢，对饮而歌
传说仙人之弈

名人棋所
象征家门兴衰
为棋一生悬命
胜负岂止个人荣辱
若不取胜
便告老退隐
每一局，都当最后一战
胸藏必杀决心

无人再有资格挑战
昭和之棋圣
为此而封存
供人瞻仰的图腾
先贤而后杰
终不能掠其风采
虽寥寥十局
把所有高手打回原形

失败一次又一次
之后，方知自身处境
差距微乎其微
精神霄壤之别
看似平淡无奇
不战屈人之兵
能忍，则忍
是可忍，孰不可忍

拂开数十年乱云尘土
只发现
夕阳黄昏中
无愧无咎
棋盘上
布满圆融调和之道
而棋圣的光辉
寥若晨星

传说中的某人
大美而不言
坐拥千金
寂寞简朴如斯
置胜负于度外
却是一切天才的障碍
——要说当代第一
还是先赢了我吧

京口北固亭怀古

京岘山如印　　　　　　不知谁的身后是悬崖
等待何人题款　　　　　崖壁之上一直有个身影
望夫亭　　　　　　　　已经支离破碎
不要指望自己归来　　　如何拼凑成形
千古江山　　　　　　　跑马过后
如舞榭歌台　　　　　　二人双剑合璧
还有哪位英雄　　　　　总是强人有意
靠美人出位　　　　　　泯灭英雄壮举

历史早被版本　　　　　最后出场的
改得面目全非　　　　　必然面对都是精英人物
那也无妨断章取义　　　谁都想做历史终结者
拿来我用　　　　　　　不愿坐回看客座位
惊涛骇浪中一叶扁舟　　面对强敌
由小变大，但无法靠近　睾酮表现最为出色
赢得脚下一只乏船　　　但超时告负
在时间上漂浮　　　　　泪洒江山对谁说去

无奈那英雄情结

一个事物做了很久　　　　　　花费越多时间
花费多年心血　　　　　　　　越舍不得放下
及至白头　　　　　　　　　　挣了越多的钱
某一天，某个时候　　　　　　钱越好挣
发现它既没意义　　　　　　　南辕北辙
又没意思　　　　　　　　　　马虽良，此非楚之路
比如说挣钱　　　　　　　　　求若所欲
并非终极目标　　　　　　　　犹缘木而求鱼
初衷只是为了生存
结果成了正事儿　　　　　　　所谓英雄孤愤
　　　　　　　　　　　　　　并非郁郁而不得志
一天天难过　　　　　　　　　曾经红紫一身
一年年却飞快　　　　　　　　逐日酒池肉林
人越来越老　　　　　　　　　无奈那英雄情结
钱越来越多　　　　　　　　　系在心头时时绞痛
觥筹交错之中　　　　　　　　垂垂老矣
有个影子对我耳语　　　　　　还壮心不已吗
在我耳窝里放下一尊棺柩　　　对谁说
举杯邀明月　　　　　　　　　曾怀抱鸿鹄志
更显得英雄惆怅
不知今夜归宿

血战百局

哈哈大笑
而内心痛苦
血战百局胜负各半
剩下满盘沙砾
要达到不可能达到的高度
除非留下足够的对手

张灵甫一身豪气
被共军诱敌深入
未及东海喂鱼
被陈毅笑道
不知入境宜缓
百万军中取上将首级

并不以沉重的心情
讲述失败过程
用棋盘推演历史
想象而不是回忆

大飞挂角
与人方便自己方便

纵观全局
撒豆成金四处受益
宽袍大袖内藏利剑
仙风道骨化作
绿水青山

薄吃厚
铁壁如纸
他看见
而我视而不见

没有升堂入室
只能望洋兴叹
过眼云烟，转瞬即逝
此空间
已非彼空间

这手棋
为何下在这里？
朝闻道，夕死可已

战马

山岗上谁的尸骨
马的？
我的？

肉体跟着冰雪融化
山头裸露
残留灰烬

一切结束之后
只剩下
一根缰绳
只剩下风的鞭子
抽着时间飞跑

我不想听那些鸟事
从战场飞回来的鸽子
说战争结束了
爱恨已如黑白分明
爱情结束后
生活开始

给我的马写封信
放进一个口哨
它会向我跑来

生来奔跑
奔跑是它的方式
躲过子弹和脏话
寻着目光和道路
穿透栅栏和时光
跑进想像之中
跑进一声呼唤

那句台词是
（我曾经深信不疑）

我十分恨你
但不会少爱你一分

那匹马已经濒死
它的瞳孔放大
如天空

秦

秦不是国
秦，是一驾战车
是一部机器
为战争而铸造

秦是戎人
华夏视其蛮夷
秦有狮子的梦想
早已觊觎中原
回溯几千年前
穆公时代
秦就打算把关中
像地图一样卷走

胡与秦
秦就是中国
秦之君
都做着大国梦
一代一代
开动战争机器
攻城掠地
杀人如麻

战争就是用武之地
秦所以人才汇聚

一边觥筹交错
一边旌旗遍布
合纵连横
文攻武略
秦是一部名人字典
是人名给历史作注的时代

秦字
是一头狮子的形状
择机而动
嗜血成性
秦君不当盟主
把大国之梦做到底
伏尸百里
血染河山

其兴也勃
秦构造了中国
其亡也忽
未改秦之框架

秦不是小说
秦，是一部史诗
是一篇宏大叙事
男人的教科书

吉林大学诗选

因为匈奴

因为匈奴
所以有汉
汉是一块生铁
被匈奴来回锤炼

因为武帝
所以有汉
武帝也是一块生铁
被大单于来回锤炼

高祖时候
高祖死后，吕后时候
汉只有名字
汉是秦的一个别名
只不过始皇帝霸道一点
高祖有点城府
始皇太铺张
高祖比较节俭

到了武帝时候
匈奴人又来了
这回他们来得不是时候
叫卫青霍去病他们饮血茹毛
这回他们成就了武帝
给武帝添加了血肉
因为武帝跟我一样
血性男儿是个不错青年

武帝不像他爷爷
只知道搞权谋
也不像他爸
只知道把真女儿假公主送给匈奴和亲

后来人不知道
汉是在草原大漠上诞生的

武帝是个铁血领袖
他把匈奴打进了字典
从此汉就成了漢
我们民族叫了漢族
我们文字叫了漢字
我们文化叫了漢文化
我们自己
都也叫了漢人

大风起兮
云飞扬兮
秦时明月汉时关
酒泉之水今何在

曾经尸骨遍地
汉人、匈奴人和马的尸骨
在说，因为匈奴
所以有汉

楚

我长久地凝视着"楚"字
在这个字里我看出刀光剑影
曾经伏尸百里，血流成河
凝结着两千多年的腥风血雨
楚之大，曾经半个中国
楚之强，观兵周郊，问鼎大小

这个字里运转着风水
风云诡谲，暗藏着机关
张仪入楚，献商之地六百里
合纵齐韩，怀王一朝废约
黄棘之盟，武关之会
真可惜曾经春秋五伯，战国七雄！

从这个字里流出一条江
有一个诗人在这里死去
当白起的军队破楚拔郢
诗人在江边长歌当哭
两千年后又有一个诗人叫海子
也像他一样找到了归宿

风流过去，战火消尽
如今这个字深深地藏在字典里
当我偶然翻到此页
仍旧听到车轮滚滚，万马奔腾
诗人还在江边独唱：
"春兰兮秋菊，长无绝兮终古。"

魏志

男，笔名三月雨，吉林省吉林市人，1978年吉林大学外语系日本语言文学专业入学。

现任深圳市物业发展（集团）股份有限公司董事、党委副书记、总经理。曾任吉林市国际旅行社兼吉林市外事办公室日语翻译；吉林市火柴厂工会副主席、车间主任、副厂长；吉林市轻工业局供销公司副总经理兼驻深办主任；深圳市国际工程有限公司海外部副经理；深圳市中深海外发展公司国际劳务部经理、副总经理；中国深圳国际经济技术合作集团股份有限公司国际劳务部副经理、国际合作部经理、香港力源公司董事、总经理；深圳市建设投资控股公司海外部副经理、工程总承包部副经理；深圳市天健（集团）股份有限公司总经理助理、副总经理；天健房地产开发公司董事长、总经理。

社会职务：深圳市房地产协会副会长、深圳市商业联合会副会长、深圳市企业家联合会副会长、吉林大学管理学院 EMBA 企业家辅导员。

梦境

总见到你微笑的容颜，
总感到你灼热的呼吸，
总听到你促促的脚步，
总梦到你轻轻的叹息……

一翻身拉开门栅，
远远踏来的真是你，
拂去你肩上旅途的尘埃，
快快进来席地就坐，
这柔柔软软的榻榻米。

泡一碗"狭山茶"，
撮一把"五藏栗"，
酌一杯"黄樱酒"，
再帮你把眼角的泪水拭去。

怪不得昨日虽有风寒，
门前绽开一束野山樱，
原示远方亲人来，
梦多了果真成实。

述一述离别后的思念，
叙一叙家乡的趣事，
讲一讲孩儿的成长，
怎么默默无语满面哀愁，
又是泪水一滴……

1989 年 3 月于日本琦玉

后记：
　　三月里，有母亲的生日，她离世已近四十年了。
近四十年来，每逢三月，无论在北国凝望着远方仍未
融化的冰雪，还是在南国吹淋着早到的丝丝春雨，或
者漂泊在世界的某个角落，我仿佛都能感受到母亲温
暖的关怀。她的勤劳和坚强意志激励着我……

吉林大学诗选

高速公路·太阳

隔音板挡住视线，
道路向前伸延。
太阳一会儿跃上当头，
忽而又遮住半边脸……

正是因缓冲加速，
才必做成曲线。
正是为永恒的光与热，
偏需相距遥远。

沿着它向前，
就是深港东京湾。
绕过太平洋，
才是日出的家园。

1989年3月于日本东京

春雪

樱花绽蕾又复一场春雪，
大地吐绿再染一色银白；
双鬓青发一丝丝暗换，
青春韶光一去难再。

喜怒哀乐交替着人生情感，
离合悲欢切换着苦去甘来；
人之生就预示着死亡与衰老，
瞬之年华需永葆对自由生命的热爱。

1992年清明节于日本东京

永远抓住妈妈的手

快快抓住妈妈的手，
蹒跚的脚步还不足以抵挡风雨，
别回头拽着妈妈慢慢前移，
有一天你能在世间自由地行走。

紧紧抓住妈妈的手，
周身注入希望的暖流，
为理想扬帆远航，
别忘记自强、坚持、加油……

牢牢抓住妈妈的手，
抚平创伤卸去疲惫，
妈妈说人生哪有输赢，
视胜败为一次人生的游步。

永远抓住妈妈的手，
将爱深深地感受，
幸福永远伴着你，
欢乐永无尽头……

1994 年 9 月于香港

吉林大学诗选

活就活出灿烂的生命

铺一张画布，你能否绘出美丽的图景；
搭一座舞台，你能否演绎精湛的戏剧。
世界的一切全无改变，
变化着的是你的心境。

战争、和平、竞争、和谐，
人类的历史一页页翻过。
日月晨昏，斗转星移，
每一刻钟，每一分钟……

别再为名利与得失困扰，
奋斗、奉献其实可带来欢乐。
不计伤痛，感恩忘我，
活就要活出灿烂的生命。

2009 年 3 月于深圳

梦乡

春风吹进我的梦乡，
令我无限遐想，
我好像见到了你温柔的双眼，
盼我天天成长。

春雷响彻我的梦乡，
给我无限希望，
我仿佛听到了你亲切的声音，
教我句句歌唱。

春雨洒落我的梦乡，
让我无限徜徉，
我似乎感到了你有力的大手，
助我步步向上。

春天回到我的梦乡，
赐我无限力量，
我真的望到了你远去的背影，
使我久久难忘。

2009 年 6 月 11 日·凌晨

追忆

窗外下着细雨，
脑海流淌着记忆，
母亲亲切的面容挂在眼前，
数十年的别离如同昨日。

真想给人生寻个力量的支点，
可你的血肉和坚毅早已铸成我生命的骨架，
真想在世间找到幸福之源，
但你的汗水和泪滴早已溶解在我的血液里。

妈妈，尽管儿辗转人生数十载，
您的爱一直深埋在我心底，
我生命的航程，
注定为这份爱自强不息。

2013 年清明节

我仿佛度过了人生

我仿佛度过了人生，
内心淡然平静，
逐观田野间的花朵斗艳争奇，
遍闻丛林中的百鸟竞相啼鸣。

我仿佛度过了人生，
历史在脑海中翻腾，
虽知晓拿破仑、华盛顿，
但崇拜秦始皇，敬仰毛泽东……

我仿佛度过了人生，
在茫茫人海中穿行，
情怀高尚的国真兄刚刚离世，
义行善举的彭年伯又向遥远启程。

我仿佛度过了人生，
为完美的憧憬永恒，
寻一片海天去自由地翱翔，
留一幅寂静的孤帆、远影……

2015 年 5 月 8 日写于深圳

后记：

汪国真先生，著名诗人，生于 1956 年 6 月，2015 年 4 月底去世，汪国真先生的诗歌积极向上、昂扬而超脱，为后人留下了宝贵的精神财富。余彭年先生，深港知名企业家、慈善家，2015 年 5 月 2 日去世，享年 93 岁，余彭年先生一生慈善为民，裸捐 80 亿元身家，令人钦佩。作者有感于两位先生的突然离世，而写此作。

祝福

满族，1978 年吉林
大学历史系入学。

1982 年至今，供职
于《内蒙古日报》。

安放

蓝天安放太阳
还有百灵鸟飞翔
蓝天下，草原安放牛羊
还有牧人动情的歌唱
美丽的姑娘
把你安放哪里
只有我宽阔的胸膛

黑夜安放月亮
还有篝火闪光
月光下，草原安放吉祥
还有牧人不眠的渴望
美丽的姑娘
把你安放哪里
只有我火热的心房

我们今生有缘

既然我们今生有缘
曾相聚在吉大校园
啊　心房中有最漂亮的一间
雪花悄悄飘落思念的昨天
白雪覆盖的小路我们共同走过
尽管那脚印深深浅浅
啊　谁拨动了我的心弦
泪水在眼窝打转

既然我们今生有缘
曾相聚在吉大校园
啊　记忆中有最迷人的港湾
风儿轻轻挽住人生的小船
一泓碧波映过我们共同的青春
尽管那岁月浓浓淡淡
啊　谁拨动了我的心弦
泪水在眼窝打转

中国记得你

虽然你离我们渐渐远去，
但你还是活在我们心底，
大江记得你，
小溪记得你，
记得你为百姓三起三落，
记得你为中华腾飞奠基。
你掘出的改革泉水，
已化作江河波涛万里。

虽然你已化作流星消失在天际，
但每天还和我们在一起。
大山感谢你，
小草感谢你，
感谢你为人民带来富裕，
感谢你留下永远的春季。
你挚爱的中国母亲，
已像珠穆朗玛崛起。

王秀义

男，1979 年吉林大学中文系入学，现任科技部科技日报社编委、书记。

夏夜读秦史偶遇嬴政

秦岭挺起的脊梁在书案
汉水百转的柔肠在纸上
秦风楚韵熟悉
稻鱼粟麦飘香

夏夜，撩开浓稠的蝉声
征战的硝烟还有残喘的气息
秦王陵寝，是黑夜抽出的长条硬板
敲打天下四十一郡百姓的心

二千二百年后，风已成为巧手的工匠
在天空打磨出一轮透影的圆月
千里之外，再看你祈福长生巡游求仙
总有羌笛哽咽伴奏的声腔
从史书影视中逃难的人们
过早触摸一页页的苍茫和霜降

趁着今晚夜色薄凉，遮断行人的目光
你是否愿意和我互换角色
做个布衣诗人，轻轻推开柴门
天下苍生的疾苦，尽在我的心上

于 炼

1979 年吉林大学邮电经济管理专业入学。

现任中国城建集团董事长，中国城市发展研究院院长。全国政协委员、中国青年企业家协会副会长、中国城镇化促进会副会长、中国房地产协会副会长、中国战略文化促进会副会长。

已出版中英文多本诗集，曾获多种文学奖励。

中国根

你把生命铸成厚重和坚强
向地层深处生长
你让血脉编织成阳光
世世代代直射东方
你婉拒蓝色的海洋
选择这片黄土地种植理想
你伸出坚实的手掌
领着一个倔强的民族走出忧伤
啊，中国根
你不仅深埋于岁月与沧桑
而且更伸展出魅力和希望

你的出生选择了远古和荒凉
你的成长伴随着苦乐和忧伤
曾几时
我的泪水默流成长江

对你的炽爱源远流长
曾几时
我咬破深秋的葡萄
踏尽寒霜品嚼你的悲壮
我咏颂你唐诗宋词里的华章
学会了什么是如梦的幻想
我在四大发明的余晖中徜徉
懂得了什么是智慧的光芒
我踏着方块字
穿越五千个春夏秋冬
寻找你的激扬
我捧着古琵琶
抖落三千年日月风尘
把风流弹响

我从屈原的行吟中

吉林大学诗选

听到了你不息的铿锵
我从愚公的坚毅里
感受到你移山的力量
你沿着佛祖的枝藤生长着善良
你用《朱子家训》的神采笑出了
父亲般的慈祥

我终能从你盘根错节的思绪中
领悟了一个民族的辉煌
终能看清你
黑色的头发里飘荡出无限的风光
终能感受你
黑色眼睛里闪烁的刚毅和光芒

我深知
你的庄严是长城弓起的脊梁
我懂得
你的奉献是黄河终生的流淌
夜晚
你的智慧是一轮古老的月亮
白天
你的思想深邃成永恒的太阳
我吸吮你汗中的苦咸
成长一株执着的仙人掌
我吞食你抖落的尘砂
发育成一副承重的肩膀
我寻找昔日的杜康
让血液酒精般燃光
我呼喊始祖炎黄

让生命之树绿荫成行

你绵长的目光
淌不尽如烟的哀伤
你粗糙的手掌
举起了一个又一个希望
你低哑的哼唱
飘起一阵阵稻香
把历史和文化一天天喂养

你的脸上
流淌着两岸相思的泪光
你的根脉
连结着祖国统一的向往

我的深情
总随你的变迁而浮荡
我的祝福
总愿沿着你的根须献给黄色的东方

我深知
你把生命铸成厚重和坚强
顽强地
向地层深处生长

干净是一种信仰

被阳光洗过的云
那白色叫干净
被雨洗过的空气
那味道叫干净
被微风洗过的湖面
那波动叫干净
被春潮洗过的原野
那绿色叫干净
被美梦洗过的青春
那冲动叫干净
被泪水洗过的感动
那酸涩叫干净
被真爱洗过的夜晚
那诱惑叫干净
被你目光洗过的我
那颗心叫干净
被圣洁洗过的坚定
那信仰叫干净

珠峰与大海

我是大地上所有的坚强
是宇宙间全部的阳刚
你是地球上所有的芬芳
是哺育万物的唯一乳房
你我相爱　地久天长
你我相拥　地老天荒……

我头顶天堂
你轻吐馨香
我读经于冰雪时光
你禅静在蓝色里冥想
我们的爱　理所应当
我们的情　源远流长……

我是你无边无际的成长
你是我无拘无束的想象
我的骨骼为你坚硬成肩膀
你的温柔为我展开胸膛……

你是我的海洋
是我旷世美丽的姑娘
我全部的梦想
只愿为你挺拔
站成天地间最高的形象
为你而疯　为爱而狂……

深层的力量

在大海的最深处
我仰望星空
仰望缤纷的人类风景
仰望山与山构成的汹涌
仰望鱼和鱼之间的爱情

我必须处于世界的最底层
必须以这种姿态
与万物沟通
面对大自然我只能
微小再微小直至接近消融……

我的声音很轻很轻
柔柔地抚摸着浪花旁的风
我不在意

这个世界能否听懂
也不计较有没有你的回应
就这样在世界的最深层
感同身受着所有的生命

你听
外面尽管如此壮阔和沸腾
你听
内心的灵魂却平平静静
其实辉煌不在日夜攀登
只要沉入大海的底层
或许人生更能到达顶峰
我
必须以这样的姿态
与你沟通……

父亲

你的面孔
是一幅黑色的土地
条条犁痕
写满岁月的风风雨雨
泛出光泽
辐照百年沧桑

我吸吮你汗中的苦涩
长成一株
偃蹇的仙人掌
我吞嚼你抖落的尘砂
发育一副
多钙的骨骼
我像你一样酗酒
让血液煤油般燃烧
我像你一样吸烟
让生命之树有不息的火焰
你浑浊的目光

淌不尽如烟的艰辛
你粗糙的手掌
剥不完一层层信念
你低哑的哼唱
飘起一阵阵稻香
把孩子和希望一天天喂养

我终于听见你
低头掉落的叹息
暗夜里砸响脚下的土地
我终于看清你
赤裸的身体山一样贫瘠
似负重的牛
耕耘中有永远挺不直的弯曲
啊！父亲
我的父亲

包临轩

男，黑龙江安达人，1980 年吉林大学哲学系入学。

毕业后长期从事媒体工作，曾荣获中国新闻最高奖"长江韬奋奖"。现供职于黑龙江日报报业集团。

上世纪八九十年代，发表大量诗歌作品与诗歌评论，有诗歌作品被收入二十余种诗歌选本，获《诗探索》杂志"2012 年度诗人奖"。

交替

暗夜，这巨大的遮蔽
星星
将它戳出无数个洞
可你依旧无法看清四周

不再仰望
把全部心神
留给等待

当太阳披挂上阵
踏碎了无边界的漆黑
星星击穿的那些细小的洞
正在连接起来
轰隆隆的太阳车
撞开了
一个大光明

你是否留意
树影正在悄然移动一团晦暗
类似某种迷惑
播洒的光
为何散尽于傍晚
止住了最初的欢呼雀跃

那些因拥抱光明而伸出的手臂
枝杈一样，停在了
大地之上

2014 年 2 月 23 日

音乐会

赶赴音乐会
需要穿过整座城市
穿过琐事、
郁闷和地铁的拥挤
去和自己
相遇

你坐进来
剧场里，每一位观众
都是未曾谋面的知音
默契和某种熟稔
正在你们当中如氤氲升起

外面的天色
抖开愈发温柔的质地
用不了多久
草地的牛奶、
阳光、花瓣和孩子们
荡溢着水纹的木桶

将和开启的天籁一道
出现在舞台上

音符如时骤时徐的雨滴
催化屋檐的残雪
打湿邻座女子的长发和她的眼睛

旋律升起，绕梁而走
紧紧贴着你的心壁
像飞翔，也像安慰

这金碧辉煌的殿堂
喜悦于你的莅临
雕梁画脊暗处的蛛网
那丝丝缕缕的落寞
正被轻轻抹去

2014 年 2 月 22 日夜

吉林大学诗选

惊蛰

都走到惊蛰了
还和深冬一样，袖着手

似雪非雪，似雨非雨
从老旧的屋檐滴落
含混的碎语

这模糊不清的季节
让谈论天气变得艰难
风透骨
嘴唇青紫，说不出
更多的词

冻土下面，草根深藏不露
要是春雷不肯发声
它们就绝不蔓延

乌鸦，跳来跳去
诠释着单调的日子

2014 年 3 月 5 日 惊蛰

将军墙

这小小房间，壁挂数百个将军
每一位的表情，都呈现严峻
看起来，就像一个人
同一表情的集合

打了胜仗之后，授衔之际
为何不露出笑容
或者担心露出牙齿
嘴唇合拢，正义
需要这种姿势

上墙后，将军们无需费神了
不再试着改变
一劳永逸，从此端庄于高处

烽烟中的弹雨，射满了墙体
坑坑注注
犹如他们沧桑的身体和面孔

外面的码头、货栈和小贩
酒楼里的猜拳
吵不醒亡灵，虽然
他们大睁着眼睛

不远处的松花江，惊涛裂岸
但房子是无动于衷的
这时间之外的孤岛
习惯了接受创伤和孤寂

2014 年 3 月 10 日

吉林大学诗选

湖岸

过去这么多年，才回到我的湖岸
错过了船影，它隐于旧日子深处

三五只鹿，在松林间奔跑
惊飞了喜鹊
和树枝横斜之间的日光
这都市水边的一角，活着一幅童话

太阳升腾，我却归来太迟
白桦树高过了三层楼宇
它们幸运地生长
这份稀缺的平安，奢侈成
一片绿荫

不远处，拥塞的新楼区
占据了逶迤的岸
镜头，无法回避它的遮挡

回来太迟了，与湖上的风
生疏有年
它依旧柔和，这拂动我十八岁青葱的手指
现在抚慰我披霜的两鬓

2014 年 3 月 11 日
长春南湖

三月十七日的雪

忽然扑落的大雪，唤醒了
见她一面的欲望
穿过漫天雪雾
所有肮脏和琐碎，都已隐去
就像它们，从未来到世上

这洁白，无论多么深厚
都是单薄的
无论多么广阔，都是稀缺的
要握紧
这突如其来的最后一场馈赠

披一身雪，去看她
仿佛从头到脚，都圣洁如初

雪，恰好期待着一个行者的身影
急切的脚印，留在雪地
那柔软得近乎慈悲的胸膛
它将欢喜

走在雪中，她是否已打开
密闭了一个冬天的窗子
放飞梅花的邀约

那一簇火
在雪的半空中燃烧

2014 年 3 月 17 日 中午

吉林大学诗选

下班时分

夜的长舌
舔我的窗子了

高高低低的楼体
这挤作一团的山崖
堵塞了灰蒙蒙的天空
却缀满
尘世的星光

散落于街上的叫嚣和争执
沉寂下来
似乎都有些累了

一栋栋住宅
拖着庞大笨重的身躯
吐纳着
蚊蝇一样
陆续下班的人影

  2014 年 3 月 17 日　傍晚

春分

乍暖还寒
究竟是暖，还是寒
太阳的光线，倒是明亮了许多
牵引你不由自主
朝着融化的一湾江水跑去

她刚刚脱掉棕色长靴
散开一头收拢多时的黑发
走出红色轿车
逼退了
我身上的沉沉暗夜

在冬日里蛰伏太久
寒意，加重了我的负担
就像巨石，压住了青草
你看见我的笑
似乎有一点艰难

可我的心，是轻松的

        2014 年 3 月 21 日

苏历铭

男，黑龙江佳木斯人，1980 年吉林大学经济系入学。

现为投资银行资深专业人士，诗人、作家，《诗探索》编委。

曾供职于国家计委国民经济综合司、海通证券投资银行总部副总经理、湘财证券北京总部总经理。

出版诗集《田野之死》《有鸟飞过》《陌生的钥匙》《1963 苏历铭诗选》《行走》《悲悯》等。与人合作出版诗集《白沙岛》《北方没有上帝》。著有随笔集《诗的记忆——我与54位中国当代诗人》《细节与碎片》等。系中国作家协会会员，曾参加中国作协《诗刊》杂志青春诗会。荣膺"中国华文青年诗人奖"等奖励。

在希尔顿酒店大堂里喝茶

富丽堂皇地塌陷于沙发里，在温暖的灯光照耀下
等候约我的人坐在对面

谁约我的已不重要，商道上的规矩就是倾听
若无其事，不经意时出手，然后在既定的旅途上结伴而行
短暂的感动，分别时不要成为仇人

不认识的人就像落叶
纷飞于你的左右，却不会进入你的心底
记忆的抽屉里装满美好的名字
在现在，有谁是我肝胆相照的兄弟？

三流钢琴师的黑白键盘
演奏着怀旧老歌，让我蓦然想起激情年代里那些久远的面孔
邂逅少年时代暗恋的人
没有任何心动的感觉，甚至没有寒暄
这个时代，爱情变得简单
山盟海誓丧失亘古的魅力，床笫之后的分手
恐怕无人独自伤感

每次离开时，我总要去趟卫生间
一晚上的茶水在纯白的马桶里旋转下落
然后冲水，在水声里我穿越酒店的大堂
把与我无关的事情，重新关在金碧辉煌的盒子里

2003 年 5 月 28 日 上海

又见西湖

工人们正在搭建围栏，烟花即将绽放
白堤上的青柳低垂于水中
我想象着秋天的夜空开满桂花
绚烂的碎影，在两岸咖啡的茶壶中
散发着江南的香气

游船停靠在黑暗处，寂静无声
红色沙发上的猫
经过竹林，轻踏柔软的棉布
古琴悠扬覆盖青石的小径
数年前白色钢琴的低音
在今夜重新响起
一个叛逆者轻易放弃前世

在西湖，感受着微风拂面
木质楼梯的背后悬挂南宋的国画
孤单的山峰下，一个老者抖动长袖
把来世的墨汁
全部泼到无人的街上

        2009 年 10 月 22 日　杭州

在乌兰察布草原

风车隐现在地平线上
白色的扇面折射着秋天的阳光
青草渐黄的坡地上
一群前世的马
追逐着天边远去的云朵

我和你十指相扣
在蓝天下屏住呼吸
看格桑花朴素的绽放
爱意顺着指尖，弥漫于草原之上
我羡慕高飞的苍鹰
凌空而起，远离尘世
盘旋于梦境之外

你的长发被风轻轻撩起
遮住闪现泪水的眼睛
它和天空一样深邃
足够我用一生的时间
穿行其中

向草原致敬
真想变成它的子民
风餐露宿，心甘情愿
放牧自由的心灵
和低语的羊群

　　2014 年 8 月 31 日　乌兰察布

北京：千禧之雪

雪落在故宫的时候，天空已经透出耀眼的阳光
有人在跺脚取暖
枯枝上落着寂寞的乌鸦

昨夜我在灯下读书
那书是关于赤道附近非洲的狮子
它们的长啸响彻在无眠的夜里
雪的飘落，我竟毫无知觉
就像童年时代祖母的仙逝
醒来时，窗外早已一片银白

雪是天空凝固的泪水
行走其上，吱呀吱呀的响声
分明在伤害谁的躯体
而我无法躲避
在别人踩过的黑色的足迹里
摸索自己的方向

千禧之雪静悄悄地覆盖了北京
跌倒又重新站起的少年
不会顾忌满身的雪片，依旧向前奔走
而我不同，总在谨慎地寻找落脚的位置
并把衣饰上的雪片抖落

阳光依旧照亮前方
却无法消融积雪，无法让我贴近大地
烦乱与躁动的冬季里
没有谁会屏住呼吸
倾听雪的晶莹的声音

朝阳公园的湖面不再有游船的倒影
酒吧里震耳的摇滚乐
冲不破铅厚的云层
雪落满在翡翠玻璃之上
霜花满布
今夜的星光不能消减冬日的寒意

世纪的钟声永远不是由春天响起的
雪是序幕，太阳正向北回归线靠近
在向我们的心灵靠近
正像毫无知觉的落雪，新生的枝叶
也会悄悄地绿遍北京

2000 年 12 月 29 日 北京

飞越英吉利海峡

苏格兰的阴雨，落败的庄园，以及基金经理肥胖的肚子
在汉莎航空公司的客机起飞之后
被我丢在冷色的海水里

工业革命的灯盏，残油渗在铁锈之间
巨大的压抑，即便在喧闹的酒吧里
无法倾情释放
红黑方格裙裾，阻挡不住北部的寒风
冻红手指的流浪者
在汽车的尾气里，咀嚼文明的碎片

窗帘背后，有人坐在老式沙发里
目不转睛地看着电视中的新闻
一辆疾驰而过的红色车辆
在碎石路上像中世纪的骑士
亮起透彻的远灯
在大英博物馆的墙壁上留下硕大的窟窿

饮着咖啡，我猜想伦敦证券交易所的绅士
正驱车赶往酒会
一路上不断地打着哈欠

2001 年 4 月 26 日
爱丁堡 – 巴黎

吉林大学诗选

旗帜

——有感于卢浮宫中《1830 年 7 月 28 日
　　自由女神引导人民》巨幅油画

被你的英勇震撼
我长久地沉浸于你回眸的瞬间

硝烟弥漫整个巴黎
死者在你的脚下弯曲着赤裸的双腿
身旁的少年手舞双枪
英勇无畏
即便城堡前的卫队手持盾牌

你的棕色帽沿
在风中随着你手中的旗帜
一起飞扬
大革命的日子里没有恐惧
查理十世的毁灭
新法兰西的诞生
靠你丰润的乳房哺育
手持长刀的兄弟聚集在你的身后
紧随你手中的旗帜
像是你忠贞不渝的情人
与你共同面对死亡

站在卢浮宫二楼第七十七展厅里
你头顶的光芒让我饱含泪水

2001 年 5 月 2 日 巴黎

故乡

盛夏的天空，阴云始终笼罩在平原的上空
童年的瑰丽星光
浸泡于冷雨之中，溅落地上，整夜发出清脆的响声

在借寄的房间里，母亲熟睡于故乡的梦里
害怕那张破椅子的怪声把母亲吵醒，我一动不动
看着壁虎躲进墙缝，蚊子在屋顶变成黑点

当年的树木已经成林
旧居被铲车推平，藏在烟囱下的硬币悄无踪影
油坊胡同的消失
让我真想放声大哭
一起忘记回家的儿时伙伴
有人已埋入泥土

对我而言，这座城市只剩下熟悉的名字
街道和楼房，与别的地方完全相同
商家的促销手段，饭店的空运海鲜，以及破旧出租车的穿行
噪音把我淹没

在故乡的日子里，我闭门不出
冷雨不停地浇灭记忆的火焰
今夜就想离开
其实我的故乡，就是我的母亲
把母亲带走
就是把故乡带走

2005 年 7 月 29 日 佳木斯

吉林大学诗选

金融街

在北京，没有比这里更难停车的地方
地下停车场已经关闭入口
我只好沿街寻找车位
期待一辆车突然离去而留下的空位

我把车速放缓，缓到近乎于停下
一排排停泊的车辆
顽症一样地钉在这根骨头上
没有谁轻易松口
焦躁的手真想按响喇叭

这是一根最美味的骨头
必须要长出锋利的牙齿
才能吮吸到时代的骨髓
我来得并不算晚
但更早的人已经占据所有的位置
车位之间的白线明确提示我
停在之外就是违章

我怨恨自己为什么要来这个地方
骨头的香气诱惑众多的鼻翼
在金融街等候车位的时间里
我看见不断驶来的车辆
沿街散布尾气
眼前晃动着一只只流浪狗
垂头丧气，却伸出鲜红的舌头

2006 年 10 月 15 日　北京

城子岭

我必须承认，我美化了这个村子
这个坐落于东北平原上的村子
外祖母最后安息于此的村子
炊烟袅袅，鸡犬相闻
一望无际的麦浪
一株孤单的树立于旷野之上

那时我是一个少年
我的眼中只有羊群和马匹
外祖母柴锅里的稻米，香透心脾
邻村的朝鲜族少女，她胸前的彩色飘带
让我产生落户乡村的打算

远离的时间里我更美化了这个村子
我拒绝听别人的描述：
生态的破坏，坡道上沟壑纵横
杂草中不再有逾越的蚂蚱
麻雀飞向远方

回到城子岭，我的少年玩伴
苍老得不敢相认
那些爱我的老人，埋在寂静的丘陵深处
墙壁上不再有当年的涂鸦
有人幸福地当上祖父
外祖母的老屋变卖，别人翻新

只有沙果树上的叶子
在风中低语，是记忆里
唯一的对话

2008 年 8 月 2 日 佳木斯

赤壁

青山绿水，我懒得去看古战场
火烧连营的场面已被时间冲远
那一刻曹操已死
雄心沉没水下
败退的将士追随的，只是曹操
空洞的灵魂

在赤壁寂静的街道上
我发现贩卖鱼糕的小店
老者温和的眼神，
比鱼糕更让我留恋
他的慈祥是天生的
或许见证过当年的杀戮
对每一件物品都轻拿轻放

赤壁，结盟的阴谋
曾让这个名字流传千古

勇士的鲜血染红大地
泥土的红，任凭绿色覆盖
依旧裸露着历史的伤口

我只有一个上午的时间
或者说只想花一个上午
在红土里寻找几只箭羽
它们带着三国的杀声
随车而行，我假借各种理由
下车观察春播前的红土
一无所获。偶尔发现数条蚯蚓
卷曲着爬向深处

2009 年 4 月 2 日 湖北赤壁

赵中屹

男，吉林大安市人，1980 年吉林大学中文系入学。

1984 年起在国家外经贸部国际司、商务部国际司工作，2006 年至今任中国国际经济技术交流中心副主任，兼任中国服务贸易协会执行副会长。

献给北方（组诗）

1

在众多的时辰里
你挑选了黎明
在广阔的土地上
我选择了北方

像姑娘
伸出修长的手臂
北方
你以辽远的地平线
举起一个又一个
鲜亮的
太阳
望着你　常常
我有一种无名的激动

脉脉的温情和沉沉的忧伤
即使
用世界上最美的颜色
也无法描绘你的形象
那鼻子。那眼睛。那迷人的衣裳。
那白雪。那森林。
那满山遍野的红高粱……
还是呼唤你的名字
用人世间最温柔的声音
千万次
叫你。爱你。亲吻你。
——我的北方！

2

祖父们倒下了
为了北方的富饶和冷峻
倒下了，什么都不敢想
父亲们倒下了
为了北方的慷慨和粗犷
他们曾追求过　征战过
倒下了眼睛盯着天空
有一天
我也注定倒下
倒在北方的胸口
我会变成
夸父的手杖
化作一片相思的桃林
承受柔和的阳光
在许多无云的夜晚
倾听北方的歌声，
也为北方歌唱。

3

爱北方。我爱北方的三月。
歌声充满
无忧无虑的天空。
一片片飞扬的雪花，
使我相信了春天的芬芳。
还记得吗？
一个黎明。
我降生了。在农家的水塘旁，
你望着我。慈祥的
像望着路边
节节长高的小杨树。
笑声，从土屋里飞出，
把我的童心和挚爱
张贴在天上。
于是，我属于北方
并拥有一个纯真的太阳。

爱北方。我爱北方的
健牛般威武壮实的黑小伙。
白桦林是不会弯曲的！
一如北方的雄姿
浮雕似的脊梁。
要是那一天；
我必须离你而去。
北方，我该怎样？
怎样！让泪水……
不，不对！
握别
拿出北方男子汉气魄
挥手远航！

然而，无论怎么说
北方的太阳
总比他方的太阳亮！

4

真想啊，我真想：
紧张地劳动
在北方
宽广的怀抱中，
尽到应尽的责任之后，
甜甜地，痛快地
睡上一觉。哪怕
一万年也不觉得长！

啊，北方！
我母亲般的北方。
我父亲般的北方。
我爱人般的北方。
我生命中不离不弃的……
……
北方！

安春海

笔名亮早，男，吉林省吉林市人，1981 年吉林大学中文系入学，首任"北极星"诗社社长，《北极星》杂志主编。

曾供职于时代文艺出版社、北方妇女儿童出版社社长助理，编辑室主任；天沐集团企业文化部总监、市场总监；深圳天朗时代科技公司副总经理。发表诗歌、散文、评论多篇，主编出版《第二次世界大战回忆录》《亨·米勒全集》《红轮》《巴尔加斯·略萨全集》《余光中诗文全集》与《狗娘养的战争——巴顿将军自传》等。

对弈

地划南北　旗分红黑

谈笑间调兵遣将

寒暄罢拍马抢枪

如画河山

顷刻断送无数热血儿郎

阴谋阳谋

历来出自盘根错节的宫阁

凭实力　或狗屎运

独占王座

不必问擂主有德无德

这是游戏规则

对手么

换来换去　就那么几个

胜败平常事

即使庆功千次

也容不得一错 再错 步步错

掩饰很徒劳

辩解很可笑

光阴如金难以弥补吧

生命无价无法重生吧

离位才能反省

自己拨乱

自己绝对难以反正

愚痴或高明

让旁观者 让后人点评

落子无悔乎

以此判定 你

是不是 敢作敢当的

英雄

                  1990 年 6 月 5 日

二胡

冷泪
长流两行……

梦里千百回马踏中原
狼烟南下再南下
直到西子泛舟　梅子青青处
雄心万丈
竟被细瘦纤弱的指头
揉成　丝丝软语
任你怎样空灵婉转　澎拜激昂
掩不住
源自血统的幽怨苍凉

历朝传奇　均已泛黄
枯涩又苦涩
难逃岁月之刃　东拉西扯
纷飞飘落　若雾若霜
苍白依稀淡香
遮掩着
五彩蟒皮包藏的空虚
一捅就破的真相

阿炳目盲
他的泉他的月亮
和谁的都不一样
没有月食
没有干涸
没有倒影
没有光
所以　那么那么经典

知否知否
英雄　命若此弦
结局不过有三：
不堪重负　崩断
久经磨砺　耗断
奏罢高山流水之后
一把扯断

2007 年 8 月

古寺风铃

一颗八角玲珑心
飞檐下　垂悬

日升月落
梵呗　鸟鸣　溪水喧喧
香气聚而飘散
过客的目光
或艳美　或漠然
静静垂悬
与瓦当　柱础无关
与香烛　泥胎　幡盖无关

沉默　惜言
所有的沙石　所有的草木
皆依此法修炼

浩荡长风从来处来
随意扫荡丹枫银杏
片叶不沾身
那翩翩风范
当得起一刹那
破戒忘形
悠悠响彻云霄的喝彩

一百年　一千年
冷冷垂吊
只待契合心弦的风
吹来

2015 年 8 月

杜笑岩

男，黑龙江鸡西人，1981 年吉林大学经济系世界经济专业入学。

1985 年在新华社总社担任经济记者编辑，期间撰写的经济新闻和评论多次被评为新华社好稿，曾获"中国林业新闻一等奖"。

1990 年到日本筑波大学留学，1994 年取得经济学硕士学位，1997 年取得经济学博士学位，是在日本筑波大学社会科学研究科第一个取得经济学博士学位的中国留学生，先后在中外报刊发表学术论文和评论等百余篇。

2012 年回国，出任西安外事学院经济学教授、创业学院院长。

2016 年 1 月至今，任陕西省高新投资服务公司 CEO。

青春恋曲（组诗节选）

——赠 W.Y21 岁生日

之一

黄昏后的宁静
有许多不宁静的故事发生

也是黄昏
也是黄昏后夜晚的宁静
嫦娥在月宫的窗前梳妆
你云朵般飘向我
世界把一切遗忘在这夜晚里
当你足音消失在我的身边
天空还有几点星光
点缀你心灵的记忆

既然你的心早已为我占领
既然我占有了你的心
又不肯象潮水一样
涨起又悄然退去
那么就该这样
在粉红色宁静的黄昏
像一名真正的女子
走　　走
　　向　　向
　　　我　　我

之三

不知道什么时候
我喜欢了夜晚
喜欢所有的夜晚都宁静
踏着月光曲宁静的旋律
走向那棵树
走向一个目的一种期待

（树下　你在等我）

你在等我　你微笑就是一种允诺
吸引我　我无法抗拒
终于有一天
你的长发成为我瞳孔中的夜空
夜幕中两颗纯洁的星星
滑落我宽怀的臂湾
从此我的胸膛便是
你忠实的港湾
哪怕所有的悲剧都将发生
我也不会交出这个永恒的夜晚
也不会背叛从未说出的誓言
而我因跋涉而疲惫的心
便渴望沐浴你柔曼的目光
睡去　睡成一块石头

吉林大学诗选

之五

是六色雨淅沥沥飘落的夜晚
淋湿我的记忆
浇透我的思绪
没有你心之泉水滋润我
你不是那雨丝　真的不是

（不远的地方有一场霓虹舞会
舞曲飘逸　没有我的旋律
你心陶醉你舞姿优美吗）

雨滴凉凉洒落在夜之海上
石阶响起忧郁的回声
你灯光迷朦
我心感觉到早春的寒意
结霜的步履奏一支孤独的曲子
你能听见你能听懂吗

撕碎那篇诗稿
（那是写给你的第一首情诗）
任风雨吹去
摇曳我的悲哀
我的情愁
（我的心
是一枚燃烧的太阳啊）

之十

你生日翩翩而来
微笑如一朵柔弱的花
依偎在我的胸膛　而夜
所有的灵感为你奔涌
让我举酒　为你祈祷
你不是人生孤独的行侣啊
虽然没有杯盏相撞的回声
饮尽人生离情别绪
我心的脚步正穿越
黑夜漫漫的旅程
停泊在你的窗前　轻轻　轻轻
记起你流泪讲述过
一个少女的故事
（那是在一柄花伞下）
我相信了你少女二十岁的纯情
春水涓涓从你双眼流出
花伞中
出现两个重叠的身影

天空正有几朵云飘过
鸽哨声声
弥漫我无法沉寂的想象

1985 年 10 月

那天黄昏之前

那天黄昏之前
是我幸运的时光
温情的眩晕之后
一种美丽的颜色
弥漫整个空间
世界宁静　一切都被遗忘

那是紫丁香颤抖的季节
海涛汹涌
你泪水如泉
打湿我的履历
眼睫静默　想要诉说什么
朦胧的视线中
静立一座暗红的棺椁

于是　黄昏之前
你也新生　我也新生
你芳醇的花香
圆润而丰满的果实
成熟坠落

凌广志

男，1981年吉林大学中文系入学，现任新华通讯社海南分社社长。

草原的儿子

A

草原人值得夸耀和赢得爱情的
他都有了
英雄史诗里
又加进新的主题
他是一名大学生

告别草原　告别阿妈
三碗马奶酒，火辣辣的
燃烧在心中
一个草原人去远行

B

在城市的小巷和大楼里
有一只穿着蒙古袍的长袖
潇洒地挥过
人们从那粗犷的曲线中
闻到牛奶香

他像面对摔跤手一样
站在机器和如歌的大街面前
站在书架和霓虹灯面前
站在纤弱和白脸的人们面前

这里，有关于草原的许多热情
有捉摸不定的笑容
他惊愕过，迷茫过
他有过山一样的沉默
他曾不眠地思索
喜欢夜光表的滴答声
也最会描写城市的夜深人静
他知道草原与城市的距离
他策马追赶着
第一个迎接校园的黎明

他是草原人
驯服过烈马和暴风雪
战胜过瘸狼和狐狸
在这里，他也像在那达慕会上
终于夺标取胜
联欢晚会上　他唱起牧马人的歌
草原的歌声啊，竟如此动听
人们震惊

      C

这座文明古城
曾是他拉骆驼的爷爷
谜一样的幻想
而他，正把城市写进一个方程式
画进一张图纸
实实在在地握在手中

      D

苦恼，竟有那么多
比草原的夜还深，
比牧场的风暴还猛
二胡的弦音，胜过马头琴的忧郁
他写了许多诗，喝过几次酒
有时，
真想长醉不醒
阿妈倒在碗里的奶茶突然洒出
紫色的皮袍突然被挂住
宁静的夜晚，传来了忧郁的歌声

她又想起了远方的儿子
她唱起《嘎达梅林》的颂歌
她把儿子的大青马赶向草原
猛地抽它一鞭
大青马奔跑着　向远方嘶鸣

从遥远的天际
有一只雄鹰飞来
盘旋在她的头顶

　　　　E
离开草原两年了
夜里　勒勒车常来接他
单调的轮音
唱一支古朴的摇篮曲

一簇簇芨芨草，站在沙包上
绿色，显示着开拓者的生命
草原的风暴如野马群
一阵阵冲撞他的心胸
缓缓起伏的上岗，拉响了马头琴
那古老的长调在伸向遥远啊，
蒙古马的长鬃如旗帜招展着，
草原人的心，怎能平静

从敖包到学校的路，
被拖拉机的履带加宽着
路边的小红花盛开

上面洒过抗日英雄巴特尔的鲜血

骑着神话中的金马驹
向阿妈跑去
不只是给她换件新的蒙古袍
不只是换下那燃烧黑夜的油灯

F
他是草原的儿子
这里的高楼，也许会碰断他奔放的诗行
平坦而狭窄的街道
飘不起唱醉草原的歌声
阿妈一次次地念叨他的名字
纯洁的马莲花
年年都望裂了眼睛

谢绝热情的挽留
写下回草原的分配志愿
这是不可更改的
他对草原有生就的虔诚

G
有一位阿妈在远望
有一位姑娘在痴想
有一个最盛大的那达慕会
正准备举行

张锋

男，内蒙古人，1981 年吉林大学中文系
汉语言文学专业入学。目前在海南工作。

她向我走来

隆冬。
寒流频繁辐射的时候
她捧着太阳
捧着太阳向我走来
不是没有想到
我还是流尽了
所有的眼泪
剩下红玫瑰般的
血液
依然盛开艰难的花
呼吸寒冷的馨香
并点燃一种不平凡的情绪
走向远方迷人的海
她向我走来
捧着太阳向我走来
一个女孩子能捧住太阳吗

太阳那么大
她那么小
她能——
太阳和她一样
都有善良的愿望
能捧住太阳的
一定是纯洁的女孩子

她捧着太阳
走到我的身边
淡淡地一笑
说一声——
我来了
太阳也跟着我来了
你喜欢吗

她爱我
太阳也爱我
我又一次流尽了
所有的眼泪
我们一起哭
哭倒一厚堵墙
天空也流泪
冬天正以辽阔的威胁
向我残酷地逼来
她的到来
使正要发生的一切
都显得那么渺小
她是太阳
我是一个悲哀的
始终没有长大的孩子
她的到来
使我懂得了一切
一扇古老的大门
突然闪开
从此
我开始喜欢黑夜

我凝视着她
她仿佛固定在那里
向我走来的人
最后都会退去
是吗
让我试试看
她递给我一个苹果
她的苹果也像太阳
她带来了太阳和她自己
从此
她伏在我的身上
人类的爱情在我的臂弯
倏倏地生长

明天早晨七点钟
人们吃早饭的时候
我将和她正式结婚
她捧着太阳和花
向我坚定地走来

有一天

今天
天气很好
没有风
天上只有太阳

仅有的一片云
向西飘去
疲倦的人们
走来走去

我的小屋站在那里
有一个人
向它
慢慢地
走来——
他是谁

我的小屋
似乎变大了一些
又第一次
响起了回声

夜里
做了一个梦
梦见许多
闪闪发光的东西

第二天
我的小屋倒了
天气依然很好

曹雪

女，1982 年吉林大学中文系入
学，现定居美国。

包围我的河流

影子是南回归线　如指针
的转动　燕子组成乌黑的翅膀
簇拥成一条河
河是情绪之河

我孤独的衣衫靠近　树的心思
悄然走近你
就像走近一条河
河是音乐之河

你用目光　如舟如桨地　飘来
火红的游泳衣和多色的救生圈
纷扬着，曝晒着好奇的心
皮肤也被音符与细线抚摸
河流来流去

做温柔的诱惑
不曾泅渡到罂粟的彼岸
也不想为舟去阳光雨中漂泊
当河漫上堤岸，漫过心的角落
漫上就漫上吧
打湿我日渐淡漠的情感
留下半是欣慰　半是哀伤的收获
河是月亚婆圆眼睛里流出的
神秘又快活
地织成扩大的梦之网络
河是风之河，空气之河
那么　你可知道
只轻轻地一站　就
包围我　环绕我且伴随我
且无法言说

吉林大学诗选

丁宗皓

男，辽宁本溪人，1982 年吉林大学中文系入学。

现任辽宁日报社总编辑、党委副书记、副社长，高级编辑。著有散文集《阳光照耀七奶》和《乡邦札记》，评论集《细弱游丝的传统》。主编《重估中国当代文学价值》《重估中国当代文学批评》和《中国东北角之文化抗战》等多部图书。在《人民日报》发表《警惕文学新概念化倾向》等多篇文学评论。

文学作品曾三次获得辽宁文学奖。兼任辽宁省作家协会主席团成员、辽宁省文艺理论家协会副主席。

感受一

看见没有　跌落的夕阳　　　　　应该的回答
正在流出腥红的失意　　　　　　叶子飘扬诞生　却不是
静默的瞬间　　　　　　　　　　大树　优美的果实
只有流浪的沙砾在海滩上
默默地沉思　　　　　　　　　　我要固执地问你
必须告诉我　为什么　　　　　　并走向你啊
对我关闭美丽的黄昏门　　　　　走向你
为什么悄悄收回了你
通向我　那珍贵的足迹　　　　　说不清了　雪花的冬天
或远或近　无言不是　　　　　　你怎样优美地出世

说不清了　出生之前
哪一天　你的歌子就已
种进我心灵的大地
只有茅屋上的小草
轻轻抖动　那是我们
命运的大旗
跃过生日的门槛
风为什么吹向北方
你只微笑一笑
就解开了千古的大谜

我才固执地走向你呀
走向你
悬挂的蓝绒帽是否还在
回忆　是否还能撩动
冬天的情思
孤独的田野上
深深地回过眸去
灵魂里曾为你下起过
青春的大雨　你多少次
想为我穿起新婚的礼服
多少次衣襟沉重得无法
提起

哪一棵树上曾刮过你
痛苦的风声　哪棵树下
就落过我遗憾的雨滴

可我固执地走向你呀
走向你

我是个孤独的孩子
贫困而低矮的屋檐
把目光深深地压低　海潮
汹涌地拍打
也没将头永恒地扬起
说真的　还不知道
我是哪一座男人山
将扛起什么样的天宇
说不清到底哪一条路
我能把你带到温暖的天
地不想建立一个小屋
同世上的小屋同一个颜色
不想　让你只以妻子的名义
宣读我们的故事　彷徨
流入群山　森林也要垂下
坚定的身躯
不能坚定地站住世界
环住你肩头的双手
也会失去夏天的勇气
为什么

我固执地走向你呀
走向你

是我哪一道身影
拉长了你低低的叹息
是我让你失望了么
是我让男孩的光彩轻轻剥落
你就有了独立的情绪
是我让你在远航之后
无法领略大海的落日
月亮孤寂　是含泪的怨恨
可我怎能让你站定
帆船就闪出失神的含义
不能用长衣为你遮出一个
温暖的角落　即使痛苦
婚礼的大树　也应该
一一地砍去

可我固执地走向你呀
走向你

二十二岁的第一天
春天就有了律动的焦急
风只要轻轻地责问
果树就不安地动起
原谅我　变幻霓虹灯
一样的目光　涂掉了
男子汉应有的威仪　可
男子汉也是人啊　原谅我
爱你这么深　想一想
你要离去　街灯也会

产生特殊的情绪
我固执地走向你呀
走向你
无法请求
在不可相信的大地上
你和我永久地站立
我自己要走了　孤独地
身影敲动我疼痛的历史
能为你做点什么
不成为你熟悉而忠诚的
雨伞　只好是挂满铜铃的
大树　为你摇响祝福的
话语　不能自己走路
就不要把手搭在他人肩上
不能成为港口
就不要把心敞向
爱情的晨曦
可我为什么还要

固执地走向你呀
走向你

注定要有流浪的双足
同时等待世界的奇迹
注定只有鸿雁往来
编织我们头上皱起的年纪
注定冬天向雪线降下头顶
你的黄手帕

不会挂满这个世纪
注定你的心会重新开向
另一个黄昏
注定远方有什么轰然倒地
注定我们是相爱的琥珀
注定我们的不幸才是
幸福的开始
可我还要固执走向你呀
走向你　上帝呀
告诉我　为什么把持奇迹
是你永恒的权力
可我固执地走向你呀
走向你　走向你
听见没有　你

感受二

路还在上面还有人走
还有人在领略旷古的孤独
只要路标没有丢失
孤苦伶仃
还英勇指向天边的深处
即使一朵乌云
就可掠夺我们所有的白昼
我们也不能松开手指
把脚步远远地藏在身后

世界早把我们丢失了
就在我们不想丢失世界
的时候无声无息
摇不出春天一只孤树
退向大地的尽头
你的目光已经被围困了
多久
层层叠叠
没有读者的灵魂落满
岁月的尘垢
甚至因为高尚
太阳就会滑落的大山的
那头说一声
就会有人回答
这个黄昏不只是我
向晚独坐用抖动的

左手去安慰屏弱的右手

一种血已经流过
站在天边几个人
遥远成世界最大的
风景
据说春天早已实现
阳光为什么迫害小小的
河流
该我们该我们了
扛起自己的墓碑在大地上奔流
世界是你自己侮辱着自己
是你自己跟跄着自己的
脚步
我们是谁
偏偏要大声呼喊
像一只只小船成为大海
唯一的伤口

天空还在
你是世纪第几个仆人
阻挡我们目光泛起
千万个潮头雷雨阵阵
随意落魄我英勇的形象
即使钮扣失落
却无法将歌声挽留
你只一道目光就已烧
伤我的后背

皱纹升起在平整的
额头
拉倒吧不说什么了
不说了让大雨收割我们头发
让风掏尽我们衣兜等着吧
我不会枯萎任何一种
冬天
都有死去的时候

一切不能启航
每一个白鸽般的日子
还静静停顿于早晨的窗口
这一堆烟蒂
说明每一道思绪都燃到
了尽头

桅杆就脆弱得
风帆如纸叶一滴水
就会悄悄地浸破
你的头为什么无法潇洒
海有多宽
我们就有多宽的理由

没有时间
问你怎么把这些东西
放在我的肩上
每个人都要穿起父亲
其实是你的影子

沉重了我的双腿
天空湛蓝也免不去
我空前的孤苦
可我怎么说
父亲勇于出世
就是勇于承担你漫长的
苦楚
看看我的身影
就知道我的大魂
已怎样奋勇地奔走
你来了
会怎么样怎能刮去我
眼皮上暝想的尘土
怕就怕你爽朗地
夺走我疼痛的时间
想好了就跟我上路
牵住衣角就要成为血液
我不能再失去你
即使失去我自己
你这样瘦弱的小女孩
真的懂得这个世纪
生动的春秋

有堤坝
不愁没有决堤的时候
心情漫过田野
就会有血泪默默横流
我们是又一个人

什么时候再无人流泪
什么时候灯光成为松开
的拳头

伤痕雕刻我吧
灾难压迫我吧该知道了
伸出什么样的头颅
就会改变世界冰冷的气候
路还在
路标英勇指向
天边的深处
那么今天
我们走

告诉你，兄弟

是呀兄弟
一切怎么还没过去
冷风又已经开始
兄弟

冬天
属于浪漫的女人而欢呼
之后就纷纷藏进
彩色的棉衣
兄弟一页窗前
留下了你墙壁沉默
兄弟

吉林大学诗选

这个世界怎么又有
一只手冰冷地
放在你的额头我们的
心和目光一起痛苦地颤栗

兄弟
告诉你
我的兄弟
道路出现之后
大山把它逼进峡谷
大河就成了它无言的
泪流风过原野
却怎么吹不去寒冷的
时节这是命运么
兄弟命运到底是
什么呀我的兄弟

第一次流泪
你平静如月下大海
沿太阳启航
一切都会变好而又一次
兄弟这一次
事实让我们的信仰
突然脆弱大雨飘零
花瓣死去有一阵抖动
就是一阵忧伤的暗示呀
兄弟

告诉你
我的兄弟

你有一个好看的背影
阳光或大雨里
它总是生动而又明丽
即使再丑恶的东西
也不敢向你靠近
狂风充满罪恶也不敢
让美丽的蝴蝶无辜死去

我们这么容易相信
明朗的笑声背后
厄运头发般临近
如果第一次
我们不说什么
现在又该怎么说
我的兄弟

告诉你
我的兄弟

站在窗前的姿势
还和往日一样善良
来到这个世界
只有和石子一样小的愿望
该得到什么
就得到什么我们是

世界上最简单的人
只想获得最简单的权力

失去了那么多了
还要有什么将要失去
兄弟洪荒上演
悲哀像归雁掠过双眼
这块天空总是跟
善良人过不去兄弟

无数次我要告诉你
不该像从前一样
我的生命竟有如此无力的
警示可说出这样
一句话要先流多少泪水
我的兄弟呀
兄弟

告诉你
我的兄弟

沉重将季节般如期而至
可柔弱肩头
你要扛起多少东西
因为你我要和你
站在一起
你哭几回我的心
就哭几次兄弟

你要明白就不要相信
前面许多美好的
东西
只能发生在过去

告诉你
我的兄弟

兄弟
不会有了
不会有太阳把你的
悲绪轻轻揩去
不再善良
厄运就不再是厄运
兄弟即使我告诉你了
你也不会这样
烂去龙骨驳船依然
热爱大船而海
又在哪里
你又将如何兄弟
我的兄弟
兄弟
你说话你

夜色太重

夜色太重
灯总有被压迫的时候

吉林大学诗选

如果想到了
就该准备好足够的哭声

知道了这个消息
我无法平静的思想中
这就成了最后的一瞬
该我怃然
可你自信的笑容何时纷纷离散
这块大地
就是你无法理解
无边无际的心情

一转眼
我怎么就有了那么
漫长而又沉重的过去
没有法子了
冬天强大
虽封不住我深深的瞳孔
却再无力举手
把你的小绒帽悄悄扶正

二十二岁的今天
孤独的屋顶之树
你靠往了一个宽阔的肩膀
许多目光忧伤地收回
消失了你少女鲜亮的笑声
靠上了一个宽阔的肩头
怎么还感到孤独

不
你的孤独我最清楚
别哭了朋友
无法站住世界
就要走进别人的背影

不知怎么
我们就习惯了沉默
让我站稳脚跟
你能不回头还是不回头
好
只问一问
为了不再孤单
你还要孤单多久
为了笑容还有多少日子
将要牺牲

真不想了不想
再为你的一切隐隐作痛
可我怎么能
可我怎么能

于维东

男，山东烟台人，1982 年吉林大学法律系入学。
1985 至 1986 年间担任吉林大学《北极星》杂志主编。

毕业后先后在航空航天工业部，美国微软公司和美国通用电气公司从事法律工作。现居北京。

吴哥

在蛇出没的城门前
慢饮法兰西咖啡
丝竹和打击乐
推动娇柔的身姿
优雅地弯曲

透过参天古木
辉煌的高棉落日
正慢慢沉入
洞里萨湖
映红神秘的黝黑微笑

走回一个世界
骑着大象

2004 年 10 月

罗津——先锋

曲折的路
依然在讲述经年的日本故事
通向并不遥远的海

仿佛走在
空洞的时空
追寻遥远的记忆
在没有高丽的高丽

2005 年 7 月

吉林大学诗选

布拉格

灰色的雨
不停地洗涮中世纪的大桥

红色的电车
试图呼唤早已逝去的春天
用一串串远去的铃声

古堡的灯影
摇曳着画家修长的手臂
消瘦地描画本能
用捷克绿

2006 年 4 月

庆州

浣衣的倒影
用高丽时代的棒子，击打
千年皮鼓

月光踮起脚
轻轻滑过松涛回响的湖光
融进线一般流动的车灯

唐朝在走
沿着一座座山一般伟岸的坟墓
飘向山脚下鲜花盛开的神殿
在石头上，在水塘边

2006 年 9 月

卡帕卡巴那海滩

非常湛蓝的大西洋
亲吻面包山
以及在阳光下沐浴葡萄牙低柔的音色的
与山一样婀娜的人体

耶稣遥望海边的桂林山色
和更远的地方
眼神抑郁地迷失在
如中国画般模糊的
风、雨和云彩

2006 年 12 月

雨季

如此的到来是轻曼的
是一滴滴夏季的雨
无声地落

从眼睛流进心里，并
温暖地升华
凝聚出雾一样记忆

一句远古的诗
乘着加勒比海云朵
在远东温润的季风里
默默地吟诵

奥兰多不明白，
无人明白的
夏季心情

2007 年 8 月

吉林大学诗选

都柏林

走过六千年
沿着湿冷的石头路

雨慢慢滴落
蓝色的，在抑郁的眼中幻化为弯曲的背影，远去
无色的，沿深色的伞边匆忙滑落，升腾为灰暗的天际

古老的大河
在天籁中舞
甜蜜地回响女性安静的渴望

黑啤酒泡沫，白色的
缓慢地幻作海边凄凄的灰色树和草
云彩一样

2008 年 3 月

有人的星空

残月与星星结构的脸
在车窗的左舷
皓洁地微笑

凝望着
生命的流淌
在午夜的五环回家路

神秘地对话
与有人的星空
用平静无言的心和忘却的劳碌

2008 年 12 月 6 日

西山日落

橙汁
透过你的眼睛
滴进意境
一滴一滴

灵魂醒了
从心走向心
沐浴着金色的落日

是微风拂煦的傍晚
在初夏的颐和园
我和你，我陪伴你
一起看落日

夕阳飞逝
飘逸过香山
漂染着吉祥的云迹

是微风拂煦的傍晚
在初夏的颐和园
我和你，我陪伴你
一起看落日

2009 年 5 月 23 日

浮萍岛

是在漫长的飘流后
停靠的那个湖心浮萍岛上
疲惫地回望风景
然后孤独地清醒

突然渴望
摘掉日夜佩戴的面具
在更多阳光下
自由地奔跑
让人们认出我

四面都是岸
只要回头
今天的太阳真好
风也不大

2010 年 2 月 5 日

吉林大学诗选

清明的约会

静静地
与远行的情人约会
一年又一年
一位又一位

清明的约会
总是桃花盛开
风理眉宇
云游天籁

今年你在外边追寻
明年你在里面期待

日期不变
地点不变

2011 年 4 月 3 日

过去的爱情

西湖的椅子
轻舟对语柳岸

三十年的丝巾
轻拂湖光
淡抹山色
白鹭纷飞
云天如黛

远远地回望
椅子还在期待
柳树依然婀娜
轻舟仍旧切过保俶塔
在云边的平湖秋月

用西湖的丝巾
用西湖的声响
用西湖迷乱的眼光
穿越三十年的离离过往

南屏钟晚
柳岸花红

2011 年 6 月 6 日

李富根

笔名高唐，男，江西贵溪人，1983年吉林大学中文系汉语言文学专业入学。

在校期间于《青年诗人》《诗神》《关东文学》等刊物发表十余首诗作，作品散见于《我悠悠的世界》《校园诗人》等大学生诗集。广泛参与了吉林大学中文系、吉林大学及吉林省高等院校的各类诗歌活动。

担任吉林大学"北极星诗社"社长和《北极星》杂志主编期间，与丁宗皓、野舟、杜占明等策划推出了诗集《审判东方》和诗歌报《世界四》。

现居北京，供职于中国网。

四点钟的爱情

四点钟的爱情　一只手
握在一只手里　街灯
这个时候突然就灭了　母亲的微笑
和最后一只苹果一样温暖　我八岁那年
常常听见的那句话　是这样说的
天还会亮呢
看哪　四点钟的爱情多像太阳

四点钟的爱情　草坪上的露水
把小城故事洗礼了　我在他乡流浪已久
孤独　把我和一帮同病相怜的朋友
赶在一起　那夜游的烛
在啼哭的慢板唱腔中
一步步　接近炎热后的凉
我空洞地渡过了沧桑的河　终于在悄悄话里
发现了
四点钟的爱情没有呵欠

四点钟的爱情
顺着我的手指
在走　哇鸣让一秋的稻田香了起来
生命　在一个瞬间长成了那棵熟悉的向日葵
春风十里上门了
第一个　被水温暖的
是未来会飞起来的小鸭
现在我最想知道
四点钟的爱情　什么时候
变成我的血液

坐在河畔想你

坐在河畔想你
白天很长
孤独也很长
一个人的时候
回忆更长

想你
这条河流离你很远
就像现在离从前很远
想你
比任何一种时空更远
我是河畔一枚昏黄的树叶
多亏心灵的屋子还在
多亏里面还住着一个你
就像河水还在
河流永远会有天空的影子

麦苗很青
一片片的思念很苦
河畔正是一个很熟悉的季节
我在你的角落中
一步步走向枯草丛

若是日月的镜头一直保留着底片
若是你可以从心灵的画景出现
若是你的手指　通过风
知道此时此刻的语言

你将回眸
你将珍惜双袖的泪痕
回忆再长
想你再远
也阻挡不了你的声音
托随便一只鸟
传来……

吉林大学诗选

江湖

在另一个男人怀中死亡
爱情，哦
让我的烫手　触
你空空的躯壳

回忆的树依旧燃烧
依旧茂密如盖
一只去年的蝉
轻轻唱
唱着　唱着
血液就浸染我山一样的筋骨
唱着　唱着
就唱成杜鹃
低飞在我的心空
雨　只是梦和青春期的表达
我看见　残荷
疯似的铺满我的目光
与脚印的方向

逼我逃进故土　逃进
你出现之前　那一片孤零零的
月影
长短亭依稀记得
一个执剑的长衫少年
走在夸父逐日的路上
而露飘飘地滴下来
一个肩头是一声裂帛
而风怜叹的抚弄下
十指如尘
纷纷散落

名胜古迹

知炎知凉的你的心
曾经　是我豪华且温馨的宫殿
周围有山　有湖
有丛林如你的秀发
有啼鸟起自你的歌喉
有散香的百花园
辅缀你的唇　你的胸
你每一个脚趾　手指
你上上下下奇妙的毛孔
有石笋朝天
你的大腿　小腿
有古迹
你触处皆是
曲线如游岸的潮汐
以为　海与沧桑在你之外

有唯一的一条蹊径　掩映在
草莓与荆棘丛中
导向你稀世的风景
我寻春而来　骑马
或者坐轿
你的笑容　顺着你的呼吸
一束束冠上我的额头
我执剑而行　像威武帝王

世态的炎凉　不过是在
火柴明灭的瞬间
一阵突至的雷声
宫殿与风景　似殒星的起落
废墟上开始长出一片一片的黄昏
还有孤独　消瘦的散步
我常常携一卷诗稿　半瓶白酒
头枕结满青苔的　秦砖汉瓦
看暮色中的烟蒂
闪烁
在秋虫的哀哀声中

我是游客，朋友们
偶尔也是

在枯木桩与蒿草之间

一根枯木桩　一丛蒿草
中间
你灿烂地笑
四下里　欲晴还雨的天气

我只是一个看客
镜头　与你同在一方世界
竟一个天上　一个人间
手可以扶正你倾斜的倩影
却扶不正自己倾斜的命运
美丽只在回首
还含一抹辛酸
一份疼痛

就像　一朵灿烂的笑
在一根枯木桩　一丛蒿草
中间
四下里一直的欲晴还雨的天气

为你添一只寒蝉
为你成秋天的一角

就像　一根木桩为你枯在一边
一丛蒿草为你黄在一边
四下里的天气为你欲晴还雨

曲枫

男，1983 年吉林大学历史系入
学。年龄小而身材高大，十足的绅士
派头。1983 年开始发表作品。

你会明白一切的

——致 M

情侣的呢喃被燕子的翅
剪成轻盈的柳枝在飘
柳枝在飘，岁月在飘
季节一片片落下，如树叶
又一片片长起，如一个
个嫩芽
以召唤苏醒自己
苏醒几个季节各自的梦

你闭上眼就会有一轮月
亮悬挂在你的胸前
你笑一声就会有广场诞生
你睁开眼就会看到一座
楼房对你开放

在烟囱的林里你总是凝望
凝望没有人迹的山谷和
海涛的喧响

阳光在眼睛里飞来飞去
你黑发的夜
缀满了宝石般的星星
阳光是最单纯不过了
目光却是最复杂的了
当七色雨
如熟透的果实
在早晨无声地落下
你会明白一切的

山坡上，山脚下

山坡上
你凝神地注视着
那朵露水未干的野黄菊
令人晕眩的雾
涌遍了你空明的心境
你已经忘记了世界
世界却没有忘记你
等你童年的歌声在耳边
迟疑地响起
你发现
那朵小黄菊
已经是凉凉的了

原来春天是一个多雾的
季节

你的目光因太多的湿润
而重新变得模糊
这个只会羞涩地微笑
只会无奈地凋落的
春天啊
这个永远也不会成熟的
春天啊
它凝固了多少
少女忧伤地想象

山脚下
丁香花又浓郁地开满了
你的路旁
但你闻闻它　就　足　够了
……

饶蕾

笔名蕾蕾，黑龙江哈尔滨人，1983 年吉林大学化学系入学，1987 年吉林大学化学系研究生入学，1990 年获得硕士学位。

2006 年获得美国休士顿大学金融专业 MBA。担任过科研负责人，工厂技术总监。从事过企业事业开发和全球市场战略规划。现任企业商务经理、美籍华人。

2011 年开始写诗。作品散见《中国诗人》《中国文学》等，和美国《常青藤》《新世纪诗选》等诗刊。出版诗集《远航》《晚风的丝带》。

月光曲

月牙儿屏住呼吸，
小心地将直月光，抛向远方。

回身坐亮夜的静寂，
看一片枫叶悠闲地由绿变黄。

月影一抖，钓起蛙鸣一串，
故乡睁开眼，噙着晶莹的泪光。

今生有你

——写给同学们

锈迹斑斑的年轮，已远了
似流水逝去的咏叹
在记忆的浪涛中回响着
"子在川上曰"，一遍又一遍

重逢的华发，激情不减当年
尘封的笑声，又涨起潮来
冲开时光隧道的密码
溢出几十年的过往
干一杯吧，青春　华年　未来的路
我们彼此的拥有没有期限

今生有你
窗外的天空少了一缕遗憾
岁月的长河多了一份眷恋
悠悠流水带走了光阴几度
但带不走我们重叠的日出日落
带不走日子里无言的挂牵

2015 年 5 月 16 日

大峡谷的抒情

1.

大峡谷在抒情，高声地抒情
用科罗拉多几百万年的涛声
用山石浩瀚的坚忍，还有无言的疼
美从历史中走出
雕琢有声有魂，曲音无垠
多像人生的歌谣
歌唱着摧毁，也歌唱着诞生

2.

阳光的画笔婉约，犀利，捕捉住
千变万化的瞬间，涂抹一路音韵
就像尘世的慈爱，舞蹈在灵魂之中
美妙从柔和的光影中逸出
像舞台上的大布景，又似少女的小首饰
有古韵，也有俏丽。牵动
泪水或者笑容，汇入大峡谷永恒的抒情

3.

我走在旧时光的幸福里，一行
曾经的年轻人，离我很近
相聚的前方就是分离，让我们握紧时钟
分享大峡谷的浩瀚，还有宽宏
争先恐后，照相机不停地闪动
唯恐漏掉一个微笑，一次重逢

当车队开出大峡谷的时候
我用视线抚摸着大峡谷的抒情
就像抚摸着人类的过去和现在
我悄悄地珍藏起一粒奇异的火花
它很美，那是人类未来的憧憬

后记：
大峡谷位于美国西北部科罗拉多高原上。全长
443 公里，是世界奇景之一。

王欢院

男，陕西武功人，1983 年吉林
大学中文系汉语言文学专业入学，现
为《陕西日报》副总编辑。

壶口观瀑布

千万匹黄骠龙驹奔腾跳跃
千万年前仆后继义无反顾
只为那本能的冲动
只为那梦中的神谕
纵然是万劫不复的深渊
纵然是粉身碎骨的结局
也要让
满腔的热血溅起彩虹
最后的嘶吼震撼神州

城市的夜晚

夜的潮汐
淹没了城市
在光明与黑暗中两栖的人们
开始在海水中游荡
寻找最为惬意的姿势
欢笑的声音，哭泣的声音
合唱成一种魅惑的旋律
在海水中独自漫游的人
不是因为爱得太重
就是因为恨得太深
月亮驾着云帆
在光滑如镜的水面上航行
以水草为网
打捞起坠落的星星
和虔诚祈祷的人

神话

陶罐烧成了又用石斧打个稀烂
惊动黑熊拱动山岳摇摇晃晃坠下碎石
狂风因之塌陷滑到了骆驼它的哀嚎
滚到燧人氏悬着冰挂的山洞前
他擦亮火柴点燃森林野兽带着肉香四面冲突
看见月夜里梵高的耳朵跑来跑去叫喊
猎鹰好象听到号令啄食普洛米修斯
锁链撞出火星吴刚为砍断它磨砺斧头
发现了三个大豁口
曾战败于他的无头之怪物以乳为眼以
脐为口执干戚在古战场上走动
白骨纷纷起立与之同行打着灯笼脚步
窸窸窣窣
他们寻找灵魂灵魂正坐在荒草上召开
大会
决定他们要到迦南去之后便跪下祈祷
带上干酪和帐篷敲着牛皮鼓用少女祭典
维苏威火山的尘土一直淹没了他们的

胸毛

看家的黑狗在途中被丘比特的银箭射中
它眼睛热情得发亮向月亮吼叫
终于把她吞进肚子里才发现是块石头
撒旦从地狱里溜出来告诉他们他要去
找上帝的乐园
举着火把匕首有个机关里面藏着缝伤
的针与线
他们在尼法提斯山下遇见了亚当和夏娃
夏娃哭哭啼啼亚当羞恼难当把她休弃了
他说乐园在宙斯的办公椅子下面
于是他们安营扎寨准备建造巴别塔
男女老幼都在沙漠里寻找石块和木头
看看跌跌撞撞走过的太阳没有说什么

王晓华

男，吉林省吉林市人，1983年吉林大学哲学系入学。

在校期间，曾为"北中国诗社"社长，吉林大学"当代人文化沙龙"创始人。现为深圳大学人文学院中文系教授，深圳大学文艺学研究中心副主任，中国文艺理论研究学会理事、中国青年生态批评家协会副会长、《中国当代生态文学读本》顾问。

在重要期刊发表论文185篇，有论文十余篇被《新华文摘》全文转载，二十余篇被《人大复印资料》和《高等学校文科学报文摘》转载。出版专著《个体哲学》《西方美学中的身体意象》《压抑与憧憬》等七部。学术研究之余进行散文创作，在《随笔》《作家》等报刊发表散文（随笔）四百余篇，入选几十种选集，产生深远影响。

真想告诉你

我推开门时
我们曾经有过短暂的对视
望着我胸前的校徽
火焰
在你眼里闪现又消逝
我立刻读懂了
一个平常的故事

带着一千种思绪
我坐下了——
一个镶着花边的大镜子
映出我们身后大街的位置

真没想到
你剪得那样认真
认真得我有点不好意思
因为我来这里
不是为了理发
而是……为了
写一首诗

最后，你笑了
望望我
又望望镜子
像一个审美大师
（不，你就是一个审美大师）
我知道告别的时候到了
虽然我不想离去
但门开了
你又笑着迎接
一个头发有些凌乱的孩子

……真想告诉你
我写了一首诗
虽然你手和呼吸的温馨
曾使我忘记了构思

1984 年 8 月，长春

吉林大学诗选

人到中年

1

躲在舌头下面睡得太久了
被睡眠吵醒
睁开呵欠
走进镜子
寻找一个人
却只找到了
在一张肥厚的面孔上
隆重上演的笑声
堆满烟灰的眼睛里
永远不会复燃的红纱巾
而心不过是狐狸与月亮
的角逐
耳管蜿折
再没有起伏的少女
赤足跑过

2

只有不需要土壤的头发
蓬勃生长
又被规格切割　只剩下
被赦免的指甲
在鼾声的掩护下
逃出准则
刻痛甲骨

3

抬起头　追随天空的奢望
刚刚萌动
路碑就唆使双腿绑架我为
医院和厕所的人质
日夜为目光看守
我无法反抗
这世代流传的苦难
只能一次又一次
在蚊子的叮咛中
把身影埋进
阳台的悬棺

1986 年 8 月 7 日大连

宣言

无雨的七月　破碎的我射向你
弹痕累累的墙壁　流出
记忆的星光　圣洁的嚎叫
自远方走来　我的耳孔张开
饥渴的隧道　贪婪地狂饮
火山之乳　无名的冲动烧红夜空
掀起蘑菇云　嘲笑黑暗
这个夜晚是最后的夜晚
我的歌　我的泪　灼沸星汉——
　　　　　　走！走！！
除了足音　除了足音　有谁会知道
我们在哪里　没有水　天空无家可归
流浪的大陆一片空旷　枯瘦的风
抓起一把灰烬　那是
昨天的玫瑰　或者是
我上个世纪的情人　瓜分世界的叶子
无言凋落　它的悼文
是它上个时辰的面孔——
除了足音　除了足音　有谁会理解
你的悲哀　多少人　多少人
向你走来　又背转身去、足迹

弯成剑　刺伤你的纯真

在夜里　在夜里　唯一肥胖的

是鼾声　匕首的清流也洗不净

你的暗影　有谁　有谁

会热爱你的两袖清风

我们的面孔正在橱窗里嘲笑我们

心正在进行战争——

　　　　　　　走！走！！

唯一的大道没有足迹　通向空旷

千年丛生的岁月捂住那无字的谜底

夜的抚摸使天空温柔

听到那温暖地走来的嚎叫了吗

除了母性的声音　还有什么

会如此充满诱惑——跟我来

加入到那野性的骚动中去

在泛滥的瞬间复归纯真战胜猎枪

和狞笑　让峰峦重新涌起

绷断地平线　最后的微笑金黄

超越一切之上　照亮痉挛后的宁静——

足音湿润

足音温暖

雨将降临

1985年12月7日长春，吉林大学文科楼

野舟

本名刘奇华，男，安徽宿松人，1983 年吉林大学电子系入学。

历任科学出版社、国务院新闻办五洲传播中心编辑。并出任美国熊猫电视台总编辑。

其主要诗歌作品，集结于诗集《审判东方》《世纪四》《尺度》和《中国先锋派诗人四十家》等诗集之中，著有诗集《复述》等多部。

圣经的三个版本都是爱情

有些烫金的敲击声
从空隙中流出
合在一起
石头上的火焰焚烧着沙粒
这悠长的絮语　整齐得
像洁白的牙齿
每个头顶上的云朵

从我的树仰望着你
隔着一个花蕊
这种凝固的欢乐
如同隧道
召唤我们的身躯
游历在水滴里
留恋着高不可及的灌木
你的期待使我渐渐粗糙
可能抽搐的手还默默枯干
如同废除的仪式

但我不能多于太阳的光芒

伴着一个柔和的眩晕
你潮湿的沙漠
幻觉中我的呢喃
在亚麻布帘外
美化你的夜晚
又在夏天的一切积水中

随着明亮的泡沫
追问你的倒影
我感到
流水中一棵菖蒲的幸福

而我的礼拜至少在目光之外

在你的欢笑俯视黎明之后
你的阶梯　穿透
天空与我的同一种寒冷
铺天盖地的花瓣
在我们一旁
伤感了别人
点缀了另一些人
我的做树的愿望依然是
派遣我的后天
牺牲在你的今天

1990 年 4 月

当月亮咀嚼着干草

——致叶赛宁

坐在城市的灯火里
我的颤抖无节拍地闪烁
抚摸着夜空谢尔盖·叶赛宁
我们共同的友人
是那三颗星星的遗容
只能在每个季节的情感之外
逐渐熟悉你的愿望
叶赛宁的矢车菊每天都在生长
而被取消的祭典上
我的奇迹一直是
站立在你忧伤的瞳孔
与叶赛宁不听话的卷发之间

我听见夜莺自桦树林飞远了
夜莺得到了歌声
当月亮咀嚼着
俄罗斯的干草
梁赞小伙子叶赛宁
你不愿得到什么

夜仍然埋伏在
你那枚月亮的道路上
叶赛宁最初是天空
一点透明的泪滴
后来是天空里
一条僻静的泪痕

他们抒情的精灵哭诉着
一板一眼地把心灵变成尘埃
你的荒凉落到了草原
在大地这张无与伦比的大嘴上
叶赛宁回头凝视自己
青铜般的伤口
我怀着洁白的敬意
这比死亡走得更远的目光
仰望俄罗斯教堂的圆顶上
我无法逃避的叶赛宁
最终如同一朵桦树的白绒花
用自己的全身微笑

1990 年 4 月

吉林大学诗选

生命作息

如果他揭开古堡的一片瓦楞

黑暗与秘密一同消失　或者

按照古埃及人的性格复活

在他涂抹香料的沉睡中

大自然渴望见到第一个季节

无涯的雪原掩埋了他的手掌

渴望听到他的婴儿

锁入一座冰雹之城

远离霹雳和漆树

不绝如雨的乳汁

他的第一个恋人已被阳光燃烧

灰烬中的凤凰鸟　用翅膀

美化他的髯须

但从未使用自己的双脚

走向尘世的末端

睡在他栽种的漆树

无暇的树皮上

他的夜晚　致力于情感

五彩缤纷的邪恶

使遥远的星辰回到自己的光芒里

一个沮丧的长者诞生了星外之星

他的骨头冷艳而一致

点缀着空夜

他的指骨铿锵地弹奏着古堡

芳香的尼罗河水

穿行于沙漠与晨光之间

1990 年 12 月

如此宁静

长安街。今夜我大声哭泣
画眉北京　耶稣伯利恒
我的泪水洗涤你们的长袍
今夜竹子和金属的殿堂
睡着两个兄弟
上帝的左手和右手
如此宁静

长安街。今夜我大声哭泣
村庄母亲　坟墓祖父
我的远方水面布满野花
今夜天上和树下一片黑暗
停着两个魂灵
我的布匹和稻谷
如此宁静

长安街。今夜我大声哭泣
白灯人们　月光鬼魅
我的幸福在近处看着我
今夜大雪和野兽一起消失
留下两条血迹
诗神的笛声和皮鞭
如此宁静

落入我的天真的手　万物长啸
为何如此宁静

1992 年 2 月

镜子里

我的左边是雨夜　而
我的一生都在别的方向
但不在柏树林　残破的雕像
流不出与我同样无味的泪滴

不是那么多美妙的目光踏过
我的肩膀自始至终洁白
撒满了鸽粪
辉煌的时刻酷似雪片

那些秋天已成为同一种泥泞
落叶从未高过
自己的回声
落日已经穿过雨帘
我问一张纸片吹起的微风
一双手臂怎样挽留

而那个走在广场的侏儒
我的青春就在他身上
像每个从童年向后生长的人
我们一起热爱着雷声
闪电会使我们感动
最终想起镜子里人的一瞬

1990 年 8 月

杜占明

笔名劳子，男，辽宁绥中人，1984 年吉林大学中文系入学。

自中学时代爱好写作。大学毕业后在人民邮电出版社任编辑、副处长等职。1997 年下海经商至今。曾主编出版《儒佛道百科辞典》《中国古训词典》《中国历代帝王史话》《我悠悠的世界》《中华孝道丛书》与《小四书新注》等图书。

爱有不能

以爱的名义
走在一条与爱无关的路上
我有你要的
给我你有的
贪婪与吝啬相互转换
简单得如此厌倦

厌倦的感觉
比厌倦本身更令人孤单

然而
不是每个人的夜晚
都会有孤单和绝望
恐怖地弥漫
而我唯一能做的

只能用尽体力
把它甩开
可每当你转过身时
却发现孤单还在

每次我站在她离开的地方
注视着她瑟瑟的背影
如果她回头
就会有小小的幸福垂下来

这个时候
我会想我们彼此是什么
想到头疼
想到烦躁
想到虚度的每一天的

庸俗与沉重
又悔又恨总会又蓦地感到
一阵惊悚

她，是我的欲望
我，是她的期望
而这一切必须
由一个人的臂膀承担

因为有她有夜晚
哪怕她那一个不经意的睡姿
就足以把周围的落寞
刹时填满

然而她更习惯
用眼泪建设下身的安全
不是每个人的夜里
都会有凄凉
平淡地发出呼唤

时间的味道
夹杂着空间
体内莫名的燥热和悸动
来自某个刹那
它是孤独之外的
一种不确定的摆脱方式
在每一寸肌肤上
谋求着另外一种表现

断裂的快感

一个成熟的男人
脚下的夜晚可以通向
每一种缠绵
日子的沉重
似乎无奈似乎另有等待
等待变好
亦或等待变坏

在属于自己的陌生的城市
漫无目的地寻找
一颗可以纠缠的灵肉
让骨子里的传统溃败成一种经典

是空虚和沉重逼我
不顾一切
然后在微弱的路灯下
倾听自己内心断裂的快感

在空阔无边的沉闷中
我急需找点什么
一个放松的想法
一个自由的眼神
或者
是一个可以让身体盛开的异性
于是一切又因此而美满

幸福似乎垂手可得
只是
漫天的目光点点滴滴
早已把我的灵魂磨成
尘缘
可是两可寒冷如冰的心
无法相依取暖

我真切地感受到有一种成熟
在无声无息地流淌
萧瑟而又长远

陌生人的目光

我曾经经历过的东西
我不想再在她的生活中一一重演

事情就这么简单地
发生着
她的身体向你发出邀请
你的喉咙里发出异响
于是秋天就有了纷纷堕落的树叶
夹杂着很多的沉吟

孤独是对的
但如果孤独成为无限的等待
或者不确定的未来
又怎么对得起
我看到她时怦然心悸的情绪

人心是最幽深的森林
暗香与暗礁同样汹涌
凭借书架上一段段爱情
留下的痕迹
我们再展转拼凑出爱情的模样
可再成熟的秋天
也不会因为有我
打折你的痛苦和磨难

吉林大学诗选

希望不会像回忆
轻易就可以根植在心底
在春季
艳遇像呼吸一样正常
没有艳遇是可耻的
夜景在茫然中
成倍成倍地包围过来
击落我四处逃避的神经

每个人都有痛
不同的是痛的有效期
长短由己
绝望是虚无的灰烬
一吹就散了
用快乐面对伤口
用微笑捍卫自己的抉择
然后再用忍耐与宽容
尊重自己的微笑

只身走在路灯下
你的城市依然在视野之内
紧挨着的
手拉着手的一切
都有各自的道路
通向自己的世界

这会儿
内心展开的只有儿子
他从西城的睡眠里
向我呼出神秘的气息
我的心脏急切地迎着他跳动
希望像城南的月色
从岁月里再次向我落下来

我用不同于从前的判断
迎接城市深处的姿态
细腻沉静充满感激
我不知道这份感动从何而来

陌生人的目光
听起来别有一种滋味

趟过爱情

一次邂逅
让欲望一夜之间
长成了参天大树
树下甜蜜与危机四伏

因欲望而爱
因爱在宿命中埋下伤痕
浓烈而残缺

自尊挑逗着男人
她需要他的体温来慰藉自己
女人把自己带入情景
发出情不自禁的呻吟

女人最在乎的奢侈品
是书架上的爱情
趟过爱情的女人却
钻进了岁月的另一头
然后用
打折后的身体兑换

一些绝望、快乐和安全
打发日子
打发自己的想法
变成一种供男人取暖的动物

她成了一个参照
他渴望凭借她的身体
恢复心灵的宁静与完好
所有的留恋
不过是对开启情欲之门
那个刹那的执迷
使她的声音和气味
一直在他的内心凝结
他全身的骨头
仿佛在重组

胸中的惆怅
像阴霾
把饱满欲滴的夜色包裹
触目可及的建筑
起伏着
路灯拖着城市的影子
越过繁华朝你倾来

情欲象闪电
发出轻微的裂响
照亮了彼此的来世
芬芳的肉体
释放着沮丧、创伤和寂寞
野兽般的纠缠
拒绝姓名
拒绝自己
回忆却拧成细绳
牵出内心的梦魇

命运伸出手来
在心口很狠的画出结局

往事的气息凉如夜水
浸泡着时间
纷嚣还在
喧扰还在
让人无法安心谢幕

1111111111111111111

充满缺陷

二十年来
那些散落在城市里的想法
如今已变成一种沧桑
而
与城市有关无关的琐碎
都已沉淀
回忆如同古老的教义
虚无而饱含价值
记录了许多别人不在意的
美好、挫折和力量

也许平常人的爱情
原本就灾难丛生
一个人的时候
寂寞突然
会从黑夜里扑过来
层层忧伤绕过岁月
不间断地触动你
面对心痛
你不得不低头、改口、承认
每一页过往

也一直很想
找一个妥帖的姿势
怀念昨天
有些人去了远方
依旧眷恋
有些人就在附近
却从不去见
寂寞的体温中
总是闪动着过往的缠绵

我闭上眼睛
看见她正抽一支烟
烟在燃烧中发出一种神秘的声音
寸寸燃烧
充满缺陷
真实的疼痛
在体内一如既往

在这场抵死的缠绵中
我们从来就没有独立存在过
尽管背负着爱情与欲望前行
却总归要回到现实
可以凭力量征服每一个人
却征服不了
彼此分开的命运
这是一个预知的结局
无从反抗
也无须反抗

世俗冷硬刻毒
击打你贪婪的枝节
让你默默行走于婚姻内外
面目模糊
如一潭静水
布满杂草和固执
有混乱的真实
有琐屑的凄凉

仿佛一只时钟
斜依在历史的栏杆上
任秋风穿过
却无心再计岁月
只把无奈无声抖落

她是一枚会跳舞的糖果
经过血液变成一种甜蜜的力量
弥漫你的全身
冰凉的神经漫漫焐热
解冻的过程接近完美
爱恨深沉了
生命才足够繁华和奢侈

面对一个又一个路口
在树阴下拂心而去
只有身后的垂柳
坚守着自己的位置
让你无误记起
在某一个路口
错过了某一个人

曾经用种兽的姿态索取
得到她的人
又要她的心
进而接管了她的命运
曾经自己动手
把心里的是非恩怨
一一捻灭
期望能
隔水炖出一种平静

然而关系
从身体开始
也一直由身体做主
沿着欲望的方向
绕过情感
才能让快乐远离心痛
一双心有所属的人
谁也痛不起

我算准了自己的宿命
却打乱了你生命的部署
你在我的生活圈子里
丢失了自己执迷不悟
我们各自拿着自己的理由

企图说服对方
却又一味拿着别人的借口
禁锢自己
是啊
你的爱并没有错
错的是你把爱升级为
一场运动
把嫉妒和沉默变成了暴力

是到结束的时候了
给彼此一个出口
让你找回自己
让我走出自己

山景海景

盛夏过后
家乡无名的海滩
变得更加俊朗
渔民们熟练地撒网和收网
动作很枯燥
渔船靠岸时散发出
哀怨与凄凉
但这不经意的萧杀
却在纵容我
肆意地享用眼前的
沙滩和海水

背靠大山
面朝大海
这是我一直迷恋与灵魂
对话的方式
产生过很多平静的
价值和意义体系

一个人坐在海边
有时
分不清什么是山
什么是海
只想用这种姿势
蒸发掉自己内心的水分
然后体验自己的

干净和轻松
就像雪化成水
一点存在的证据也不留

如果说
内心的落寞是满满的海水
那么自己
不过是蜻蜓
在水上轻轻的一点而已
然而
却有山海之间的对峙
山听不懂海的语言
海看不懂山的姿态
面面相觑
几千年
不知道谁看谁更多一点
只是有山景融入海景
有海景埋进山景

咚咚作响

女人一旦
肉体疲惫
灵魂空寂
总会有眼泪一颗颗落在心里
咚咚作响

心碎差不多
伤痛差不多
所有女人的悲欢
其实很相似

当她还年轻
身体飞扬
快乐、性感、火苗一样
曾渴望一只手
踏实、温暖
能洞悉她的肉体和灵魂
她希望
把自己的寂寞摊在掌心
明明白白地给他看

只是
跟青春在一起的
还有贫穷
那些因贫穷而滋生的渴望
很多、也很迫切
从而织就了她的
信念和梦想

内心对人性抱着
冲动与期许
她的眼睛吱吱地闪动
像一块盛开的伤口
为只为
他喜欢有伤口的女人

女人动了感情
男人动了身体
她是他的备胎
他是她的救命稻草
但是她坚信自己是个例外
不放弃
一丁点希望

然而有些男人
注定是要被抛弃的
过去无需掩饰
生命不容迟疑

一个坏女人的故事
就这样由一个又一个男人
并联起来的
每次
她走进男人的房间
都会伴随着砰的一声
她下意识地
把自己的灵魂关在门外
关在每一间酒吧里
酒是一种动物
粮食不是
粮食只能让她活着
酒可以
让无助、寂寞和绝望的感觉
从她的体内消失

违背命运

第一次见面
她的眼睛杂糅惊恐、迷乱、不解
满是痛苦

当时他的欲望在寸寸萎顿
渐次坍塌

因为有些日子
只能用爱和恨的姿态去消耗
他希望把情爱
平均分摊给每一个染指过的女人

她曾经见证的只是
一段不属于自己的性爱

他总是期望不期而遇的开始
然后可以名正言顺地抽身离开

这次他一反常态

他开始心疼她
一个透着神秘与消魂气质的女人

他们彼此拥抱着对方身体里
散发出来的一种情绪

两个一直不肯违背内心的人
却违背了命运

他来了带不来爱情
她走了带不走幸福

她的气息通透而柔软
然而他已精疲力竭

他们彼此
都尽了最大的努力
给予对方的仍然是最深的伤害

月亮同铅块一样重
仿佛含了太多的苦
不肯升起

盛开的凉

女人的肉体
阳光而饱含诱惑
它经过男人的眼睛
一直触及到心脏
成为一种斑斓的寂寞
点亮了男人蛰伏已久的孤单
在男人内心的季节里
女人是唯一可以摇曳的花朵

欲望的薄厚就像
命运的走向一样
总是在关键处洞穿女人的神经
可是爱一个人
如同在心上重新打一遍烙印
有一点疼
有一点烫
有一点乱

女人的眼神否定了男人的付出
男人的隐忍又成全了女人
在一段无望的爱情里坚持太久
世上最断肠的
不是诗人说的离别
而是无望的等待
未知而漫长

当爱一个人成为一种习惯
两个灵魂已经牵绊在一起
尽管有时侯
跟一个人在一起
时间长了
总是希望遇见另外一个人
知道吗
有时候左右爱情的
不是命运
是阴差阳错的欲望
所以世俗
才是他们相爱和分手的原因

从此男人再也无法将心中的爱
轻轻说出
一个孤独的灵魂
无法承担起
这样刻骨的爱与恨

失去的爱情
如同山阴里的苔藓
会在某一个季节肆意生长
最后占据整个回忆

男人从眼里射出的
是心中的
负疚、挣扎、无奈还有
无尽的忧伤

女人走在夜里
伤感中诠释着失去的过往
一丝丝落下的月光
构成一片片盛开的凉

夜色妩媚

她当他是过客

然而
她眉目间天然的妩媚
掩盖在做作和风尘之中
又加上少许的忧伤
使他无法再持续内心的漠然

她把身体给他
却把灵魂圈养在他
永远也触及不到的地方

她是一壶浓茶
绵长、温润中透着醇厚
她可以唤醒他心中无限的柔情
也可以不动声色间
将它们掐灭

月色落下时
力不从心的单薄也在往下落
仿佛每一次离经叛道后
他内心用疼痛伴着的欲望
而散落在地上的
那些臻于完美的呻吟
却构成了他哀伤的起源

他将记忆封存
并想尽一切办法让接下来的爱情
与她无关
因为他知道爱的背后
是太过清晰的痛

他们刚从感情的喧哗中退出
她的静谧
如此妥帖
恰恰又契合了他的神经
可是性
可是欲望
有时并不听从自己的意愿
于是
从身体的深处滋生出一种温暖
渐渐包围了他

夜色逐欢
但总归是一场错过
有些事注定只能在心里扎根
挣扎一下
准会伤筋动骨

吉林大学诗选

郭娟

女，黑龙江哈尔滨人，1984 年吉林大学中文系入学，1988 年保送读研究生，师从著名学者刘中树先生。

1991 年供职于人民文学出版社，现任《新文学史料》主编、现代文学编辑部主任。学生时代写诗。著有散文随笔集《写在水上》与《纸上民国》等。

人间消息

疲惫如夜行货车缓缓爬过
夜之城市，霓虹灯以外
全是梦呓
长路如蛇，风纠缠着影子

无言走过城市
箫声穿过牡丹与坟
注入血液
我记起故乡许多生者与死者的名字
泪水汤汤
意象中，彩陶一再破碎
一再圆满

我知道家园的方向
却不知道我
正走向哪里

双脚累了
我却懒得改变
懒得停留

1990 年

狂欢宴作歌

也许是——
从东西方所有的神话中飞来
这么多绚丽的萤火虫
跌落在大路边
于是　夜风皱了一条波斯地毯

当几只高脚杯
滔滔不尽地斟满——
多瑙河蓝色的心愿
嚎叫的世界
就在葡萄酒里消融
只剩下我们年轻的脸
——绯红
欢乐的眼睛
能点燃满天的星星
而思绪却在闹声中纷纷扬扬
幻化成飘　过午夜的
那一排绵密的哨声

我们走在落雨的立体交叉路上
不知道
是油纸伞撑着我们
还是我们撑着油纸伞

一片紫罗兰似的天空
在我们头上飞旋

哦　酒
就算一杯驱逐了没名姓的烦恼
一杯赶走了无滋味的闲愁
可是要忘记尚未奠基的丰碑
半瓶葡萄酒远远不够！

1985 年 7 月

告别流浪

流浪了很久很久
如今我要归去了

大水撤走后的原野
浸满了潮湿的忧郁
路基下有无数白色蝴蝶
绕着疯长的绿草飘起飞

呵。它们飘逝的影子多象白蝴蝶

原野抑或收留了许多安慰
可是为什么　所有写在纸上的痴口语
是要自己来撕碎

你从遥远来，又回遥远去
我从昨天来，要到明天去
浪迹的步履印不到一处
——天涯孤旅
而这一切并非都是天意

可是并没有破碎
小小的心只如窗外的旷野
一片寂寂，没有抽泣
什么也没有就连忧郁
我的心流浪了很久
如今我要归去

远方有曲折的沙岸很坚实
有隐在雾中的旗
有许多水鸟在翻飞

我会在明天找到安慰
尽管肩上的行囊装满疲惫

1985 年 9 月

黄蕙萍

女，湖北武汉人，1984 年吉林大学中文系汉语言文学专业入学。

现为武汉理工大学经济学院副教授，经济学博士。主要从事国际经济、国际商务方面的教学和研究，连续被评为武汉理工大学"精品课程教学名师"。主持和参与国家社会科学基金、国家自然科学基金的重点项目、省部级科研项目二十多项。出版著作三部，主编教材四种。曾获"湖北省科技进步奖"和"湖北省社会科学优秀成果奖"等荣誉。

雨的故事

三月
那绵绵的旋律
还在身边飘飞
我站在小路边
我总是忘记
——携带雨伞
小路和心
湿漉漉的

一个你走来，对我
眨了眨眼　很明亮地
就用一双眼
那小路的尽头
有一盏灯，似见非见

那一个九月，傍晚
在另一个雨的世界
一个他走来
我在路边，伞，又是忘带

他眨了眨眼
也很调皮
我们头上
便有了一块美丽的晴朗
还有天边的几道红霞
他说，前面有盏灯
很亮、很亮……

伞外
真的，爬上几朵红霞
我只好说
那么，再见……
你没说
假如，这边一半……
我也没想
那么，那边一半……

那一点
不必，不必再说
终究
月还是月
正如你是你、我是我

孙元科

男，辽宁营口人，1984 年吉林
大学中文系新闻专业入学。现居成都，
供职于某金融单位。

生日

中午十二点
落了场阵雨
无数亮点闪现
这是一种征兆
我默认了
生日不同寻常
像空荡荡的庭院里
摆上架钢琴什么的
就是想让你盘算
呆呆坐一下午
只听见嘀嘀嗒嗒的声音
落下屋檐

似乎很遥远
一颗一颗尽是从前
从前总是从前
记不起许多了
你反正悄悄来了
你毕竟来了
没有忘记我
说着说着天就黑了
真是个难熬的夏夜呵
那么多蚊子飞来飞去
拣哪一只打呢

认证

来来回回
爬了一百零三层楼梯
也没有找到你
他们说你出门了
钥匙扔在家里
拎着酒瓶
去干谁也说不清的事
那么我只好等了
等你拎着空瓶子
一言不发地望着我
我该说什么呢
说你总算回来了
那会让你失眠一个晚上
就这样我蹲在角落里抽烟
这期间你的屋子一片漆黑
最后我留张便条
告诉你我曾经来过
明天不能再来了

来来回回
爬了一百零三层楼梯
终于找到我的房间
摸口袋的时候
发现钥匙不见了
门上贴着那张便条
屋子一片漆黑

许燕姬

女，吉林省吉林市人，1984 年吉林大学中文系汉语言文学专业入学。

曾经任吉林大学"北极星"和中文系"赛风"诗社的秘书长。现从事幼教及节能环保工作，社会职务有吉林大学珠海校友会"木棉诗社"社长。

诗歌于作者，是最能表达感情的一种形式。1984 年 9 月，在"鸣放宫"举办的迎新生晚会上，作为新生的作者被诗歌《九月的天高高的，蓝蓝的》深深吸引，原来诗歌如此动容难忘。同年 10 月作者诗歌《心的奏鸣》发表《诗人》杂志。之后，加入吉林大学"北极星"诗社和中文系"赛风"诗社，并陆续在吉大诗刊和《诗人》杂志社发表作品。诗歌让作者的心灵充实。

秋天的歌

落了
像一颗早熟的葡萄
因不胜蜜汁的重负而悄然落下

是曾有过三角枫一样颜色的梦境
一片绿色的世界

采一束蒲公英遮住眼睛
红的，蓝的，绿的，黑的
一种晕眩构筑你的像
我们飞扬
大地随之浮升
远处，一颗太阳
正在倒下

风儿把黄叶吹到门口
一个感叹号打到我的心上
原来春天的后面是秋天

枫叶悄悄的红了
我醒来，却躺在白色的南极
白色的语言写满了空间
写就了一个冬天的故事

升起，再升起
和那太阳一起升起
我相信，那光热能融化我
哪怕在白色的南极

1984 年 11 月

木棉诗社有感

我沉醉于命中的所有注定
就像寻着海来到珠海
轻轻的
把往事说个明清
美丽来的再晚也是惊艳
齐齐的
将日后的红火证明
每个校友的家都是吉大
就像蓝天大海找到了她
细细的
将绿树红叶珍藏
少年的梦想托福四季
形式上的锁链随喜随开
暖暖的
将异乡和故乡入怀
我试着不想念你
转过身全是忧伤
告别的是你的影子
再见的是我的赤心

2016 年 4 月 29 日

非不聚

不能相聚　并不等于忘记
在七舍梯形的楼梯前
我们是那样轻易的挥手道别
当忙碌的二十年后
容颜已逐日的苍老　白发
已开始悄悄爬上　鬓间
而相聚的时刻
为什么我们的心
还如净月潭般澄澈
如故乡松花江般　奔腾

是那四年青涩而如水的日子
将我们最灿烂的华年
写进我们所有人的
极愿写进的共同的命运里

在你们的心中
深藏着我一生最美丽的青春
我又如何舍得不与你们
相聚

2008 年 10 月

吉林大学诗选

别

A

怎么也不能想象
心的防护层筑得那样疲倦
没有来得及关上我虚掩的门扉
就冒冒失失地闯了进来

再也融不进你睫毛下面
汹涌的波涛
马王堆里那深藏着两千年的
种子　打湿了
正在发芽
宽阔的肩膀

像凯旋门
映着男子汉的锋芒
可我不是寻找句号的女人
仅仅为了在你的怀中
粗暴地索取
哪怕是混杂着烟味的毛衣上的一点温馨
经历世世代代风化了的故事

B

你粗重的呼吸
正在叩响我五颜六色的呼唤
可慌乱的目光还是穿过了
你峻峻的肩头

不要怪我
不要在嘴角泛起嘲讽的涟漪
冲垮我刚刚扎起的栅栏
知道吗
总是抬起脚跟
太累了
不会塑成永久的避风港

C

也许是最后的时刻了
你默默地转向一边
面向夜晚

我想说：站一站
无数星星聚拢过来
夜色中　我背过了脸

埋葬黑夜
你将走向另一个星空
完成我们春天时的谎言
还说什么呢
我是蔓茎
怀着女人的任性
尽管痛苦的泪
从心灵中渗出了许多

后记：
　　我的诗是海浪馈赠的贝壳，每一行诗句，都刻在贝壳的每一层波纹上。每一首诗，都凝结着岁月的潮汐。拾起他轻轻放在耳边，我相信：你会和我诗的脉膊一起跳动。

吉林大学诗选

叶长斌

男，吉林省吉林市人，1984 年
吉林大学中文系入学。现任北京民营
灯饰科技工程公司总经理。

一路奔跑

从昌平出发，料峭的风浓缩雪的精华
融化着六环高速公路微凉的时光
向东向东，晨起的姑娘头裹着霞光
平谷商城项目的灯，发酵成美酒佳酿

这半年的光景，我是平谷枣林里勤劳的蜂农
以最苦的胆汁，酝酿城市的蜜
我用宽厚的双手，将十万平米灯饰建筑细腻丈量
一缕一缕，就像花蕊迎着春风
一寸一寸，让项目每个细节沁出个性的醇香

终于翘盼工程竣工庆典的到来
我的心啊
是藏在纸里，一朵跳跃的烛焰
和融化的蜡，又软又烫

看吧，微信上千言万语美化的宣传
抵不过眼前，电脑旁摁动开关的这声脆响
璀璨的灯组成生动的象形会意
和起承转合的流利语法
是遒劲的书法名篇，一一展开推介

斑斓的光，载起热辣辣的歌舞
琳琅的管，睁开剔透的眼睛
亮起的灯，搀扶着中年满脸尘土的我
不知疲惫，一路奔跑

程双武

男，湖北仙桃人，吉林大学中文系 1985 年入学。现任凤凰卫视都市传媒湖北分公司总经理。

想起长春南湖

长春市是北中国匠心打磨的一枚戒指
结冰的南湖公园
是镶嵌其上的熠熠钻石
无尘　多棱　阳光下璀璨晶莹
映照出四年
江南学子匆忙行走清澈身影

一排排白桦林是忠厚的迎宾员
站姿笔直，双目炯炯有神
伸出的树枝规范敬礼
像是预祝收获的学业，又像是
在行注目礼
四年后送我踏上赴异地耕耘的征旅

很多徘徊时我都忆起那泓单纯的湖水
忆起北中国青春钻石般坚毅的光
折射我　引导我　指点我　见证我
迈跨过零星困顿和颠沛分离的暗晦

戴上学位帽的七月，我把上苍赐福的
钻戒　小心翼翼放入返乡的行囊
礼赠江南发髻桂香的青梅　旅途上
桑梓相识，外美内惠的姑娘

在中国的相册
让我一目辨清的身影，是长春
让我双眼泪流的感动，是南湖

李怀今

男，辽宁沈阳人，1985年吉林大学中文系汉语言文学专业入学。

1989年毕业后进入《辽宁日报》工作，任记者编辑。2000年南下深圳，供职于深圳报业集团《深圳商报》部门副主任。2015年进入香港润妃国际集团，任集团董事、战略顾问。

曾二十余次获国家省市新闻奖。曾连续三年获"辽宁日报十大名记者"称号。曾获"深圳商报十大经营之星"称号。

关于季节的思考

很久了
大批的人们
把自己的目光纷纷撒向
荒凉的四面八方
不再回归这块充满情感的土地

也许从那一天起
这个世界就真正地沉寂了
沉寂了　即使什么时候
都有人喋喋不休

其实只需一句话一个季节就可以
解释一个世界
为此我总是固执地捕捉
春天

相信总有人
见过孩子们的眼睛
那里每时每刻
都有人们的悲剧上演
若无其事的人们不得不掏出
充满色彩的手帕
遮住遍布暗示的脸

难道不明白　为什么
总是在不变的季节
女孩子垂下长长的发丝
男孩子的明眸也锁进冥冥里
天边不知什么地方　一只
孤独的野狗
茫然地把月儿弄得弯弯

也许生命是残缺的日历
不会缠绕每一面满涨的船帆
即使每每有人
面对海浪踌躇满志地叫喊

总是明天
总是明天
让人们迷惑地相信
未来溢满着绿色的血液
不是梦残
不是梦残

多少个失去星星的夜晚
多少个年轻的心脏重复地弹奏
一种旋律　诉说
会有一种时刻　人们
更需要一种手势
而不是一种语言

也许这里终要出现
一个没有结局的结局
因为总有一种期待
不再简单地说明对春天的留恋
一只失去名字的飞鸟
默默地注视冰面
痛苦地扭曲衰老的脸
兴奋地告诉我
不仅仅
情侣的眼睛里有着春天
并让我倾听远方的声音
说那里有一种沉默
也有一种呼唤

太阳泪

常常用不变的沉默　诉说一个
荒凉港湾的故事　终于
有一天 你忧伤的眼睛固执地
走向了我
而且说你不想再次
回过头去
也许你我都不会知道
一条弯弯曲曲的小河竟流淌着一串串
少年的梦幻
如果有人注视过
天空上抹了一层脂粉的云
怎能想到一个老人对太阳的交结

生来就是一座沉默的大山
我还能再说什么　就任你
扑向我燃烧的胸膛　倾泻
你喋喋不休的哀伤

真的　无法明白
一个初临世界的婴儿
没命地哭泣　竟是为了你我
这不能解释的痛苦
我无法再抬起头
因为美丽的夏天也许会有一个青年
痉挛着死去　可死去了
就会有一种新的诞生　十九岁
并不会激动每一个痛苦的灵魂
一个优秀的男孩终究会想到
航海　星星是他最好的证人
也许　你会在岸上静静地伫立
作为一个不会消逝的灯塔
出现
你就可以看到
每一个哭哑了嗓子的
早晨
东方地平线上
一轮含泪的太阳
怎样升起

姜清

女，安徽寿县人，1985年吉林大学地质学专业入学。

1989年毕业分配到安徽省地质矿产勘查局327地质队工作，目前在327地质队从事地质矿产勘查工作，高级工程师。

轻松的出发

从现在起，
轻松的出发，
做个简单快乐的人。
远离喧嚣的城市，
只闻槐树花香，
只观天水合一的美湖。
让一汪清清的湖水荡涤尘埃，
洗尽无边的烦恼，
带走隐隐的忧伤！

从现在起，
轻松的出发，
做个简单快乐的人。
远离繁杂的工作，
只让清风拂面，

只闻小鸟轻柔的吟唱。
让微微热烈的阳光尽情拥抱，
温暖疲惫的身心，
奔向轻盈的远方！

从现在起，
轻松的出发，
做个简单快乐的人。
远离浮躁的尘世，
让思绪归零，
随性自然，
每一时每一刻，
负重的心，
轻松一点再轻松一点……

爱上这份孤独

一个人的行走，
可以放慢脚步，
可以加快步伐。
无需追赶，
无需等待，
爱上这份孤独，
守住这一信念！
淡定自若，
徒步远方！

一个人的独处，
可以释放伤感，
可以安享静谧！
让心灵沉寂，
让幸福沉淀！
爱上这份孤独，
守住这份纯真。
放飞梦想，
心向阳光！

一个人的世界，
是命中注定，
或是缘分的释然！
相拥唯美世界，
观云起云涌，
觅风光无限！
孤傲的心，
唯有坚韧，
一路前行！

青春里的记忆

我青春的记忆里，
有你难忘的身影！
在我最美的年华，
有幸与你相遇。

清凉的夜晚，
寂静的野外，
印着点点星光的湖面，
浪漫的白桦林，
迷人的音乐响起。
那热烈的目光，
是你深情地呼唤！
时光悄无声息地溜走，
蓦然回首，
你已离我远去，
留下潇洒的背影……

青春的岁月，
由近而远，
又由远而近。
时而模糊，
时而清晰。
青春里的记忆，
淡淡的，浓浓的，
酸楚的，甜蜜的，
糊涂的……
深深地留在脑海里！
怎也挥之不去……

柴国斌

男，吉林辉南人，1986 年吉林大学
环境科学系入学，毕业后任职辽河油田。
现居加拿大。

回复到事物本身

我一直深深地爱恋着。以爱为旗帜，
在寒冷的风中独自飘扬
我也爱风中的哨声
以及背景中深深的哀伤

我习惯独处。喧哗与我无缘
现在雪正在轻下，但转眼大地就白了
我也正好整理九一年的诗稿
以及被诗歌掩映的时光

"在有人为我痛哭之前
我将不再哭泣"
但夜晚的泪水为谁流淌
清晨的我又是多么孤单

雪后的阳光格外耀眼！我不想睁开
直到天近黄昏，我又返回最初的状态。

1992 年 1 月 6 日

雪花

雪花比冬天更善于抒情
她的舞姿胜似新娘
我听到雪花在耳畔呼喊：
冬天到了，让我们相亲相爱

白头到老。我伫立着
雪花落满了一身
我和大地一样阴郁地闪耀
在幸福面前睁不大双眼

雪花比泪水更接近内心
我听到冬天的风在狂吹
今天是结亲的日子
新娘和雪花
哪一个先抵达新郎的胸怀

做为一个新郎我今夜要亲吻
雪花在融化　新娘闪着泪花

1992 年 1 月 7 日

吉林大学诗选

秋菊

秋天的小小雷雨带来寒意
秋天的花朵依旧带来馨香
少年挚爱的秋菊呀
在少年的怀中含羞待放

小小的秋菊
我的青梅竹马
昨日的小桥流水
昨日的寻常人家
我们在一起呀呀学语
抄袭作业
玩家家

小小的新娘
不更事的新郎
秋菊在深秋之夜
是多么忧伤
她的少年郎已离开五载
在大城市里穿起彩色衣裳

小小的秋菊含着泪水和梦想
凉风拂过
传来她微弱的喊声
"少年呀,我一直在为你开放。"

1992 年 1 月 30 日

痛爱

我在泪光中洗脸
伤寒的秋天　我却有浑身的烈火
我要烧到她身上
我痛爱的姑娘

我痛爱多年的姑娘在泪光中清冽
闪着寒光
她用眼睛说话
我滔滔的情话　她一言不发

林克

本名林本军，男，吉林抚松县人，1986 年吉林大学历史系入学。

曾任国家外文局《北京周报》翻译、中国管理科学研究院《中国企业管理案例库丛书》编辑等。现为北京文旅企业 CEO。

策划出版的畅销书籍有：《经营 DNA》《CEO 智慧》《中国式管理》《中国式管理行为》《大易管理》《创新与突破》等著作。译著有《C 行销》《跳槽》《崩溃》《德鲁克看中国与日本》《变动世界的经营者》《从"理想国"到"正义论"——轻松读懂 27 部西方哲学经典》《哲学的门槛——写给所有人的简明西方哲学》《没有标准答案的哲学问题》和《战争心理学》等。

五湖四海的同学在长春相聚

——写给三十年前清甜的回忆

三十年前步入吉大校园
如梦的回忆遥远又清甜
总想再次追溯青春
不知不觉泪水涟涟

刚进校园，一切都觉得新鲜
某天一大早，来到了操场边
远见一苗条女孩，就在前面
脚步轻盈、秀发在耳边翩翩

心想，跟着跑步就不会迷路
早晚她回到八舍吃饭、住宿
远远跟着她，一直跑到长影
无奈放弃她，自己往回漫步

上课全凭自觉，没人监督
于是冲进图书馆，狂读各种图书
康德、荣格、弗洛伊德、尤利西斯
雨果、歌德、莎士比亚、屠格涅夫……

理化楼、文科楼里各种讲座
意识流、荒诞派戏剧与黑色幽默
备受争议的河殇、先锋派、朦胧诗……
思想泛滥得不知是福还是祸

有很多东西以前从没学过
到了大学开始各种补课
学着打排球、篮球、羽毛球
练双杠、下象棋、打扑克

滑冰、旱冰、游泳、英语"跟我学"
张蔷、齐秦、老狼、崔健"摇滚乐"
克莱德曼、安捷罗斯、霹雳舞
地下食堂、慢四快三、元旦之夜

那时的男寝和女寝就住隔壁
喝多了、进错屋也没人非议
陈旧的木头床还是上铺、下铺
白色床帘背后似乎总有秘密

七舍操场边的树林下
刚认识的男生、女生在悄悄说话
中间围着几圈少男、少女，或动或静、笑声不断，
白色排球、黑色场地、粉红女裙、绿树成荫，如诗如画

吉林大学诗选

文静女生那娇羞的额头、纯白的脸庞，
笑脸盈盈、蓝色丝绦、秀发长长，
书香混合了她身上青春的芬芳
气定神闲，不慌不忙

五湖四海的同学在长春相聚
天南海北的思想在吉大相遇
古今中外的思潮进行大杂烩
四年间把每个学生由璞变玉

毕业后无论在国内各地、世界各地
校园的回忆总是给我们力量和勇气
久别校园后才知净土难觅
但是心中那块绿洲一直永续

每次梦见校园
仿佛回到以前
难舍那种纯真
难舍那种悠闲
只有真诚、谦让与羞赧
没有暴力、丑恶或凶险
祝愿记忆净土永驻
祝福校园年轻永久

孙强

男，籍贯山东青岛，出生甘肃兰州，1986 年吉林大学工学部管理学院工业管理工程专业入学。现在北京从事规划设计工作。

我听见音乐飘摇

我听见音乐飘摇
知道夜仍在继续
你还在身边
看见烟蒂火光闪烁
想你又沉醉幻觉
思绪和烟雾一样朦胧

我听见音乐飘摇
寻乐之隅唯你独坐
目光碰撞出缠绵
情歌在曳动的心灵传递
没有章法和意义的曲调中
晃动的人影渐去无踪

我听见音乐飘摇
烟火盛开在千年的星宇
衬托起你雀跃的身影
所有的璀璨似流星般陨落
而你却愈加地清晰
如世纪之神予我的赐礼

我听见音乐飘摇
看到你绽放如花的笑靥
张开臂膀鸟儿般飞来
双手相握我们开始飘扬
天地在旋转
孩子一样恣意快乐

我听见音乐飘摇
相拥着滑落沉沉的梦魇
那里有撼不动的巨石兀立
推呀推不动巨石
却摇醒身畔的你
睁开双眸熠熠的泪光闪动

我听见音乐飘摇
频频的回首里悲伤难抑
小小的身影被陌生人流淹没
未醒的梦幻在轰鸣里起飞翱翔
就象所有残缺的记忆
只能在烟酒中漫漫消溶

我听见音乐飘摇
不知道夜晚是否已被昼光击穿
不知道烟蒂是否已经熄灭跌落
我合上双眼
在我游荡的心中
看到了万象之外的美丽

2000 年 9 月 3 日

11 月 30 日之夜

当忧郁点燃了手中的烟卷
夜便涌来了
所有的怀念都在此时走上了心头
那记忆的风铃
在夜的静寂中轻轻摇响
很多个重叠的笑靥浮现
让我的视线模糊了
于是　朦胧中走来了你
仍是从那个白色的雪夜
纷纷落下的雪花好大呵

很遥远的地方飘来袅袅的乐音
在这个小小的尺方里
无法躲避的只有你的目光
当泪水再一次在你的眸子中闪烁
不知道　那个雪天的故事
是重新开始
还是已经结束

肆虐的风不停歇地吹
寒冷敲击着窗棂
屋内烛光点点
你和我无言地相坐
思绪让我又回到了那个小小的酒馆
四杯酒端起　撞击

笑声近了　又远了
屋外的雪花一片片落下
在那个冬天里
一直没有停下 一直没有

你说这夜还不够冷
我笑着点头
把你轻轻揽住
真想　真想让风再寒冷些
把这夜色也凝固住
让时间之河不再流动
不再流动

11 月 30 日的夜晚
时针指在了 12 时
烛光熄灭了 熄灭了
四面八方突然挤入的夜
把相依而立的你和我
冻成了坚冰
这时的我没有了思想
没有了怀恋
没有了梦
没有了期盼

1989 年 11 月 30 日

吉林大学诗选

谭玉石

1986 年吉林大学法学院经济法专业入学。毕业后一直在金融领域工作，从事风险投资。现居上海，为某股权投资基金管理公司总裁。

毕业抒怀

也许，这辈子自此不再踏进校门
也许，走出校门便跨入了另一个校门
吉大，你蕴育了四年
聪明的我
吉大，你给予了四年
执着的我
当我，从金秋九月里走来
当我，在热夏七月中归去
荡去了裹在襁褓中幻梦的粹想
我的心将不再年轻
当阴霾的雾霭还没有绽出血色的黎明
当瀚海雪原中的爬犁还没有划出碧天蔚水的浪迹
你的心像恍空一梦的倒影
映照着我
年轻而永不凋谢的灵魂

1990 年 6 月

864 班毕业 25 周年聚

是岁月的抽丝拨开了你我
心中的藩篱
是青春的共萌依然萦绕在彼此常常
无眠的脑际
岁月，是一把刀
但它削不去相伴而来相约而去的
美丽与回忆
时间，是一把饲料
但它吹肥了臂膀挽着大家奔向 2050 年
的世纪团聚
轻声，那细语的关切
大喊，搅动起那多年埋藏于心底的涟漪
风，知道了你我来自同一个方向
不断地梳理着我们的
寸雪鬓角　长发飘逸
鹊，叽喳地俏闹枝头
给彼此的倾诉流连画上了
返璞归初的
暮暮朝朝　小鸟依依
酒不自醉　无伤心肺
茶归大道　禅止意飞
归去来兮　百年蹉跎
不过几缕青烟化作春华
再护泥
……

2015 年 9 月 10 日

吉林大学诗选

张世根

男，安徽合肥人，1986 年吉林大学工学部管理学院工业管理工程专业入学。现任国元证券公司国元期货副总经理。

陪母亲回乡有感

合肥是华东伸出的
一把油布伞
年迈的母亲念起伞下温润的气候
比华北平原湿淋通透

阶次高迈的徽派建筑马头墙
是从月光绸缎上抽出的
一缕一缕的丝
把母亲千转百回返乡的衷肠
打上难以解开的结

老家的乡音，是柄断肠的利刃
我在北方收到的素笺，沾着
行行夜露　我知道
那是母亲梦醒后盼乡的泪

安徽闻讯后的兄弟们已摆放好满桌美酒
酱香的液体，包裹着热辣辣的问候
抚平别离后，我在京华打拼的颠沛伤痛
我已喝红了脸
故乡的风，也醉得踉踉跄跄

酒店旁，一洼洼油菜花张开金黄的嗓子
替散步的情侣喊出炽烈的情话
沉默的妈妈就坐在我的身旁
看着孩子，在酒桌上手舞足蹈的表达

妈妈，多年来，我任性的南北闯荡
给了您脸上丛生了皱纹
生活上我虚荣的装饰
给您手臂上增生一个个斑疤

妈妈，读大学起，我就独自在异乡飘荡
对女孩说过滚烫的情话
却从来未向您表示暖心
的牵挂

妈妈，您的晚年习惯生活故乡的老宅
我才有烟雨江南，风景如画的家
更多的时候，我想
我不配做您的儿子
您给了我生命和肉体
我却自私还您苍苍的白发
和一句句亏欠的温暖的话

伐柯

本名徐远翔，男，湖北红安人，1987 年吉林大学考古系入学。

曾于 1990 年创办有影响力的民间大学生诗刊《边缘》。有作品入选《超越世纪——当代中国先锋派诗人四十家》等诗集。毕业于吉林大学、中国电影艺术研究中心研究生部。曾先后任职于长春电影制片厂、国务院新闻办五洲传播中心、中国电影股份公司，现任阿里巴巴影业集团公司副总裁。

圣诞之手

一株米兰花在雪地主持的葬礼
收藏你所有站立不动的姿势

我是经年卜居的歌手
跌坐在众生逃亡的岸上
隔河观望你掌心的温度
我已经习惯用这种方式
送你的手回家

穿过一生的雪
我终将沿途丢失朋友
面对一场深入内心的雪
我忽然低下头去
远方空谷的鸟声
以我同样的感动
翻阅着炉火旁纷至的信札
沿途丢失的朋友
寂寞地浮出水面

现在，我所能触摸到的事物
越来越少
现在，纯洁的箫声泊满你宽大的睡房
在这样彻骨的深夜
除了你连心的十指
以及天空下洁白的葬礼
谁，还能将这样精致的肌肤
从河流注入河流
从一个朝代到另一个朝代
默默传递到我日益稀薄的睡眠

当你老的时候
你优秀而动荡的指纹不再鲜艳
请从墙上取下这部诗歌
就像抖落一生的雪
就像，轻轻地拿走
足以洗净一生的灾难

山南的雪

这是致命的长夜
难眠者在杂乱的记忆中奔命
上帝却想把所有的盐运往远东
去制造一场更重要的大雪

今夜，那一缕山南的鹅毛
反复击打着夜行者的哀伤
这朵雪一样的亡花
究竟飘荡了十年，五十年，还是八百年
像天书一样，温顺地将我覆盖和掩埋

在雅砻河的最深处
我清晰地目击到一只翻越掌心的燕子
在远远地围观冰川背后的风景
云端上的雍布拉康，青稞和酥油浇灌出的秋天
或者那些奔走的僧侣

这一切都与她无关
她只是在安静地等待一场大雪
来温暖她伤心的羽毛
以及冰川之上，可以栖居的一片森林
哪怕只有一段枯萎的树枝

十年，或者五十年以后
那年山南的雪，已经栖居在我的内心
就像那些僧侣遗失在雅砻河的乡愁
在灵魂最深处侵蚀我奔流的血管
钙化成呼吸粗重的盐
被驱赶着，去酿造另一场远东的暴雪

可是，我分明清楚地触摸到
那只被冰川洗净的燕子，眼含泪水
就像古代诗人笔端卷起的千堆雪
在半梦半醒之间
痛楚地渴望一次命名
并且唤醒我的忧伤

敦煌

不要轻易地抵达
一年死去一次的敦煌
那只是一次幻影，一种小小的命运
收殓我一生十二次盛开的月亮

敦煌，弓箭放弃射手
盾牌熄灭号角
生还的马队和驼铃
血战黄沙
马蹄深处，归来我西行的公主
楼兰的新娘

一滴血从敦煌飘下来
一滴血杂乱地打湿我的诗章
从更加深远的宋朝和西部
散发出垂死的气息
照耀深秋最美丽的奔命与逃亡

敦煌，我唯一能操持的文字
是灯塔和风沙下的新娘
臣服的舞者和歌人
盲目地委身于婚纱和庆典
而家园迫近杀戮
爱情倾向于血腥
远客鸣沙，列满王公长跪的香气
而我唯一能复活的肖像
是我满身灰烬和墙痕的新娘

287

风行于战火，围困于核心的敦煌
我唯一能灭亡的
是那些埋葬经典的死者的名字
一位大师的沉默
和空无一人的葬礼

敦煌，玉和月光
兽与王族的后裔
女人和水
通向天堂之路的氏族
列队来到天的尽头
使痴者唯一的毛发和肌肤
在永劫迷途的尘沙里
风干一万次
丝绸和信物结成的等待

敦煌，除了女人　还有什么值得拥戴
除了背叛一生的一段河流
谁还能洞悉万卷经书　和真正的典籍
洞悉你幻灭的宝藏
不过是一尾存活于手掌的鱼
使更多西去大漠的新娘
在黄沙中　迷失唯一的嫁妆
和唯一的方向

我，从未去过敦煌，那只是一次幻影
一口未续的陷阱
诱惑我今夜盛开的十二只月亮

亡花

谁，同那些带花的人一起
影子样从窗前掠过，爬行
在昏黄的街景里蠕动，伸张

而日晷已倾斜，花园已经廖寂
灰烬已潜藏于黑暗的内心
归家的人，饮泣的风
在春色中已经颓败
年迈的信使在花丛中洗手
时间在暮色中穿过广场

这些人，由我作证

秦

暗夜我所能动摇的雪
渗透一个女人的姓氏和睫毛
在披满阳光的山谷之阳
要求瓦解和显现

这光焰所伤的色彩
日益为天使的旗幡所围困，所关押
迫使一个女人造就生命之水
为我逼人的血气而殇

击败那隐忍而慈善的黑发
我卑微的词，要求在黄金中冻结
在雪地，要求苦难之翼
改变你在谷底　倾国倾城的黑暗

没有疾病的死，是仰卧而完整的死
在密布澄澈之光的天宇下
生命的碎片迫近指端
勒令我们交出千年最后的歌唱
在灵魂各自落入回声之手时
为永久的姓氏赶制墓地

兰继业

男，黑龙江阿城人，1988 年吉林大学中文系入学，供职于黑龙江日报报业集团。

致 X

我要说出一句最简单的话让
你着迷
艾克思　斗争中放眼望去
花开得并不严肃

我要你安静下来　把红颜朝
向死
如此地美　一千次粉碎
一声不出　你布帛里盛满全身往昔的气味与皮

艾克思　我温雅的言谈中
同样盛满爱你或曰愤怒
草原上点点口误　一眼望不到边
你沿着我心中的乱花遥遥陷入羊群

凝目而来的　我看它出神
一个人发白，跑掉
却并非集体的安排
你那么美　正如一只女色的刀子

艾克思艾克思　为了爱可以死
在你手中我同时撞见伤口和花开
一句话脱口而出
羊群遍布草原

1991 年 3 月 1 日

魂斗罗

魂　也是英雄的错愕
这斗士　他想亦反悔
又把兵刃一一罗列

这消亡　一遍又一遍
这错愕　在舌的两翼扭转
舌的两翼　这情欲
反复爆裂　苦心
消隐的火焰终于消隐

道路　亦裹挟着道路上的凝思
虚掷的威仪
一转眼就仆倒

这魂魄　纯熟的攻杀
雪原与深池
也相当地落寞
而乐土上的硕鼠
此刻正把温言传递

吁！上帝　首领　我的大魂
花心里又盛开哪个苦恼的名字？
从国的边缘到中心
又回到边缘
撞开了虚空
改头换面　像个鼠辈

别去！
我的持枪的爱人
捕捉到火焰的声音
就在火焰里埋没
像在冰中抽出一根针
又将自身刺穿

融于血气
或团结如吻

冒险岛

到凭空的地方吃素食
凭空地打断了你的腿
留给你苹果

到冒昧的地方蹦跳　沾便宜
冒昧地爱上了你的娇颜
险你于不义

冲呀！
孩子们的爱情
照耀了异国的首蓿
他们话中的酋长
做事认真　烧光了女婿的房子

坏事一个又一个　好险！
捉到蜜蜂
再抛进杯子中跳舞
空气一出现洞
就踩着生活跳进去

剩下一只脚趾
急忙显示谦虚

沙罗曼蛇

这畜生的尾巴多么有力
拖住好心的蛇头和蛇身
逼她瞠目沉思

沙罗曼蛇
帝国的君主正在昏睡和做爱
银河痛得直抖
你的姐妹们列队出巡
被会飞的公子吞吃　补血

左蛇　右蛇
春天人们委婉地打量
把你们从火海上捞出
领你们回家　玩电子游戏

看看吧
你们的爱情在心中结晶
又被痛击　发出惨叫
做鬼脸　令孩子们陶醉

沙罗曼蛇　上帝的女友
别轻易死去！
星系的战斗已近尾声
快回到宿舍关门修眉
藏起血污的武器

人间兵器

有关武力的尽头
传播着永生的脸

美人摘你的心
又喂养了集体的兵刃

谁口含着清水画符　作恶
到你的脸后面润喉咙

一把刀中的另一把刀
眼看着你被削尖

来自百姓　又回到民间的
已沾染君王遍体的情欲

蛮族供奉的诗人
把毒汁滴在美人的乳

有关饮弹的文字
张翼返回到仇敌的眼前

我们的爱情为什么被切割
为土地　为生殖　直到死亡

人间的巨大武力
使徒手者不堪一击

怒

从美人的耳坠到赤露的果园
谁替她举起不屑的手指
赞美叛逆

又是谁暴怒
伸出游鱼的拳头
把空气撞出烟

一个人休息
一个人因迷路而急躁
另一个人落进井里　成为井

我们感到：柔顺
激越的枝头
赤露的苹果被赤露烤熟

那么到底发生了什么
谁掰开了果树上的河蚌
反被它死死夹住

谁收缩　合拢　把谁夹住
谁放肆　又像苹果被器官雕琢
谁终于转过身　失去了耐心

火之鸟

一只火　一种觅食的样子
一只火冰凉
一只火四面招摇
还有落在纸上的
又在鸟身上引起燃烧
在鸟身上悔恨

火之鸟
在做梦的时候冬眠
数着宝塔的尖
鸟数着宝塔的尖
如数手指

还有一只鸟终于
如数归还
口中衔着偷来的花
几天后又被人偷走

转身瞧见了生人
大吃一惊

"就是使我燃烧
我也决不飞翔。"

1991 年 12 月 14 日夜

马波

男，四川仁寿人，1988 年吉林大学法学院经济法专业入学。英国兰卡斯特大学 MBA 毕业，曾供职于大成集团。2012 年不幸去世。

游戏与消耗：1988—1991（组诗）

第一首　序诗

今夜，枯草和落叶持续
被时间淹没。而在旋风的喘息处
雪的针在颤抖，扎人的脸
我走向南。面容被雪覆盖
如今他们散落各地，却
"把我当人质关在这里，我知道
我如何受一朵花的援助
如何被雪冻得要死。"

假如我再一次喝得醉醺醺的
最先我走向谁？让谁躲避不及？
报复？有什么用！
——草坪上他们的影子和我的诗稿
骑在一把雪橇上
飞快地转过街角，一头驶向南

假如说雪橇和我都驶向南
最后到达的还剩下什么？
——他们的影子和一朵花！

第二首

在去年，他们把持着羊腿、盐和篝火
赶往谁的葬礼？
就像黄昏时旷野的草螟
轻快的腾挪，趁着入冬前的暮色
翘起他们的尾羽，穿过沟壑
平静地交欢
无论沉得多快的黑暗
总不能阻止他们
有条不紊地进入和撤退

雪地里的道路。此刻除了蛇在张望
寒冷的气候里麻雀在感动
除了内耗，这冰封的大地还有什么值得赞许？
这无目的的内耗来自爱情
温柔，但是空虚
像逾越节时的第七条大罪
湿漉漉的被自身的美所迷惑

切弗斯，当我终于可以听清你的名字
他们的嘴唇已经摸清了墙上的词
现在可以向你证明：一个父亲
就是任何父亲，就是一条无法逾越的峡谷
就是羊腿、盐和篝火构成的
天衣无缝的葬礼

他们用尽整整四年时间
向你们吹笛，你们却不跳舞
向你们举哀，你们却不捶胸
正如草蜢在交欢后的一次瞌睡
四年时间算不了太久
如果用于遗忘和失眠
还显得太仓促

切弗斯，我终于明白，父亲为什么总开这个玩笑
他是一个因为死亡而显隐的神
却只能活在我的另一个世界

第三首

也是在这样一个替罪的夜晚
远东的寒气吹皱了冰的锁链，
经期的女子和自高者手把着斧头
接触到一株株高大的松树
繁茂而中心腐败
趁着积雪睁大的瞳孔
他们把持着斧头，谈起往事
刀锋泛着青光，内心趋于激愤
正如猎杀之前
对熊和鹰所做的祈祷

而在今夜，夹竹桃伸长了触须
亲切地爬上我的衣襟
肆意地鼓动我，召唤我
让我重新回忆起那个夜晚
如今，自高者已降为卑
惟有那年初经的女子
在学问中猛一回头，跌进了斧口
就像掷出的骰子冷不丁打一个喷嚏
从一到六
一次感冒就足以改变命运

现在我懂得，一个女人可以变得
如此专心，如此犀利
以至我们不得不用一生的午夜
燃起杜松果和芸香烟
喝得醉醺醺的，驱使我们的小孩
敲响铃铛，坛罐和锅勺
低声默念：女妖跑开
从这里跑开，不然你的恶运就要来

而我们称之为恶运的，不过是
孩子们挂在颈项的护身符
深藏胸间，仅仅牵涉到母亲更早的童年
或者初恋时
第一次心旌动摇的爱抚

第四首

天堂的尽头，连草也不长的地方
我们的小孩还在玩着跳房子的游戏
从一个个迷宫，轻松地返回
就像当年，我们唱着歌，打着鼓
骑着扫帚和木桶
漫游到村子里去
通宵达旦地采撷药草，花卉
教给她们净化之舞
日出之前，煮水洗头，
然后连翻三个筋斗回家

多少个夜里，我们矢口否认
编纂了秘密的集会
谁还疑问，在乡下
妇女们独守闺房
从稻田里站直了腰，抽身出来
天就要黑了
孩子们还在玩着跳房子的游戏
她携了最后一捆谷秸
带回家去，在厢房下仔细编织
月色多么美好，谷场上
布谷鸟在窥视
她们围着草垛，尽情地跳舞
叫它老头子，老头子

可是她们不知道
经典里是否说法一致
她们的丈夫要连续翻过
几个筋斗
才能够发现荷马之前
存在什么样的诗歌
然后在日出之前
骑着扫帚和木桶的星座
转身回家

大山

男，辽宁本溪人，1989 年吉林大学中文系入学，现供职于北京市某中央国家机关。

耳语城

谁这时没有房屋，就不必建筑，
谁这时孤独，就永远孤独。
——里尔克《秋日》

听见这对话时高时低
风穿过房间
黑色的耳语穿过胸膛
什么悄然步入我的痛楚

巨大的落日一路留下遗言
我暗暗窥见这流血天体哑然毁灭的原因
当夜静更深　广场在四周飞旋
思念倒悬在清冷的月光里
少女啊　你只一个转身
就越陌度阡直至我机关重重的城门

隐居在长巷深处　我本来拒绝一切邀请
做一种低矮的灌木
在日光明媚的地方决定自己的命运
枝叶自然朴素　由青而黄由黄返青
安详地等待镰刀
等待一季生存之后纷纷倒伏的劫数

城池横亘　穿越是多么艰难
尤其是在这午夜时分
灵魂局促灯下
四壁合围
透骨的寂寞在一米外的黑暗里缓缓翻滚
几乎听得见叹息

只有你的搜寻与外面有关
铁屑般细碎而下的正午阳光铺在草地上
耳语城的少女啊
你淡蓝色的身影即将跳跃在所有眸子里
预言在早晨野草般疯长
这一次不会和过去一样

最紧密地贴近我
你的唇就在我耳垂的上方
告诉我歌谣原初的简洁曲调
什么利刃割断了对诞生之日的怀念
云游路上采集了怎样的种子
是否就是这双手将我温情抚弄

提示我除非是稻麦的气味
不会使我们身心纯净
暮色苍茫　麦垛高垒
金碧辉煌　庄严雍容
包围城市的乡村一次次夜袭得手
每一个梦境里都有耳语低吟浅唱

耳语的少女
你施法的时候天地辽远万籁俱静
你低声说这墙是为了穿越的
这城是为了抛弃的
这首诗是出走时当作传单散发的
我注定要跟随你去远方

最后一次看见自由自在的白马穿城而过
后面涛声起伏
深秋的作物虔敬地列阵俯首
门开门闭
完成一次出走

> 1990 年 10 月 14 日于长春

明德路 3 号事件

这是古典筒子楼的严谨漫长的筒子
脚步深浅　穿过左右相对的巢穴
直到发现尽头仅有的窗和阳光

这是一个古典主义余温尚存的年代
被揉成一团的诗句和断续口琴声
提醒午后的青年可以将梦境延续进夜晚

白桦在明德路外围集结成林
每一棵都怒目圆睁
俯视着明德路上群蚁出没
风声呜咽
变乱后的街巷秩序井然
晨昏往返之间各种琐碎情节按剧本演出
面目相似的蚂蚁

偶尔也会为争角色和灯光走位而闹别扭
不过都是些孩子气的恩怨
也别说死水微澜
明德路上　除了初恋
别的都当不得真

远方湖面上阳光静谧
沉入水底的不健康的情绪已被水草锁死
没有人报案　也不会水落石出

而我　乘光阴不备
在这平静街道的拐角刻下最隐秘的记号
为了将来出游归来时认路　并说
感谢这里的寂寞
我已经安之若素

1990 年 9 月 17 日于长春

初夏夜晚

是将愤怒一点点撕碎
细致而缓慢
用尽整个夜晚
侧耳倾听东方微亮
终于把呼吸调节得平缓

是把厌恶投入火焰
看那卑微丑恶终将消散
于是相信憎恨的力量
也可以优雅地展现
蔑视得风轻云淡

是不肯相信
用羞辱完成修炼
蹑足潜踪进入生活
粗粝的磨难
日日夜夜劈头盖脸

是注视虚无直至睡眠
盛开的幻影一瓣瓣铺陈
在核心将梦隐瞒
去天边外
轻盈无声久久盘旋

2015 年 5 月 13 日于北京

马大勇

男，吉林农安人，1989 年吉林大学中文系入学，1991 至 1993 年任 " 北极星诗社"社长。现供职吉林大学文学院。

平安夜·迷香

这是圣子即将降临的江南之夜，
眼前闪过六只翅膀的香艳蝴蝶。
西方传遍了桑塔·克劳斯泉水的铃声，
大地却沉寂着，像微澜一样宁静。

我像一只黯淡的野兽被囚禁在姑苏，
心情比最深的深冬都更加荒芜。
千年的佳人骑在彩虹上向四面高飞，
她们的容颜啊，使我的一生如此憔悴。

回忆中最软弱的温柔，还有
迷幻中最无用的闲愁。
午夜中最难握住的白银，
它的光泽原来这般容易破碎，不能接近。

南风吹来的香气，像丝绸一样颤动，
冥想里的爱情做个一转身的春梦。
剑光悬在壁上，总是吟唱着孤独，
我承认，怀旧的温馨牵动了空虚的幸福。

接近三十岁的人，他的命运已经如一首笙歌，
可是香风中幽幽的喟叹，比光阴还要落寞。
如果我爱上了木船和流水，局促的黄昏，
心上就不会落满尘埃和飞鸟，枯寂的花粉。

1998

吉林大学诗选

彭生茂

男，江西余干县人，1991 年吉林大学中文系文学专业入学。

在《人民文学》《春风》等刊物发表各类作品三百余篇（首）。出版有散文集《姐姐》《我在余干等你》《彭生茂作品选》、小说集《蝙蝠》《寡妇》以及报告文学集《挑瓦罐的人生》等。长篇小说《枫港乡》即将出版。系北京作家协会会员，现供职国家媒体内参工作。

家在信江河畔（组诗）

经历一场夏季的抢收

谷物与谷物交头接耳的时候
农忙开始提上议事日程
一双大手在时间的缝隙敲敲打打
逐渐将一些担当重任的箩筐和扁担请出暗室
修补是后来的事
一把扫帚也无法置身事外
被另一双手请走清扫场院

那是一场怎样的摔打
谷子借助力、信念和乡间的偏执
纷纷脱落于一口禾斛
在空气与疼痛之间
还弥漫着一股汗水的碎裂声
一只田鸡被惊扰
企图逃脱的身影最终被一把镰刀擒获
这种游戏冲淡了人类的一些苦难
人们学会自我取悦的天赋由来已久
一切都得益于谷物所赋予的灵感和快乐

即使没有月亮，劳动也未停息
黑暗中有人搀扶着朝前移动
肩上的担子像仇恨一样咬进一个人的内心
肋骨在换肩之际发出脆响
黎明伸手可及
而苦难还在继续

接触真理需要多长时间
在宽大的场院，烈日下的稻谷像金子一样发着光
照耀着我们寻找真理和理想的双眼

我回来的时候，油菜花已经谢了

我向往那一片金黄
那片春天的语言，在天空下
喋喋不休。像一场春天的盛会
蜜蜂是不请自来的密探
她的歌吟未作任何修饰
发自内心的韵律最易打动
一个游子的乡愁

我回来的时候，油菜花已经谢了
结籽的菜田，像一个母亲
大腹便便
偶然的几朵，如顽皮的孩子
是笑在晚春的天使，依偎在母亲的胸怀

更远些的原野上
禾苗碧绿。那一双双伸向天空的手
是以另种形式对上苍表达的敬意——
在历经霜降、谷雨和惊蛰，所有的苦难
正在纷纷后撤，还原世俗的和谐与光明
此外我还看到挥锄松土的父亲
一种来自大地的疼和肋骨的咆哮
正在村庄的上空蔓延

是的，我虽错过了花期
但我看到了比花更具力量的旷远

草垛下的父亲

倾听青草拔节需要多大的勇气
父亲。你的语言通过一株草茎
延伸到春天
延伸到清明雨纷纷的节气
在田畔之上为我还原过往
我随便拾起一株
便是沉甸甸的分量

我在襁褓之中目睹你陨落于草丛
宛如一颗流星的坠落
你的沉默加深了春天的哀伤
一群青草为你祈祷
为一个父亲的死亡

禾黍、田垄和村庄
这些你经年熟读的词汇
在你的灵魂里依旧茁壮
唯一的忧伤　来自
一个孤独的孩子
他总想找寻一个父亲的去向

不。他不想知道你的下落
他不想惊醒你的梦呓
你的沉思即是土地的沉思
你的理想依然在土地之上生长

许多人习惯借助父亲的肩膀
采摘果实
我的愿望则是
借助父亲的灵魂寻找灵魂

家在信江河畔

从一块卵石开始寻找水乡
寻找乳名和烟火
一条搁浅的渡船在荒芜中追忆爱情
追忆被烟斗灼伤的岁月

是的，此刻我是在一个叫枫港的渡口
凭吊一名落水的少年
大水奔流在三十年前的冬日黄昏
一只大雁驮来一个村庄的哀鸣
事实上，沉入水底没什么不好
宛如一块宿命的石头
内心装载着整条河流的喧嚣和帆影

信江，我住在你的南岸
我在粮食的圣经中诵读你的慈悲
一碗大米成为我的依靠
关于感恩
我在八岁那年就曾提起
野菜和红薯藤编织的梦呓
是你在另一个章节所赋予我的信仰

从一个灵魂开始寻找原乡
寻找镂刻在内心的风暴和眼泪

张春喜

笔名秦人，男，陕西武功县人，1991年吉林大学中文系文学专业入学。

中国煤矿作家协会会员、陕西省作家协会会员、陕西省煤化作家协会副主席、陕西文学院签约作家、榆林学院兼职教授。在《诗人》《春风》等报刊发表文学作品三百多篇，获得"第四届新加坡大专文学奖"、第六届全国煤矿"乌金奖"等文学奖三十余次，作品被选入多个选集，出版《秦人文集》四部，主编图书四部。现在陕西煤业化工集团公司工作。

长安行（组诗）

长安之梦

历经二千余年
古之长安已经不在
今之长安
高楼林立　车水马龙
诗词歌赋里的那个
文人满街美女如织
充满王者之气的长安
已无踪影

周秦伟业成就大一统
如今只留下点点斑斑遗迹
大汉威仪已随风而逝
隋唐雄风也已灰飞烟灭
王侯将相已成为历史
刀枪剑戟也都进了博物馆
十三朝的风雨将长安城
埋进故纸堆里

古之长安
邻渭水而望秦岭
居关中而傲视群雄
汉唐盛世
江山一统，文化兴盛

曾经
天下才子
齐颂长安
李白　杜甫　白居易　王维　李商隐
司马相如　扬雄　班固　张衡
这些千古流芳的名字
至今字字芬芳
篇篇流香

曾经
名满天下
威震寰宇
中国半部历史
尽在长安

从姜嫄生后稷教稼农穑
到周秦汉唐盛世

从《诗经》之美
到玄奘取经译经之苦
从长安米贵
到美人归冢马嵬坡
自古王侯将相文人志士
美女才女妓女
无不向往长安
周遭藩国无不朝觐天朝

十三王朝的辉煌
都成为历史一瞬
成为沧海一粟

地还在
城依旧
人已如韭菜般换了无数茬

我无法向苍天再借千年
也无法穿越时光隧道
回到那个冷兵器时代
我梦中的长安
在书中　在画中
在诗词歌赋之中

钟鼓楼

钟鼓二楼
相对而立　相伴而生
这暮鼓晨钟
曾经每日震彻云霄
景云巨钟与大鼓按时响起
长安城内
人人闻钟鼓作息

六百多年
巨钟与大鼓响彻长安
有明以来
钟鼓齐鸣声闻于天

长安的巨钟与大鼓
敲响了哪个王朝的丧钟?
暮鼓晨钟的长安
敲打着历史的时空
长安不安
王朝岂安?

朝朝暮暮
百姓闻钟鼓而知时
四方城内
世人犹如坐井观天

帝国纷纷消失在
历史的天空
巨钟与大鼓也已赋闲
钟鼓楼寂如弃妇
于喧嚣闹市中独守

这历史的遗产
与长安城相互厮守
繁华已过
名节依在
游人匆匆来去
你却笑看风云

西安城墙

有史以来
长安并未长治久安
数千年的战火
十三个王朝更换
偌大长安
只留下一座城墙

内墙经一千多年沧桑
外墙历六百多年风雨
依然矗立在
八百里关中腹地

墙还在
城已无
城墙依旧
将士不在

城内高楼大厦
城外车马如龙
护城河默然不语
四大门洞开畅行

站在城墙之上
历史踏在脚下
这是谁的丰功伟绩
能留存至今

四方之城
王者之城
号令天下
万人景仰

城郭依旧在
古人已作古
今人来来往往
惟有城墙见证历史

寒窑

黄土崖畔
土沟之内
几孔低矮的窑洞
就是见证千年爱情经典的
历史物证

千余年前
王宝钏在这里
苦等薛平贵十八年
这段千古经典故事
成了千年佳话
王宝钏的苦守成为传统美德

青春易逝
红颜易老
十八年的苦守
是贞洁烈妇
还是人性的残忍?

如花似玉的相府千金
十八年后的黄脸婆
饥寒交迫
杀人无形
还要树碑立传?

古典得让人心碎的
凄凉的爱情佳话
是悲剧,喜剧?
还是悲喜剧?

爱情无价
门票有价
一百元
看到几孔窑洞
一场播放录音的演出
演绎了王宝钏和薛平贵
那场被传颂千古的
凄美爱情故事

王宝钏当年若是
灵机一动
坐在家门收取门票
又何须饥寒交迫

等待的何其漫长
坚贞的如此忧伤
爱情的双刃剑
屠杀了谁的人性?

章君

笔名卓仁，男，籍贯和出生地为湖北应城县人，1991 年吉林大学中文系入学。

中学时代发表二十万字诗文，并借作品获奖出席笔会之际专访冰心、臧克家、艾青、秦牧、徐迟、碧野、刘知侠、舒婷、曹文轩等著名作家评论家。中学出版《章君校园诗选》（长江文艺出版社出版），书籍由诗人臧克家题写书名，时任中国作协理事、湖北作协名誉主席、"七月派"诗人曾卓，和湖北作协名誉主席、延安诗人莎蕻等名家评论，并在《湖北日报》发表推荐。用诗歌勘探岁月历程，湖北作家协会举办"青年作家章君诗歌作品研讨会"。

大学期间任吉林大学《校园军训》杂志主编，和吉林大学《校园文学评论》杂志主编，时任大学党委书记刘中树教授题写刊名贺辞。

历任《湖北日报》编辑、兼湖北省作家协会最年轻签约作家，中央纪律检查委员会杂志社时政和经济编辑。现任科技部杂志执行总编辑。

吉林大学寝室门帘外，有青春一路浩歌（组诗）

1990 年初的感情门户

——致友人

檀香木 20 圈年轮，凸显纤细和妩媚
M，我难以抑制抚摸超尘脱俗的芬芳
你真的愿用精致绣花的红唇，换取我
于冰雪和火炉淬打后，那句世俗的承诺

青春的藤枝长发及腰，散发出
一生光景里缀满馥郁　没有功利诚邀
生日今天，不管有意或无意的逃跑
灵魂，都会带上你不会原谅的手铐

你的骨骼明显是柄利刀
透出比长春零下二十度更冰的寒凉
M。未告白的心迹像反季节的杨树
毛絮，于心底翻涌，一路铺洒狂跑

有幸。我的文字打湿公主的睫毛
你的酒窝，给我留下沼泽样的笑
回忆你迷人圆圆的明眸，模糊着
我从江南出发，四千里清晰路遥

吉林大学诗选

缺席我的聚会。幸福烛光聚拢你
M。我只是寻求减轻伤痛一介贫寒书生
从寝室二层到三楼，只有三十六级台阶
隔着熠熠生辉宫殿到茅屋，十万八千里
遥不可及的，两种截然不同背景的家况

M，爱我的人真的会是你吗。我的旅程
用鳞甲编排，现在是独赴初冬路上
你温柔的绿叶试着遮挡狂风冰雹
迎接向往愈合，春天的幸福来到

M，一种沧桑，我还心悸。我害怕着
追逐贵族门户的丛林，戴着墨镜猎人
手持寒光淋漓的暗枪
碎骨的雏莺，于灌木飘荡哀嚎

M，我在八舍楼前背着手踱来踱去
楼上311寝室传出生日的轻松歌谣
该不该上楼去拍手合唱，沉重仰望

        1992年12月6日深夜于长春市

文科楼外，独行斯大林大街

——写给自己

一生之中，我都未见过这么厚的鹅毛大雪
固执要落入，我的心
难道真的会遭意外的袭击，又悄然地融合

东北平原的尘雾，半伪满半现代的街道
挡不住斯大林大街上，没有尽头的独走
一路上听得见自己心跳
最初的那声清晰的声谣

纠结，一步一步踩着脚下未曾结冰的雪花
一件聚敛南方亲人体温呢子大衣
经历六年艰辛呼吸和久久渴望
能否抵挡被卷入的，这场突袭疯狂

行和退，只是刚打开的日记本里一页
终究翻去的纸张。描绘远方的星光
允我想想，再想想，是否接纳的笔画
远望，斯大林大街上昏黄的灯火隐现
未来走与不走我努力
抑制，迈脚的欲望

　　　　　　　　　　1992 年 11 月于长春市

雪径，只有你知晓如何走过

——写给天津好友 MX

雪，来自遥远和向往的宫殿
来自圣洁的绸缎，如愿飘落
源源不断的笑靥。北国的雪
印象中，绝世难以描绘的美

雪花，睁开这一年的许愿
引导我，陪伴我，快乐我
睡入宁静日记簿。纯朴的雪
覆盖一路走过的沟壑和山峦

热爱简单像热爱幸福火焰
拒绝被爱像拒绝步入囚房
寒冷后飘落的雪花，清醒
外人难以猜起的水晶渴望

浩浩荡荡的六瓣雪花披在
文科楼和家属区廖静的原野
一条胡同又一条胡同的断路
此刻，扬起禁止穿行的手掌

雪后的径　只有，你才知晓
如何走出异乡迷宫样的年华

1992 年 11 月于长春市胜利公园打雪仗回后

自己在山东海边过生日

——致谢友人

你的海港，是用十七株茉莉
编织绽放　在柔柔的水波中
我被浸泡成木筏，向你游来

海的波浪推起潜抑的心语
海天，是平原和海洋交汇的相依
贝壳脆音似你的笑
海边的阳伞遮挡两双脉脉
注视的眼睛　浪花祝愿生日
你的声音飘荡山峦润泽湖泊的心

窗外，崂山月落星沉。只有
清凉晓露　萤火眨闪
拽我步入 1990 年难以释怀的记忆

　　　　1990 年 8 月于青岛作家笔会

吉林大学诗选

允我的文字，放入你未曾染墨的心扉

——致江南好友 H

你烟柳画桥的十七岁
已随杨柳岸畔嫩蓓的金盏菊
缓缓盛开　鸟儿从你的眼中起飞
你眼中，清澈西子湖水静静流淌
任小舟轻荡　江汉边的暮霭和睡梦
都弥漫你淡淡的温柔

预感你会和那枚生日明信片
沿梦幻铺垫的相思路
无所顾虑　跑——向——我
那么　把我生日的祝福　送给你的鸟儿
把我的语言　织成迎风的彩帆
把我一生采摘和燃烧的红杏花
一瓣一瓣摘下　放进
你那还未曾染墨的心扉　好吗

1989 年 11 月 9 日

门帘外，有青春的一路浩歌

——写给寝室天津好友 XL

门帘，忠实记录行人的步伐
或朝气或挥霍的脚印
浓入一袭白布，独仵记忆

这是长春清晨六点二十的阳光
没有谁的手指合缝，可以遮挡
八舍的门帘是太阳下迎风的战旗
青葱的骆驼小憩从这里蓄势出发
不知疲惫的跋涉，注定昂首走向
红色的沙棘林，和心中神圣的远方

中文系 91 级，五个红色正楷印刷字
接纳二十年华北静海相册　每一张
青涩脸庞下坚毅的目光
力挡门帘外未知的风暴

阳光大把大把簇拥洁白的门帘
记录 214 房间诞生酣畅的愿望

明德路八舍的门帘是分界线
门帘内是埋在枕边的累
门帘外是征程上铿锵有力
奏响青春旅途的一路浩歌

　　　　1991 年 9 月于长春市

吉林大学诗选

安学民

回族，男，籍贯陕西咸阳，出生新疆奎屯市，1992 年吉林大学信息科学学部程控专业入学。

现供职于中国移动通信集团新疆公司，系新疆移动数据的开拓者，高级工程师。

我是一个中国边疆的通信兵

——献给工作在新疆的全体吉林大学校友

假如我是一只鹰，
我也应该用我宽阔的翅膀飞翔：
飞上逶迤的天山，飞上巍巍的昆仑。
因为我深知我是一个中国边疆的通信兵。
这永远豪迈着我的中国的山川，
这无止息地吹刮着我的新疆的风。
都是我心灵的守护。

假如我是一棵草，
我也应该用我嫩绿的枝叶生长：

长在阿勒泰山脉，长在喀拉峻草原。
因为我深知我是一个中国边疆的通信兵。
这永远滋润着我中国的土地，
这故乡召唤着我的新疆的云。
都是我灵魂的奠基。

假如我是一只鸟，
我也应该用我清亮的喉咙歌唱：
歌唱塞外江南，歌唱天山绿洲。
因为我深知我是一个中国边疆的通信兵。
这永远我挚爱的中国怀抱者们，
这漫天遍野装扮着我新疆的雪。
都是我挚爱的姐妹。

假如我是一粒种子，
我也应该用我卑微的生命扎根：
扎根在鄯善戈壁，扎根在塔古沙漠。
因为我深知我是一个中国边疆的通信兵。
这永远我紧贴着的中国的心涡，
这贵如油般爱抚着我的新疆的雨。
都是我血脉相连的亲人。

为什么爱的火焰总蕴含渴望？
因为我的渴望就是要建设美丽的新疆……

2015 年 9 月

吉林大学诗选

吴玉龙

男，山东莱芜人，1992 年吉林大学中文系文学专业入学。

曾为导演、制片人、杂志主编。多次在《长城》《当代小说》等期刊发表诗歌和小说作品。小说《成长之虐》入选《布老虎》丛书。

参与制作中央电视台《千年菩提路》《坐标》与《干将之剑》等纪录片。现为中国有线电视网络有限公司办公室副主任。

向母校发出的书信（组诗）

望关外

冬天，总会想起关外
想起那皑皑白雪演绎的世界
还有南区小酒馆里，红彤彤的炉火

想起当年，我们像一粒粒种子
从四面八方汇聚而来
扎根在东北亚的黑土地上
长成最壮美的青纱帐

从此，青春拉开大幕
我们是导演也是演员
我们是主角也是观众
淋漓尽致快意人生风流偶傥

多年以后眺望东北的方向
总是热泪盈眶
那些心心相印的兄弟
如今流落四方
你们永远年轻的模样
已铸成青春最美的雕像

望关外
喝一大碗酒
吼一曲大风歌
心生多少惆怅
关外已是我灵魂的故乡
无论何时何地
都给我深邃无际的力量

一封情书

其实你一直不知道
我把写给你的情书连同一颗树的种子
深埋在了校园的泥土里
每当春天来临
我便期盼种子长成大树
而树叶上闪亮的密密麻麻的满是我的情愫
在阳光下摇曳生姿

其实你一直不知道
窗外与你日夜厮守的那棵树
便是我埋下的种子
树叶上纵横交错的纹路
便是我情书的暗语
春风吹过夏风吹过秋风吹过寒风吹过
你的窗前荡起树的绵延不绝的叹息
直到你毕业的那一刻
所有的叶子，都凋零在七月里

云在天上

就这样告别吧
别耽误彼此的行程
是的，前路
像手上的掌纹
前后左右
抬足，便会身陷迷宫

我们都渴望有云般自由自在的际遇
可是，脚在地上
上帝没给我们生出翅膀
那些居心叵测的泥淖
深不见底
突围更是一种幻想

总有大风吹过
你不甘心东倒西歪
便左右开弓四面抵挡
风未必让你感到皮肉之苦
内心却早已实实在在的受伤
沮丧地困于原地
为何远方永远只在更遥远的地方

抬头，仰望
看到那些越走越远的云
我不禁热泪盈眶
为何我们的故土不在天上

我愿用余生换回青春

下雨的时候
很容易怀想那些已逝的过往
斟一杯酒或泡一壶茶
那些岁月便在惆怅中活了

其实人生只有逝去没有告别
比如青春
又有谁能舍弃这动人心魄的短章
就像一扇门
推开便是老去
而留在门后的总是那么蓬勃而又鲜活

所以，若是倦了
便择一处高高的山岗
认真地坐下来
深情地回望
看别人也看自己年轻时的模样

于是，我愿意
用我的余生换回我的青春
换回那鲜花遍地绿草长满山岗
换回那青水长流微风吹拂村庄
换回那妙曼舞姿歌声肆意飞扬
换回那无怨无悔风雨兼程路上

前世
我定是那个骑虎行走的人
聚啸山林以己为王

吉林大学诗选

空宴

我知道你不会来
但我还是准备了丰盛的宴席
那瓶从地窖里走出来的酒
以想念的姿态静候
馥郁满腹却心事重重

我想象你在进门的瞬间
我们热情拥抱或者亲吻
像失散多年的情人久别重逢
我会和你说
无论走了多远离去多久回来就好

也许是风是雨是雪阻挡了你的脚步
也许你根本就不想来
亲爱的
我只是想和你尽兴对饮
像好久以前那样
沉默而又快乐地喝醉
以我们特有的方式疗伤

你终究没有来
那只叫鸿雁的鸟也没有来
直到脚边的炉火熄灭成一堆灰烬
我能感到我渐渐冷却的体温

亲爱的
我只是害怕你在孤单的时候无助
我只是害怕你在流泪的时候痛苦
我希望但不相信
你会一直快乐一直幸福

此处，终将是你的归宿
你来或不来
总有一桌宴席为你守候
人生无数宴饮
唯有此桌宴席
终死刻骨铭心

张继合

男，河北深州市人，1992 年吉林大学中文系汉语言文学专业入学。

1995 年，经公木先生推荐加入吉林省作家协会。2002 年加入中国散文学会。2005 年加入中国作家协会。共出版各类文学作品十部。

现为《河北日报》主任编辑，兼任河北大学文学院兼职教授、河北省作家协会散文艺术委员会副主任等职。

当年，东北那点记忆（组诗）

柳条路十八家

高高低低　肥肥瘦瘦　南腔北调
十八位文化名流　犹如珠翠
遮掩自身光彩　镶嵌在同一条马路上
书斋老熟
散发着战火与明月
纷繁的气息
木桌横亘
弥散着物理化学与文史哲
鲜浅的味道

吉林大学诗选

长春　柳枝很晚才发芽

吉大　参差不齐的校舍　圈养着

长者与新秀的喧啸

柳条路十八家　赶不上关外枝条

第一抹浅黄与淡绿

早把书本私藏的智慧与狂野

打理成月下的苦读

风中的寻找

十八间书斋　颤颤微微地

托起执拗与倔强的思考

那些窗口　织成柔韧而放肆的大网

锁住　中国的文化谚语和学术吵闹

每张书桌　映衬出

苦辣酸甜　举世震惊的

大宅门与小院落

十八位学术名流　撑起了几代人

亦步亦趋的人文品格　以及

无法篡改的精神品貌

七舍　八舍

马路大学　隐藏着难以公开的私密
七舍八舍　一夜之间　打乱了
吉大平缓　松散的马蹄
老牌的物理化学　先让让座儿吧
文史勾起手来　华美亮相
世界立刻竖起　翻江倒海的倾心观照

青铜器　隔代书　灯前一瞥
新小说　古诗词　月下浅笑
青石红砖　盖成了一东一西两座传说
新小说　搀扶古诗词
隔代书　牵着青铜器
男男女女　冬夏晨昏　小书架　大食堂
转眼　唤醒了雪夜掩藏的情节
碰疼了青春眷恋的格调

窗外花开　庭前月落
七舍八舍　为一个时代敲响了铜锣
七舍八舍　每块红砖与青石
都把吉大老年的梦想和少年的瞩望
冰雕成不老的文献
不枯的辞藻

鸣放宫

这个怪名字
长在政治当家的春城
硬拽钢刀　催促火炮的日本军人
何必在臆造的"新京"
修一座　祭奠东瀛的外国庙
岛国存活　只算一笔账吗
不但养肥自己
甚至奢望掌控全世界
原来　霸道的肢体
很早就披上了命比纸薄的镣铐

伪皇宫　八大处
等于绵羊披上了狼皮
地质宫　鸣放宫
好像美女山闪动多情的睫毛
门朝日本　白墙朱户
东瀛的香火与法器
根本就打发不了
"新京"的屈辱与抗暴
岛国的钢枪　低头了
日本的屠刀　砍不断
华夏民族的一丝一毫
天皇陛下　无非是一名厅外的过客
所谓皇军　早被战火烧得鬼魂出窍

吉大　在战火中苏醒
沿着时光舞动肢体
驻扎长春　自由自在地舞蹈
锈迹斑驳的鸣放宫
遥望历史　落阳残照
有呼吸和心跳的文物面前
后人伫立
足以调理　鸣放的酸涩传闻
还有　东瀛遗物
擦不干净的未雨绸缪
和一颦一笑

新校大门口

长春　生活在吉大里
这句话　剥开了半个多世纪
马路　豢养历史风云
风尘满面的校园
被推进了一盘　骨肉相连的棋局

老树　灰墙
能遮掩教室与脚步
却挡不住　吉大酒后茶前的意欲
从理化楼乔迁吧
新校的大门
在晚霞明媚的前卫路　悄然肃立

图书馆　教学楼
携带六座文科生宿舍
酷似动迁的　柳条路十八家
月下书桌　灯前黄卷
在荒凉的城角　装备
隔世的规划　串联的情绪

依旧　白墙绿树　橘灯木桌
年轻的吉大　在陌生田野
撑开　新鲜而隽永的期许
夜色清淡　云霞满天
一颗教研的嫩芽　绽放在
汽车与电影　起步的黑土地

远去的　背影犹在
切近的　花海离奇
吉大新校　简易的大门口
学术　从东窗搬到西窗
师长　由中秋跳进谷雨
回头遥望
吉大　早已骨肉健壮
当年　马路大学　意气风发
和着北国春风　快活地敲响
底气十足的步履

2016 年 初春

吉林大学诗选

赵雨

男，辽宁沈阳人，1992年吉林大学中文系入学，2005年吉林大学文字学硕士研究生入学。

曾任吉林大学中文系写作教研室主任、古代文学专业硕士生导师。

独立或合作出版《文心：文学创作心理机制述论》《上古歌诗的文化视野》《元典之命运》《古诗今读》《诗经全解》与《清代文学》等专著十余部。系中国作家协会吉林分会会员、吉林省民革"中山文化诗社"社长。2013年12月因病不幸去世。

强制拆迁现场二十行

巨大的机器塞满了街道
所有飞鸟呼拉一下逃掉
没有翅膀的　只有等待
拆
一个字碾碎了一百年的尘埃

尘埃埋没了残砖和断瓦
哭声划破了街市的嘈杂
太阳把孩子的泪水晒干
家呢
这里是魔鬼们舞蹈的祭坛

在一个疯狂的年月你无处可去
你的生活无法属于你自己
它正蹲在你的肩头唱歌
歌里说
你爱上它并不是它的错

废墟里散落着破碎的花朵
汁液告别了受伤的水果
人潮散去　多少双脚在走
拉远镜头
头顶仍然是完整的宇宙

2005年10月1日

假如

假如我是房子
我要做一间结实的房子
有足够多的钢筋
还有足斤足两的水泥
我不要做那种内容可疑的雕梁画栋
我不要在劫难来临时
成为可鄙的凶器

假如我不能做一间结实的房子
假如我改变不了那些黑心的人
我要做一间纸做的房子
一间又轻又软的房子
我不要在那一刻化作无数沉重而又尖锐的瓦砾
那是凶器
成千上万的孩子们
对不起　我知道那有多么疼

假如我连纸做的房子都不是
假如我根本算不上一间房子
假如我必有一死
我愿和孩子们那温润的血肉凝聚在一处
和他们那破碎的纸笔埋葬在一起
在我的尸首之下
他们曾经以微弱的声音呼喊
我要在我的残躯内部记录下他们的声音

爸爸妈妈呢
上天呢
那一缕模糊的光亮呢
这个世界呢
爱和青春呢

假如我无法留下他们的声音
假如一片碎瓦什么都不是
我已经和那些小小的身躯无法分离
我只要永久孤零零地躺在那里
在宇宙间曾有那样一块土地
孩子们曾自由自在地奔跑
留下小小足印
但在那一瞬间
这一切结束于大地的强权

假如我死了而仍有记忆
假如我的身体就是这份记忆
我要安静地留在那儿
在我的身体里
牢牢地镶嵌着成百上千块残损的手表
电子表　机械表
还有挂钟和闹钟
他们全都永久地定格在那一刻
他们是我凝视这个世界的眼睛

2008 年 5 月 16 日

遇上

在梦里我遇上我
一个慌里慌张赶路的人
我盯住这个人看
他喉咙在动，大声喘息

我们曾经并肩而坐
六岁，倚着古老的窗台
那个黄昏有暗红的云霞
不说话，想着遥远的死亡

后来就走散了，在某个下午
渺小的深刻没入了巨大的空无
人群渐渐散开，像秘密的仪式
喊出声音用了半生的时间

在路上我遇上我
一个眼光空濛做梦的人
我迎上去，抱住他的肩
黑暗缓缓漫过了山峦

2010 年 12 月 4 日

淡蓝

记起多年前的某个黄昏
俯身细看一朵淡蓝色的花
那一秒钟，为一朵惊心的淡蓝
天地间忽然没有了声音

不记得是春天还是夏天
是路边还是操场，都没关系
看见一朵淡蓝足以让呼吸缓慢下来
而你微不足道，这多么可怜

总有一样东西出其不意
总有样东西猛地斩断
乏味的生活，总有那忘不掉的事
也不一定关系到女人和悲伤

多少年后，在一条又一条路上走
没再为一朵花俯身过，脚边的它们
有的没那么淡，有的没那么蓝
就这么一直走到百花消陨的冬天

2012 年 4 月 19 日

赵立群

女，吉林辽源人，1993 年吉林大学中文系文秘专业入学。

现供职于吉林辽源市龙山区委宣传部。吉林省作家协会会员，在《人民文学》《人民日报》等发表作品三百余首（篇）。

青鸟，青鸟

难道这只是个童话
当疾驰的列车从身边掠过
当惺忪的目光像蜡烛把窗口点亮
没有你熟悉的那张面孔
传说中的青鸟没有飞来

是青鸟吗
他也许被漫天疯长的大厦阻隔
他也许在灯影婆娑、声色犬马中迷失
他也许被鼠标和键盘所代替
他也许在理想和现实中交错

喔……
青鸟会衔来一种治相思病的药方
青鸟让人回味那个纯真的年代
青鸟梳理着不可再生的友谊和爱情
青鸟演绎着浪漫的故事

可是青鸟没有来
也许注定也不会来
在碧草连天的铁路旁
依然有人
在徘徊在追忆
天渐凉鬓渐改

我们还会回来的

当送别的条幅、手臂和鲜花
汇成汹涌的潮水
我们的眼睛也湿漉漉的
和汹涌的潮水汇集
使徐徐启动的列车蓦然而止

想 5 月 12 日时
我们曾用生命探测仪
小心翼翼寻找一丝尚存的微弱呼吸
我们曾用担架抬着兄弟
日夜不停地赶往医院就医
我们还冒着泥石流、塌方和余震
只胆孤身闯入川北荒凉的无人区
把物品送到目的地
天灾虽然　夺去了亲人
我就是你们永远的亲人
不能让你们呼天抢地，无靠无依
天灾虽然摧垮了家园
我会帮助你们重建家园
不能让你们忍饥挨饿，颠沛流离

停止您送行的脚步吧
擦拭眼角激动的泪滴
我们的付出不需要回报
您的安康、幸福和微笑
就是馈赠我们的一份厚礼
我们还会回来的
实现着美好的诺言和心愿
我们已把心留在这里

如果，花儿能够重新开放

—— 给"5·12地震"中遇难的学子

如果，花儿能够重新开放
我要建带保护网的花园
再不让"5·12"的魔爪来摧残花房

如果，花儿能够重新开放
我要建高科技抗震的教室
再也不能让它在撕心裂肺中摇晃

如果花儿能够重新开放
我会小心翼翼呵护这一枝一叶
再也不让她遭遇一丝一毫的创伤

如果，花儿能够重新开放
我不再留很多很多的作业
让你们自然、洒脱、率真地成长

如果，花儿能够重新开放
天堂里一定有很多很多的花儿
天堂里的花也一定需要滋养

如果，花儿能够重新开放
请你们在天堂里耐心的等待
在人间我每天为你们送去书声朗朗

吉林大学诗选

刘剑非

笔名罗蛋塔，男，辽宁沈阳人，1994 年吉林大学历史系入学。

诗人、学者，现居北京。专注于文学创作，并致力于诗学理论、道家学术以及《西游记》研究。出版诗集《鸟巢就是西奈山》等两部。

痛苦，有很多牌子

痛苦，有很多牌子
你总要为一种
甚至几种
代言
直到成为一个使命
直到通过
某痛苦
才感觉到自我
那时你
就像一个
有身份的人

李成旭

男，辽宁昌图县人，1995 年吉林大学
机械科学与工程学院机械制造及自动化专
业入学。

现供职大连木子策企业管理顾问机构，
从事企业管理咨询、员工培训工作。

岁月如歌

岁月如梭，时光荏苒
蓦然回首间
我们已经走过了七十年
七十年，25550 个白天和夜晚

人生能有几个七十年
尽管岁月，已经改变了我们的容颜
但无法改变，我们心底那份对青春梦想的眷恋
忘不了七十年的坚守与执着
忘不了近一个世纪的奋进与企盼
忘不了，求知的喜悦
忘不了，求学的艰难
我们一起走过的七十年风雨历程
总是让人在梦里无数次的怀念

人生能有几个七十年

七十年的等待，25550 天的期盼

今天，吉大人志得意满

我们激情相拥这骄傲的时刻

我们尽情展示那幸福的笑脸

回首过去，我们无悔无怨

立足今天，我们满怀情感

前瞻未来，我们望眼欲穿

面对明天，我们信心满满

我们知道

时光不会因为今天的成功而停留

我们期待

下一个十年、百年……

吉大人

任重，道远

李颖智

1995 年吉林大学白求恩医学部临床 3
系专业入学，现为吉林大学第二临床医院
运动医学科医生，骨科博士。

一道浮萍水中开

"一道残阳铺水中，半江瑟瑟半江红。"
在乡下，
这样的景致大多会被顽童打破！
还记得老家的大江，
水面宽窄不一，
水窄处便是半江的浮萍，
绿绿的，
随波飘荡，
若在水面宽处，
只占据岸边数尺而已！

赶上天热，
小朋友会整天泡在水里，
好像喝上几口江水能止饿似的，
要是玩起了兴，
就跳到岸边水塘暖暖的泥里打个滚，
还不忘记周身抹上黑泥，
连脸也不放过，
只留下两只眼睛的位置，
才不管一早妈妈给擦过的雪花膏，
那是女孩子的，
我才不稀罕，
男子汉，
要点黑泥就够了！
"嗖"的一声跳下水，
这岸下去还是黑泥鳅，
对岸浮出水面己是浪里白条！
半江的浮萍被我们撕开一个个口子……
冲散浮萍的是我们这群孩子，
偶尔还有绿头鸭，
"扑楞楞……"
突然它们从水面一跃而起，
拍打着翅膀飞走了……
等到天色渐晚，
孩子们才依依不舍地钻出水面，
半江才会重新铺满了绿绿的浮萍……

马彩云

女，北京人，1997 年吉林大学法学院入学。

曾任北京市昌平区人民法院回龙观法庭法官，2016
年2月不幸殉职年仅38岁,最高人民法院追授马彩云"全
国模范法官"等荣誉称号。

致盘锦红海滩

没有显赫的家世，
只凭卑微的蓬草聚集出视觉盛宴。
盐碱水里成长，把根扎进艰涩的土壤，
不起眼处开花，得不到眷顾也能坚强，
红得鲜艳，红得耀眼，
没有谁能诋毁你用生命迸出的尊严！

2014 年 11 月 17 日

致东戴河止锚湾

我要去朝圣天池之眼，
又岂能在你这里滞留不前？
任你轻柔的细浪拍打和温柔的海风呢喃，
我终要诀别，
一往无前。

单国华

笔名单子，男，江苏南通人，2000 年
吉林大学商学院入学，现供职于欧领特。

踏着雪的声音

——有感于即将的毕业和那场雪

踏着雪的声音
我问自己
我能留下些什么
我在想
……

寻找往日的身影
在低垂的柳条间
曾经一双双的"柳眼"
带着阳光的温柔
看着我
是那样的青春
映着蓝天上的白云

我问
"是否看见了我的身影"
柳条在风中痛苦地摇摇头
我低下头
发现脚下踩着一双柳叶
柳叶枯黄

寻找往日的身影
在一间间的教室
记得
一束束的灯光
火一样的炙烧着我的背影
监视着我

是那样的白
和着黑板上的黑
我问
"是否看见了我的背影"
灯光没看我
我发现
它还是那样的高傲，轻视
轻视人

踏着雪的声音
寻找往日的身影
走了一圈的空荡荡
在目光的拐角处
终于听见了它的鼾声
累了
那就让它休息吧

看着雪的声音
我问自己
我能带走些什么
我在想
……

看着雪的声音
我努力地背诵着

他们的身影
他们的声音
还有他们的脚印
我将要面临一场考试
一场没有期限的考试
我没有把握
但我的目标不是 60
或许分数不再是什么

听着雪的声音
我看着这间屋子
屋子的桌子
屋子的椅子
还有屋子的小凳子
在这间屋子里
光混合着影
我与屋子同时出现
这屋子现在装着我
还是我装着这屋子？

在这光秃秃的冬季
窗外下着雪
我能留下的什么
我能带走的什么
或许只有一个"情"字

2003 年冬末于前卫南区

吉林大学诗选

孙佳文

女，吉林省吉林市人，2000 年吉林大学外国语学院俄语系入学。

2005 年乌克兰哈尔科夫国立师范大学硕士研究生入学，2010 年获得俄语比较文学博士学位。

2011 年至今，供职于天津外国语大学滨海外事学院俄语系，任主任助理。

山之梦

在晴好的夜晚，
仰望山之高昂。
总见，
星光熠熠，
宛若双双眼眸，
燃烧着灵动的光芒。

寻梦么？
沿依稀的山径。
每一缕草香，
都是一份等候。
每一片花叶，
都传说着岁月的长情。

山之梦，
是记忆恒久的梦。
岩上大地惊慌中的抓痕，
清晰地记录着一次次地动，
和迸发的激情与哀伤。
崖上零星沉默的珠贝，
坚强地诉说着桑田沧海，
和不可磨灭的过往。
纵使任何故事都无从挽留，
如同终将消逝的黎明，
而，山，
终不会遗忘。

山之梦，
是草木葱茏的梦。
大自然的风每一次吹送，
都是岁月最真诚的期许。
哪怕最不起眼的虫鸣，
也是生命热烈的渴望。
山的季节变幻着草木，
草木繁衍着山的梦想。
虽有寒霜的时节，
而，山，
不会有凋零的时光。

山之梦，
是脚步攀援的梦。
每一步坚定强劲的行走，
都是青春最美丽的光荣。
一切都心甘情愿地俯首，
即使是最高傲的树种。
最高的峰也高不过登峰的身影，
而，山，
终是擎起的最宽厚的肩膀。

山之梦，
是连绵不断的梦。
群山相连，
相望群峰。
绵延着民族根脉，
承载着古今繁荣。
每一圈年轮，
都是山心头的血；
每一棵幼苗，
都是梦开始的地方。

而，我们，
感恩七十载筑梦岁月，
祈愿新时代绿色大同。

吉林大学诗选

塘

曾经有过些许疑惑：
为何这里会有一方水塘？
仿佛一点残破在齐整的衣襟，
又像是一个未完的梦想。

每逢天空湛蓝，
塘的梦便被天空写满。
灰色的小鸭，
平淡的苇草，
都骄傲地在云端徜徉。

每逢暴雨的夜晚，
塘的梦便是雨的狂欢。
蓬勃的绿柳，
鲜艳的玫瑰，
都急切地舒展着根脉。

美丽从不是这一方水塘，
季节却给了塘一个又一个美丽的梦想。
舞动霓虹的喷泉，
又或是，
夏荷月下的清香。

感恩吧，我们！
在美丽的季节，
有这样一方水塘，
在日日必经的路上。

花瓣

几片花瓣从书页间悄然散落，
在午后美丽的阳光中蹁跹。
是埋怨我无心的遗忘？
还是不甘心隐藏的寂寞？

可是哪一年生日友人的礼物？
还是感动情窦初开的花朵？
不知夹进书页那一刻，
欢喜　羞涩　甜蜜　还是失落？

我肯定你曾经美丽过：
花蕊是阳光的颜色，
折射出少女眼中多彩的想象，
更有那水晶般的清澈。
尽管你在含笑的风中闪躲，
依然吸引彩蝶传递甜美的爱的柔波。

花瓣如夏天般火热，
燃烧出爱情最纯粹的颜色。
美丽那最深情的一瞥，
用血液勾勒出浪漫的轮廓。

还有那沁人的幽香，
醉人如杯中佳酿，
一饮而下青春的诗情，
还有挚友们的笑声清亮如歌。

而今你的美丽已然沉默，
指尖在轻薄的身躯滑过，
触摸到时光驻足你依旧清晰的纹络。
呵——留几许诗行吧，
告诉你我：
一切都会逝去如你注定的花期，
一切都可停留在你凝成永恒的颜色。

我的大学，那座城

毕业的时候，
我只带走了，
一个小小的行李箱。
四年的积累，
我换作情谊，
留在大大的那座城。

是呵，太重了！
怎么带得走？
带不走的，
还有我的大学，
在那座城。

如果前行的脚步，
在时间的丈量中累加。
我甚至从未想过，
也许，
在我静止的背影里，
累加的竟也是你，
远去从未停歇的步伐。

是呵，是远了！
还回得去？
找寻的我的大学，
可还有多少无伤的影，
留存在那坐城！

梦总是可回的：
阳光晒软的小路，
喧闹着明媚的桃花；
遗失在青石上的书卷，
还在顾盼着清灵的歌声。

人虽在归途上，
你却已在梦中。

如果往昔岁岁累加着记忆，
而，
记忆累加的，
却是我们与往昔的距离。
我终是无法带走的，
是，
我的大学，
在心心念的那座城。

人在旅途，
心中可也还有，
一座时光雕刻的城？
城中，
有我的大学，
和一个又一个，
不愿醒来的梦。

吉林大学诗选

杨永民

2002 年吉林大学文学院新闻系入学，
现任天弘基金股权投资部总经理。

一念成山

像春天一样，你用肆无忌惮的绿色
装点这个荒诞世界的纯真；
如果是秋，你也毫不吝啬金黄的底色
向迷失的人传递厚重的信仰；

远处那一座山坡
似你笑容般轻缓和悦
我害怕忧郁的山风
会在心无所依的某个晚上
吹皱你的封面

像一本暖色封面的小小的书
掀开才发现你热烈的时光
你的山不仅有浓绿的大树，还有勇敢的小花，
倔强的石头，温暖的泥土，逆风飞翔的鸟，
以及像鸟一样自由炽热的灵魂

不迎不拒
沉静地浏览着山下的风华

但我看到你的眼底
努力的成长着清冽的甘泉
要浇灌每一颗弱小或强大的根系，
抑或顽劣的坚硬的石头

这一眼之后
再难将目光移去
像一个笨拙的画家
要将你的每一个色调都录入心底

一念成山
这一念转不成一世的承诺
这一念描不尽你不羁的风景
这一念将你流浪的灵魂
注进我的沟壑
我心底那片平静的田野
转眼成山

小镇

你是我心中偏安一隅的小镇，
安静而执着地旁观着岁月的变迁。

你的道路是柔弱的臂膀，
用质朴的手指指向你不愿屈服的城市。
从容，淡泊，像旅途中蔓延的思绪，
不管你的脚步走出多远，
总能将思念带回到人生最初的样子。

你的草木是头顶的发丝，
绵密而庄严地守护着不安的灵魂。
不愿意疯长，
也不向凌乱妥协。
任年华的风雨去了又来，
兀自而孤傲地生长。

你的河流是不经意落下的泪水，
倔强地悄悄地流淌。
为那莫名消失的时光，
为那固执而坚硬的梦想，
为那生命中擦肩一瞥的过客，
为那曾以为是永远的誓言。

我从困倦的城市归来，
看见你从清晨的惺忪中抬头，
随意，安然，不笑不嗔。

赵雄

笔名破破，男，陕北神木人，2005 年吉林大学法学院入学。著
有诗集《我在我的诗句中诞生》《旅行者与灰尘》《若遗集》等。

我想去看看她

我想去看看她
开一辆卡车，破破的
信一直写到秋天她比秋天瘦，还是路盲
我给她写诗，打电话
哎，我喜欢她
她望着天空的眼睛真蓝，真清
隐隐约约藏着泉水、火花，其他的美丽
我给她写信：一条鱼会坐着河流寻找另一条鱼
我没有鳍，就开破破的卡车吧
走过的枫叶染红卡车
卡车空得就像这个秋天，只有这个秋天。
沿着丝绸之路　飞天还在流千年轮回的眼泪
我和她看看敦煌的月牙　大漠明驼　公主头戴花环
她的美丽一路向西　我们回到汉代楼兰
那里的星星低垂，月亮是河流的一盏灯
秋天飘下来的时候很安静
她在卖酒，我弹琴
有客从长安来，说着远远的事情

2007 年 9 月 14 日

在唐代

在唐代
我也写诗，叫刘十九
不一定和白乐天对饮
也不一定认识他
我是说在唐代
我有那么多兄弟
有的舞剑，白衣飘飘
有的匹马戍边塞
有的策划私奔
还有的一不小心接到绣球
也有的在大雁塔
留下了名字
还有的喂马，劈柴
伺候年老的父母
关心粮食和蔬菜
而我成日蹲在王员外的墙头
等待红杏花开
就这样也没人说
看，那个白痴

2007 年 10 月 7 日

少年

来自晨风的少年
在清澈之中
与绝望恋爱
从未宣称
制造过玫瑰和云

姑娘们的连衣裙
是经过所有的夏天
仍未融化的冰激凌

那些敢和流氓打一架
独不敢给她
打电话的勇气
在星空中领受
时间的无情

来自已经陨灭
星星的光，照在脸上
新鲜如初

正像少年之作
久远得仿佛
出自别人之手

今夜燃烧的光
从未被她阅读的心怀
其中的美好
散发刺鼻的烟味

她终于流泪：
写给大海的诗
你还有勇气
在大海面前读吗

2015 年 6 月 1 日

吉林大学诗选

曹海涛

男，四川广安人，2006 年吉林大学法学院入学，现为广东华商律师事务所律师。

爱

先秦的时候
爱是山间水畔的对歌
清新无华
精致若盛夏的青果

隋唐的时候
爱是青楼驿桥边的唱和
哀愁满怀
凄美似暮春的花落

宋元的时候
爱是江南烟雨里的平仄
长长短短
哀婉若鹧鸪的执着

明清的时候
爱是才子佳人的传说
美满落魄
缥缈似孤天里的鸿影漠漠

民国的时候
爱是战乱流离里的错过
执手偕老
伤怀有缘无分的寂寞

现在呢
小学的时候
爱是过家家躲猫猫
哭哭笑笑
天真无邪的美好

初中的时候
爱是课间的短叙课上的无聊
遮遮掩掩
欢喜得心惊胆跳

高中的时候
爱是突然的亲吻紧张的拥抱
打打闹闹
蔑视世俗和高考

大学的时候
爱是一场场电影和手捧的鲜花
分分合合
折磨成四年的颓废烦恼

结婚后
爱是煮饭洗衣的轮次例行公事的疲劳
争争吵吵
不过是一辈子一起老

别离

光阴荏苒
相识仿佛还在昨天
而今天
你熟悉的笑里已隐约着再见

漫不经心的相遇
前生今世的缘
三生石前
为你
求了多久的愿

我的伤感
是思慕的恋
一点一点
永恒在似水的流年

年少轻狂的誓言
含在眼里
终未能到你的耳畔

你的美　无边
我痴痴的记得永远

石头

我是黑夜里滑落的流星
不小心
偶遇你的心情

你以为我是你幸福的守候
绚烂之后
你等来的只是一块黑黢黢的石头

对不起
我辜负了你的奢求

不用担心
我只是一块石头
不会难受

刘恒跃

男，2006 年吉林大学建设工程学院土木工程专业入学。供职于中国水利水电集团第十四工程局。自 2010 年 11 月至今，一直在非洲各国从事道路施工建设工作。

致你，我的爱人

在这迟到的冬日清晨里
火车站上那懒洋洋的大笨钟你此刻正在等谁
你是否可以奔跑的如那一列穿越了思念的绿皮火车
从祖国的这一头到祖国的那一头
把我的期盼送来
你可知道为了这一刻的等待我愿意一生不眠

在这收获的金黄麦田间
石板桥下那欢快的小河流你这时在为了什么高唱
你是否可以安静的如那一朵充满了羞涩的小太阳花
从这天的夕阳红到这天的晚霞落
为我的初吻鉴证
你可知道有了这一刻的幸福我对浮生从此充满希望

在这漫漫的回家路途上
半层楼间的那几阶安静的木楼梯你此刻为何如此悠长
你是否可以短促的如那一串充满了渴望的脚步声音
从抬起到落下间
为我的焦急通航
你可知道为了每一次的再见我都要耗费半世荒凉

在这田间，在这街巷，在这广场
在这两万里的荒原上
我此生如何能够将你写尽，读完
请你告诉我
我的爱人

在这日出前的天空
在这落入大西洋的月亮
我如何能够将你写进人生的最后一章
请你告诉我
我的爱人

2013 年 4 月 16 日于塞内加尔

将我的名字写在塞内加尔

折起黄昏的一角
光透进来
将我的名字写在这阳光璀璨的地方
然后
任凭沙漠的风把它吹散
我正在用呜咽的泪水遮住脸面
等把梧桐树上最后一片树叶
数完
就睡一会儿吧
明天与黎明一块起床
让梦想在黑夜里分娩
经历花朵开放的血与汗

    2013 年 3 月 13 日于塞内加尔

曹建明

男，甘肃临洮人，2008 年吉林大学建设工程学院入学。

读书期间任吉林大学白桦林文学社社长，热衷诗歌创作。现供职于中国煤炭科工集团西安研究院。

山中的油菜花

风尘仆仆一路，
望也忘不尽的层峦叠嶂，
灰石构筑的房屋，
傍山矗立。
殷勤的人们，
岁月耕犁的块块田地，
是油菜花的美丽，
装饰了他们的梦际，
清澈了他们的眸子。
随着山风，
我使劲嗅着那清幽悠的花香，
随着蓝天上的云浪，
怀念那风尘仆仆的故乡。

2014 年 3 月 18 日于贵州六枝山区

听雨

岁月走过
羞涩的雨滴落下
雨声中原来也有蹉跎
仿如南湖的荷
至今未见斑驳

倾听者不再闪躲
欲以一滴无暇的雨
滴落在心头
欲解这心中无限的愁
丝雨润千秋

每一场清雨
都有天使的温柔:
我不想打湿人们的眼眸
我只想将雨声
致意干涸的街头

　　2010 年秋雨时节
于吉大朝阳校区水工楼

我期待每一个清晨的到来

日出从不懈怠
纵隔千万条河流与山脉
阳光总会洗去你我的空白

我期待每一个清晨的到来
飞鸟总会徘徊
纵然看不到你美丽的心怀
鸟儿依然吟唱着思念涌来

我期待每一个清晨的到来
模糊的山脉藏于雾霭
纵使路途让我无赖
却会永远
在清晨守候你我约定的花开

　　2008 年,于吉大朝阳校区七舍

吉林大学诗选

这是属于你的季节

当北面的风声唤醒了季节的更替
树的枝头颤动着渴盼琼花的雕饰
白茫茫的湖面裂开了鱼的欢喜
这是属于你的季节——美丽的女子

当宽阔的云端翻动在蓝天上的涟漪
第一场春雨润湿了枯黄的草地
远处的太阳之光也渐渐暖起
这是属于你的季节——美丽的女子

当温暖的风一遍遍撩起温香的发丝
轻盈的步子也显出了欢喜
草地上望着天空上的风筝飞出翩翩舞姿
你的心动宛如美丽的华尔兹
这是属于你的季节——美丽的女子

2012 年初春之际，于长春文化广场

闫莹莹

女，河北唐山人，2008 年吉林
大学食品质量与安全（卫生检验）专
业入学，工学学士。

了了

迷迷糊糊醒了
枕头都湿了
不知是梦里哭了
还是梦外流哈喇子了
不管怎么了
换个姿势接着睡
就对了
晚安　那个他
已经在别人怀里了

杨学敏

男，山东郓城人，2009年吉林大学文学院汉语言文学专业入学。
2013年吉林大学文学院中国古代文学硕士研究生入学，研究唐宋文学。

致朋友

你的眼睛总是阳光明媚
我了解
心中也会有闪电　乌云
但请勿忘清晨

那里阳光在向日葵上跳跃
点亮满园露珠
若宇宙之灯熄灭　就变成
满田野的星星　灯笼

请快跳上疾驶的火车
在绿叶脉络的轨道上跳跃
丈量这无边的光明

疲惫时　愿你亲爱的有个好梦
梦里有牛群
有酒杯

生存

日子被吹走　如风
行走在无边的旷野
倘若我呼唤　有谁倾听

在这五千年没有上帝的地方
死者们相互慰藉
彼此支持 并滋养大地
我们得到一些安慰

永恒的潮流耗蚀着双脚
走过的痕迹再也找不着
为了生存　你战战兢兢
它从你眼中索取泪水　给你玫瑰

每一步都是被遗忘的故乡
走在虚无的小巷
你双唇紧闭　眉眼低垂

致一颗悲伤的心

有什么不好
当你倾心时，心就像蝴蝶在蓝天下飘荡
命运的风吹你，于你无干
你不曾伤害花朵

猫头鹰出现时
天蓝得充满无边的寂寞
月亮在云朵后，不会在意萤火
一点一点忧伤的 闪烁

那头小鹿跳跃着已离开
仿佛从未来过
那满地的梅花又当如何

纵使历史已千万遍的演过 不能给你安慰
都怪那一回首
七弦琴变成了天琴座

星空

当我出生
我将簇拥
被亡灵

当我死去
我将重生
于孩童

蝴蝶振翼
在天上的海洋中
游泳

弯月在上
每一个波浪 都溅起
一颗星星

一只蝴蝶 就这样游
在这弯月亮里
这片海洋里
这个宇宙里

向着飞翔
死亡
重生

吉林大学诗选

邹南新

2009 年吉林大学商学院入学，2015 年中国人民大学硕士毕业。现供职华夏基金管理有限公司人力资源部。

四年，一场爱恋

初见你时
你素面朝天的
蔚蓝的天空，皎洁的白云，墨绿的树荫以及匆匆的行人
偌大的春城坐落在你的怀抱里
偶尔一阵轻风徐来
吹淡了你的静谧与柔情
我，对你一见钟情

与你相识
你花枝招展的
明亮的教室，喧闹的球场，纵横的道路以及拥挤的人潮
在这里
再大的人物都成了渺小
再小的人物也能找到立锥之地
你的博大与包容
滋润了心田
我，仿佛喜欢上了你

与你相知
你柔情似水的
传道的老师，勤勉的学生，
琅琅书声及淡淡的情愫
今天我以你为荣
明天我要你以我为荣
你为每个梦想插上了翅膀
让他们飞得更高
我，真有点爱上你了

与你交往
你情意绵绵的
翻绿的柳枝，盛开的莲花，
金黄的银杏以及皑皑的白雪
你那么美
美得我好想拥你入怀
一起融化在这美妙的节奏里
我，发现自己爱得你痴狂

告别你时
你心平气和的
送别的音乐，曲线的喷泉，
低声的啜泣以及无言的沉默
我们不得不与你分开
我们不得不继续远行
为了爱
为了自由
我们只有前进，前进
我，舍不得你

谢谢你
让我在最美好的年纪遇到你
四年，我们谈了一场旷日持久的恋爱
在我生命的车辙上留下你深深的印记
后来
我爱的人都像你

郭青松

男，河北吴桥人，2011年吉林大学建设工程学院岩土工程专业硕士入学，供职于中国冶金地质总局山东局山东正元地质勘查院。

写予艳秋

南去的雁阵
归往的过客
在这深秋的幕帏下
显得有些寂寥萧瑟

我曾深信
自己是被深秋遗弃的孤儿
才会在她再次手敛裙裾
漫步徐来之际如此眷恋

我追寻她的芳踪而来
在耀眼的夕阳余辉里
我看不清她的妆容
只知道她的前面
还是艳丽的秋

我猜想那一定是
曼妙的时光铜镜
映射的她俏美的影像

落叶枯枝架起的篝火
在漆黑空寂的夜里升起
我想是她在匆匆行旅中
稍作的休憩

晨雾氤氲朦胧的故道上
是她的脚步在逶迤前行
她总是那样步履匆匆
不肯多停留一刻等我

泪水从我的脸上滑落
我满是委屈地哭喊
深秋，请放慢你的脚步吧
尽情摇曳你绚丽的红枫
尽情挥洒你纷落的黄杨
尽情绽放你傲霜的紫菊
你的伤痛我感同身受
我的伤痛你可读懂

凄清的驿道
岑寂的森林
斑斓的金光
给你披上了出嫁的霞帔

落寞彰显了你的美艳
慰藉了一个孤独的游子
尽管你还是如此凄美冷艳
我依旧喜欢美幻婉约的你

我喜爱你的风情和韵致
我更仰慕你才华与优雅
我愿能在你离去的古道
扬弃这世间的一切纷扰
追逐你的脚步
迎上你的身影
拥抱你的纤腰
携你返回嫁作我的新娘

如果您真的无法挽留
那请把我也一起带走
我绝不愿在那寒冬的
猎猎北风中独自凋零

呐喊

我站在这无边的夜里大喊
我要让这帷幕下的整个宇宙
都听到我发出的声音
夜很静寂，呼吸着麦香
我只能听到我自己的声音
和在田野上久久激荡的回声
就仿佛是宇宙的另一个世界
听懂了我的呐喊
和附在这其中的喜怒哀乐
在不断地回应我一样
我很激动，不争气的泪水
忍不住地流了下来
夜安静了下来
像在无声地安抚着我的情绪
宇宙终于对准了我的频率
接收到了我发出的信号
我也在呼喊中得到了夜的宁静
夜的孤独在陪我
我累了，沉睡了
我只休息片刻
公路、大树、麦田、村庄和运河
你们都别走，等我
我会用我最甜美的诗歌
回赠这夜的你们和孤独

何雪峰

男，黑龙江海伦人，2011 年吉林大学文学院人文科学试验班（匡亚明文学及史学）入学，2015 年吉林大学文学院现当代文学硕士研究生入学。

身为东北汉子，毫无彪悍之气。学文史，好诗歌，于高中为抒抑郁之气而下笔，其后一发不可收拾。德国"启蒙主义诗歌"是启蒙，"朦胧诗"是研究趣味，"口水诗"是发展方向，但更崇尚个人化写作。自己的诗就是自己的，打动自己是初衷，打动别人那是意外之喜，当抚掌而歌。

五月

这首诗是写给五月的　　　　以离别的口吻谈往事
所以一定　　　　　　　　　山川渐渐干涸
不能拖到六月　　　　　　　星空寥落

六月都已瓜熟蒂落　　　　　昨天的故事里没有今天
离开的离开　　　　　　　　后天的事情不急
死亡的死亡　　　　　　　　有明天过活

而五月，还有　　　　　　　五月还在梦呓
不温不火的太阳　　　　　　还需要翻起土壤
草木生长，万物茁壮　　　　等待雨水灌浆

人们谈论生活的时候　　　　而六月
他们在说蔬果、天气　　　　已经瓜熟蒂落
还有死亡　　　　　　　　　他们相爱，草木结果

　　　　　　　　　　　　　　　　2015 年 5 月 24 日

写给人文

书架上的一排排书
专教装扮成古装客栈
在粉笔灰与夕阳中吃过晚餐的我们
为免冬日的寒冷
用胶带缠住风雪的手臂

教室稀薄的 JLU.CT
电脑插在插排上吹着热气
我们背靠着背相互取暖
深夜的大街上总有几辆单车
听从风与路的呼喊，奔向遥远

都有读不懂的古籍
都有看不透的世纪
司马迁看刀挥向自己
屈原一次次沉入汨罗江底
叔本华怒视着隔壁的黑格尔
康德出门，在下午三点半
抱着逻辑走进了坟墓里

相聚有时的我们会不会后会无期
前途未卜的岁月有你握住掌心
北国的星空下有一群渺小的孩子
举着紫色旗子，唱着沙哑调子
活出一脉化成天下的心

2014 年 10 月 22 日

吉林大学诗选

三次背叛

这是柳树落泪的大旱之年
生活被扯断
黑色的足迹绽放
流浪荒原的人们执杖
收起传统，立下衣冠冢
从此茹毛，从此饮血
从此以生存以繁衍以血液

众人是乌合
推翻地狱，推翻天堂
推翻山川大河
塑造一个聒噪的世界
意义是废墟
上帝与真理在脚下
人成了虚无，成了影子
成了崩解的符号
成了破碎的巴别塔

颓圮的楼房受汗水滋养
心跳成了噪音
生命成为秩序的附和
你的观念里我被数字包裹
我的笔下你被意象宰割
当微笑以同一个弧度
当树叶以同样的纹路
当食物以同样的味道
我们已经死去，以活着的方式

2014 年 6 月 10 日

隋伦

男，山东胶州人。2012 年吉林大学古籍研究所古文字硕士研究生入学。现供职中国作家协会《诗刊》杂志，任编辑。

信任

灯光忽明忽暗
椰子树站成一排
我从黑暗看向光明
用了整整一天
海水漫过红树林
白鹭飞越碧水江
我蘸着受伤的水
写下折叠着的两个字——
信任

船在涪江

轮船尚未开动
我站在甲板上
借着一点点月色
从脚下黑色的水，看向远处抖动的光
身后的酒桌上，嘈杂的声音渐渐变小
我心里的发动机已轰鸣起来
一杯酒从冰的变成热的，从白的变成红的
从居无定所变成身体里流淌的血液
这不过是一瞬间的事
还不及我从舱内走到舱外

户口簿

一张发皱上面还浸着油渍的纸，边缘
透出锋利，不小心就能划破手指
家里办事需要它
我在异乡生存也需要它
无论走到哪里，要证明我是谁
就要拿出它
这样，办事的人才肯相信

多年前
光屁股的孩子，泥土地，麦田都在这张纸上
现在，里面是西装革履，高楼，雾霾
是轰鸣的马达，是躁动的人群

盖上章，它就有了巨大作用
我拿着它，往返于乡村和城市间
在一条界限分明的路上
找寻自己的印记

恶的意识

他长了一口獠牙

凶狠，丑陋，夹杂着一股腥膻

缄默不言时，他脸上会跳出优雅的图符来

每一条横纹，都是一阵涟漪

此刻，他也会认真地写诗

假意，但包裹着柔情

很少有人看到他露出獠牙的样子

也没人愿意揭开，隐藏在獠牙后的秘密

人们惧怕真相，如同惧怕死亡般

在假意的诗歌里自我麻痹

不去期待，

一个罪恶的人

露出带血的獠牙来

汉子与女人

车厢里站着一个汉子

刀斧劈过的脸，疤痕像蛇一样

蟠进肉里

每过一站地，他的身体都会咯吱地响

袖子撸上去，几块青黑的胎记

和铁柱子黏在一起

吉林大学诗选

旁边的小女孩被女人紧紧抱着
头埋进怀里
车厢一晃动，小女孩就侧过脸来
偷偷瞄一眼身旁的汉子
汉子回过头来
小女孩迅速扭过脸去
发出一声细微的尖叫
周围的人，也不知发生了什么
抬头望了两眼，便又缩回头去继续看手机

终点站到了，车厢里的人陆续下车
汉子僵硬地站在那，眼里布满血丝，
昨夜，他父亲刚被葬在自家的后山上

"还不走，咋那像你爹！"
从车厢外传来女人的声音
汉子走下车
女人扫了他一眼，便拽着小女孩的胳膊
爬上了楼梯
而在不远处，正蹲伏着另一个女人
咬牙望着汉子，脸上
渗出一道道泪痕

姜衡

男，山东青岛人，2013 年吉林大学艺术学院入学。

在中国大学生在线北国烟雨频道首届原创文学大赛，作品《不许动，你们都举起手来》荣获小说类"一等奖"。有多篇诗歌在网站发表。

好友，不再言谈

总开始有那么一天，风马牛不相及
远古的教训你不再倾听，有时
天亮了，迁就彼此本性之过
那一日，所谓情愫一泻千里
从昨天，相约一个敬畏的地方

好友，不再和你言谈
从东北一个城市匆匆赶往草原
今早，青草繁茂
宁可扯过木板子去搭建理想，也不，你说
"你梦了一万次的白马王子若隐若现，
就像诗里春水正熬煮着流年。"
我说要向阳，让阳光各得其所
出门踩着影子，晒干内心的羞辱和水雾
我们始终应该坦白做事儿
复杂的世界里，你还以最高的礼仪珍视绿色
和爱你的人
平静的衣着如清风飘飘
只需专注内心的年纪，宁缺毋滥

好友，你我有无数的话想说
好友，你我不必言说什么
哪怕这样一站千年

清晨之外

一个夜需要整理
思绪荒芜的地方
一个谦卑的身影向着东方
空旷　弱小令人肃然起敬
我曾问过你一万次
问你一个女子与生俱来的魅力
或者　一个男子天赋的气概
姿态让我们热爱清晨

曾严肃地告诫自己不能屈于等待
时间赶着你去决断
多少人　对于自己的丑陋深表怀疑
潜意识里粉刷世界
仇视源于比价
希望亦如此
仪式　是为了反复告诫：
那么　我在哪个位置　正与谁信守承诺?

曾留意清晨叶片的露水
滑翔毛茸茸的处所
对于风的喜悦
对于太阳　鸟　采花人
心领神会　选择了沉默
而绝不是自暴自弃
我们以不同方式在自然里挣扎
深感珍惜啊

清晨之外
生命向美　向善
是一次又一次的相遇

请祝福

我言说美中的美，这些年

从蒲公英的白到交给时间的静谧
与印象有关的节点偶然开放
"一颗谦卑的心，穿过隔夜的露水。"
提着贤良和美德的花萼来到我们面前

曾言说一晃而过的飞鸟
一根写满沉淀的羽毛
一朵不知去向的云
一场我们年少的梦想
一种自然而然的味道

朋友，祝福你即将迎来的新
伴着飞在空气中坚持不懈
"一座城市藏起了跳跃的灯光和春天的羞涩
却藏不住你前行的涌流。"
这样的日子，有爱，与生俱来和大海的回声

我在邂逅一群等待春天的人们
能清晰的回忆在炉边烤雪
陶醉在最美的故事中央
是现在，亲爱
请祝福那些向往幸福的人
心怀美好

一个夜和一个黄昏

一个即将迎来春天的黄昏
一轮红日，我从未以忧愁对待过寒冷
远方的群山，不分暮色和渐变色
在和梵高的金黄色一起摇动
大地的臣子，顶礼膜拜
设想丰收的谷子堆满粮仓
酿造千百年来流传的酒香
我不会喝酒
嗜酒如命的勤劳庄稼人
定然不会舍弃每一粒泥土的芬香

有些日子你和玉米一起生长
你和故乡和梦一样
后来的一个夜，说了些鲜为人知的秘密
后来，一个春暖花开
慌张的脚印迷失在一场冷雨中，
一场冷雨会自然而然变成雪，飘啊飘
我无知的看待一些事情的伟大
事实却证明，我并非无知
没有星星的夜里
一个行走在夜里的女子，泪流满面

一个黄昏，我确信她预见了长大后
她温柔的笑声迎风而上
我想，这个女子最懂秋天

杨振声（1890—1956）

字今甫，亦作金甫，笔名希声，山东蓬莱（今蓬莱市）人。现代著名教育家、作家。

1915年考入北京大学国文系，1918年创办《新潮》杂志。1919年赴美国哥伦比亚大学留学，1924年回国，历任武昌大学、北京大学、燕京大学、中山大学中文系教授，清华大学教务长、文学院院长兼中文系教授。1930年任国立青岛大学（现山东大学）校长。新中国成立后，杨振声于北京大学任教，兼任北京市文联创作部部长。1952年调任东北人民大学（吉林大学）中文系教授兼中国文学史教研室主任。曾当选为吉林省人大代表、长春市政协委员、九三学社长春分社委员。

临终唯一的遗嘱是将其全部藏书2379册，捐赠给吉林大学图书馆。

叠茶字韵

到处为家不是家，陌头开遍刺桐花。
天涯无奈乡思渴，细雨疏帘酒当茶。

吕振羽（1900—1980）

名典爱，字行仁，学名振羽，湖南武冈（今邵阳县）人。当代马克思主义史学家、教育家。

新中国成立后历任大连大学校长兼党委书记，东北人民政府文化教育委员会副主任兼东北人民大学（吉林大学）校长兼党委书记，中共中央历史问题研究委员会委员，中国科学院哲学社会科学学部委员、考古研究所和历史研究所学术委员，第三届全国政协委员，全国人民代表大会民族委员会委员，国家民族事务委员会委员，民族历史指导委员会委员，中国社会科学院顾问等。著有《史学研究论文集》《史论集》《吕振羽史论选集》《学吟集初草》等。

吕振羽校长临终前把自己的全部藏书3500余种、25000余册及珍贵字画，和位于北京中南海西侧的四合院，计19间共400余平方米的房产，捐赠给吉林大学。

去东北人民大学，员生纷自结队邀请合照，不胜感奋

曾充校园一介丁，手持麈尾拂微尘。
满园花木今成果，慰我当年报党心。

一九五七年四月二十六日

一九二八年北平

匝地泥尘古北平，黄钟毁弃瓦雷鸣。
万家炉灶炊烟短，敢有狂飙角号声。

中央党校北楼晨起远望

紫气暖融融，时和预岁丰。
晨光笼万寺，朝日出蓟东。
曙色随峰转，回廊映海红。
穹苍未有际，犹欲乘长风。

一九六二年

坚挺乔松柱人天
——狱中惊闻少奇同志蒙冤感怀三首

一九六八年十二月，我在京郊秦城狱中惊闻少奇同志被永远开除出党。缅怀少奇同志半个世纪来为党和人民立下的丰功伟绩，目睹林彪、"四人帮"等丑类残害党和国家杰出领导人的滔天罪行，义愤填膺。回忆在少奇同志身边工作期间难忘的日日夜夜和谆谆教诲，感念不已，默成诗三首。十年浩劫，八载幽囚，劫后余生，亲眼看到党的十一届五中全会为少奇同志昭雪奇冤，衷心感奋，书此志念。

一

二十世纪"风波"寒，三顶帽子绝代冤。
忠奸功罪全颠倒，吁天辩诬董狐篇①！

①吁天：同呼天。无辜受怨，悲愤至极，呼天倾诉。岳飞被秦桧诬陷致死，其孙岳珂撰《呼天辩诬录》鸣冤。董狐为春秋时晋国大夫，因如实记载史事被孔子称为"古之良史"。

二

阜延长途云和月①，夜夜北斗照路前②。
所至"双减"植路碑③，奠基深广开新元。

①一九四二年随少奇同志回延安，三月从苏北阜宁单家港出发，十二月三十日抵延安。长途夜行军，共越过了敌寇严密封锁的一百零三道封锁线，途中参加了滨海区、沙区、太岳区三次反扫荡大战，我和江明同志在《跟随少奇同志回延安》文中已有所叙述。

②夜行军时，少奇同志教导看北斗辨方向。

③少奇同志返延安途中经过了鲁南、鲁西、晋东南、太岳、晋西北等各解放区，所至均阐扬党中央的减租减息政策，在当地党的领导下发动群众和组织群众，经过农民自己的斗争，建立农救、农抗等群众组织，发展民主政权和人民自卫武装，为抗日战争和新民主主义革命的伟大胜利开辟了广阔的道路，打下了深厚的基础。

三

圣母池边说孔丘①，日夜翘首向延安。
普罗党性无杂染，坚挺乔松柱人天。

①行经山东莒南县某山顶一水池，水面浮有血红色泡沫。当地传说孔子诞生于此，其母于池中洗孔子，血染池水……。少奇同志说，池水可能有某种矿物质。并说，这种传说反映出孔子在鲁南一带影响比较深远，也反映了以一家一户为单位、个体经济为基础的社会结构的残余。

于省吾（1896—1984）

字思泊，号双剑誃主人，辽宁海城县（今海城市）人。著名古文字学家、考古学家、古文献学家。

曾任教于辅仁、燕京、北大等校。1955 年起任东北人民大学（吉林大学）教授，是吉林大学古文字学科的创始人。主要兼职有故宫博物院专门委员，中国考古学会名誉理事，中国古文字学会理事，国务院古籍整理出版规划小组顾问等。有大量书籍、文物捐予吉大。著有《双剑誃吉金文选》《双剑誃殷契骈枝》《双剑誃诸子新证》《泽螺居诗经新证》《甲骨文字释林》等。

赠丛碧

洹上高人清且闲，中闺彩笔杳难攀。
当时劫火沧尘后，家在名园水绘间。
已有词华传海宇，更搜图画压江山。
履霜旧侣愁残鬓，拼脱缠羁任往还。

注：丛碧即张伯驹（1898—1982），著名收藏家、鉴赏家、书画家、诗词学家、京剧艺术研究家，著有《丛碧词》《红毹纪梦诗注》等。

再赠丛碧

为压氛埃喜往还，谑谭作兴屡开颜。
场中粉墨余歌哭，槛外风光拥黛鬟。
宿抱不随尘劫换，低吟长伴涩灯间。
知君多艺无人识，惟我窥文豹一斑。

追怀视昔轩主

万言激赏感云台，遗恨沈冥剧可哀。
绒幕胜流倾郡国，龙庭向化偃风雷。
早游东海晚西海，愁绝骚才叹霸才。
日御廊房烟树暗，孤怀郁勃向谁开。

注：视昔轩主即徐树铮（1880–1925），
字又铮，号铁珊、则林，萧县（今属安徽）人。
1919 年率军远征外蒙，使其短暂回归。1925
年被冯玉祥部寻仇拘杀于廊房（今廊坊）车站。
徐性格鲜明，资兼文武，擅诗词、书法、昆曲，
通西洋古典音乐。

追怀

前规先主最恢宏，选将抡才似鉴平。
盖世勋猷徒惨怛，多年帷幄自丹诚。
渠缘素忌谗方构，公本无他述岂明。
试听大辽呜咽水，至今犹作不平鸣。

注："先主"喻张作霖，"渠"谓张学良，
"公"指杨宇霆。

赠梁子河邨人

论心风雨怜犹健，向老丹青叹莫攀。
已觉俗缘都是赘，不应禅定始称闲。
杳如世外云中鹤，难画人间劫后山。
堆眼烟霞森万变，嬉游肯负啸歌顽。

注：梁子河邨人即秦仲文（1896–1974），
近现代中国画家、美术史论家、美术教育家，
生于河北遵化梁子河邨，故号之。

读问影轩诗有感赋赠

骚人失侣忘朝暮，缀语苍酽拓境恢。
微旨行中窥隐约，余音弦外感低徊。
几番蹉跌狂犹在，一世沈冥唤不回。
老去风怀常菀结，寒螀吟罢待君裁。

注：问影轩为黄君坦室名，黄君坦系中央
文史馆馆员，与张伯驹合编《清词选》。

赠任龔

攻错他山早有因，还期长保岁寒身。
悬知久滞仍穷塞，相见惊询是比邻。
残籍于今殊末末，抚须道古尚津津。
不堪积劫沦京国，谁识西邮补柳人。

注：任龔即赵任龔，为于先生早年在东
北之知交，其人"致力诗词古文，每晤辄议
古今道学盛衰，文章得失。"

孙君正刚以卅二初度
述怀诗索和，次韵奉答

红尽西山枫叶林，羁愁劫火浩难禁。
从知旧学终成赘，剩觉怜才尚即心。
青简倚声邀世赏，黄花粲目任霜侵。
颓龄喜祝斯人健，每到燕园一再寻。

注：孙正刚（1919-1980），号晋斋，
天津人，燕京大学国文系毕业，任教于天津
师范学院等处。著有《天上旧曲》《人间新词》
《词学新探》等。与周汝昌等，号"津门三君"。

匡亚明（1906—1996）

原名匡洁玉，又名匡世，江苏丹阳导墅匡村人。著名教育家、中国思想史专家，吉林大学的重要奠基人之一。

1955 年至 1963 年任东北人民大学（吉林大学）第一书记兼校长。著有《孔子评传》，被学术界誉为"孔学泰斗"。他晚年主持编撰的《中国思想家评传丛书》，对中国传统思想文化进行全面和系统的总结，被称为"二十世纪中国规模最大的思想文化工程"。另著有《匡亚明教育文选》等。

贺《宝珠记》参加徽班进京 200 年纪念演出

轻歌曼舞意深沉，远佞佑贤见长孙。
倩女高台燃宝烛，生花妙笔追汉卿。

惜别吉大的心曲

　　我于一九五五年五月来吉林大学工作，候
已八年，今奉中央命，调离吉大。临别依依，
赋小诗二首，赠勉全校师生员工同志。

一

八年切磋心未老，寒暖共温息已通。
学核百家评月旦，振衣笑向鸣放宫。

二

北国春风意正浓，花香鸟语忆冰封。
登楼极目穷万里，志在平凡学雷锋。

夫子庙中的新诗碑

断壁金光气势豪，大成享殿逼青霄。
千秋师表流芳远，百代儒林知音寥。
叹凤伤麟吊往事，腾龙跃虎喜今朝。
秦淮河畔春长在，览胜从头论闻韶。

沁园春·步原韵答
——赠《杨度外传》作者田邀同志

滚滚申江，
沧海奔流，
波泛东南。
看扁舟一叶，
惊涛骇浪；
中流砥柱，
侧目诟馋。
寄意《外传》，
文采奕奕，
个中滋味苦中酣。
思往事，
对而今盛事，
策砺更严。

来鸿眷眷高谊，
一字千金一语万缣。
借流光逝去，
夕阳西下；
飘摇红叶，
点缀群岚。
天若有情，
天亦老，
此理参明心自甜。
抬头望，
正驰骋万马，
风逐千帆。

姑苏怀古

一

浮屠七级喜登临，华发青衫悠悠心。
山上吴宫山下溪①，残阳衰柳断鸿声。

①传说昔夫差筑馆娃宫于灵岩山，西施和宫女晨妆洗脸，用水被胭脂染红。流注于山下，因名胭脂溪。

二

姑苏台上青青草，馆娃宫中磊磊岩①。
勿谓古城年已老，新容丽靡香今天。

①此句于《江苏文学50年》发表时改为：宫殿馆娃磊磊岩。

金景芳（1902-2001）

字晓邮，辽宁义县人。著名历史学家、文献学家、思想史家。

先后任东北大学中文系教授，吉林大学历史系教授、系主任，吉林大学古籍研究所教授，国务院学位办首批博士生导师，兼任国家古籍整理出版工作领导小组顾问、东方易学研究院顾问、中国孔子基金会顾问、国际儒学联合会顾问、中国先秦史学会顾问。著有《中国奴隶社会的几个问题》《〈尚书·虞夏书〉新解》《周易全解》《〈周易·系辞传〉新编详解》等。

送静庵先生东渡日本

又渡东瀛访异书，车唇船背忆从初。
蓬壶草细春依旧，鼎彝香浮腐有余。
洗盏更开高士宴，婵襟重诣众仙居。
者番定释空回感，宝贮千华语不虚。

注：金毓黻（1887–1962），字静庵，辽
宁辽阳人。著名历史学家。毕业于北京大学国
文系，与傅斯年、范文澜为同学，是金景芳老师。
著有《渤海国志长编》《东北通史》《中国史
学史》《宋辽金史》等。

游观音渡镇江寺

一水横筵碧，群峰入眼青。
江山非故国，风日似兰亭。

咏梅

客窗又见红梅发，搅动乡愁感不禁。
瘦影岂堪临水照，孤根却喜耐霜侵。
西州风月心常苦，北地烟花梦易寻。
惆怅一枝谁与寄，家山极望碧云深。

注：此诗作于 1942 年 2 月 14 日旧历除夕，
因在外多年思乡心切，作诗遣怀，以呈恩师静庵。

送石禅之峨眉

昭文不鼓琴，本无成与亏。
塞翁得骏马，恰当失马时。
人情有翻覆，世路多险巇。
达士守其真，贫贱不能移。
潘子江右彦，遭乱能不羁。
余亦伤飘泊，相逢惬夙期。
胜境每同往，谈经辄忘疲。
汪汪比叔度，难挹千顷陂。
胡为舍兹去，闻之别泪滋。
劝君频进酒，酒能慰别离。
愁多生白发，发白不能缁。
人生一世间，有如声在丝。
抗坠随人操，悲喜故无涯。
景空怨魍魉，蚉徒怜蚿夔。
共纵舟浪中，泛泛任所之。
峨眉孕灵异，但去不用疑。
洗象池边住，洪椿坪上嬉。
池边多仙药，服之美容仪。
灵椿撑修干，八千以为期。
接舆如可招，相将歌凤兮。
采兰复采芝，时时自咏诗。
诗成寄双鲤，疗我远人饥。
岂但疗人饥，可慰长相思。

西江月·送静庵宗老还渝州

秘监精兼五绝，
舍人妙擅三长。
卧龙时至拜公床，
谬许凤雏微尚。

客路凋残岁月，
乡愁断绝肝肠。
相依暂喜百忧忘，
忍听骊驹催唱。

注：1943年年初，金静庵先生调重庆中央大学
任教，金景芳填词《西江月》为先生送行。

吉林大学诗选

胡绍祖（1914-2006）

江苏淮阴人。著名教育家。1938年任延安抗大总校教员，后任辽宁日报社社长、东北师范大学党委书记、吉林省委政治研究室主任、吉林日报社党委书记、长春电影制片厂党委书记、吉林大学党委书记、吉林省哲学社会科学联合会党组书记。著有长诗《长征行》《顾盼行》及随笔集《世纪随笔》等。

望海潮

深探学海，
广拓科苑，
庆君誉满中华。
云雨志诚，
风烟气浩，
精培一代名家。
敦品重无瑕，
治学光风范，
同感共夸。
老骥扬蹄，
丛林胜境育琼花。

分别十载情遐。
忆黄楼拨乱，
学路筹划。
指示相析，
决策共忆，
六年受益多嘉。
热血沃奇葩，
智泉丰林野，
高士心涯。
识陋思贫词浅，
权当奉清茶。

注：1994年7月，胡绍祖填词《望海潮》敬致唐敖庆，以表怀仰之忱。

唐敖庆（1915-2008）

江苏宜兴人。著名理论化学家、教育家。曾当选中国科学院数学、物理、化学学部委员，吉林大学校长，中国科学院主席团成员。被誉为"中国量子化学之父"。

1952 年 9 月开始任东北人民大学（吉林大学）化学系教授，并于 1978 年创建吉林大学理论化学研究所。1986 年国务院成立国家自然科学基金委员会，唐敖庆出任第一届主任。著有《配位场理论方法》（合著）《分子轨道图形理论》（合著）《量子化学》（合著）等。

赠卢嘉锡

建所育人为中华，三十年间成大家。
结成固氮网兜体，开出结晶宝石花。
类芳香性构思巧，功能材料设计佳。
庆贺更祝鹏飞远，遨游长空乐无涯。

注：卢嘉锡（1915-2001），在英国获得博士学位，物理化学家、教育家。曾当选为中国科学院学部委员（院士），中国科学院院长，第三世界科学院副院长，第七届全国政协副主席，第八届全国人大副委员长等。

庆贺蔡启瑞八十诞辰

学如流水行云，德比松劲柏青。

攀登跨越高岭，育才灿烂群星。

注：蔡启瑞（1914-2016），福建同安人，物理化学家、教育家。
曾当选为中科院院士，为中国催化反应机理的奠基人之一。

赠妻子光夏

年少逢君漏湖滨，
正是江南好风景。

日寇侵华，

烽火漫天。

千里相寻，

来昆明结伴，

备尝艰辛。

祖国解放，

人民欢腾。

别离三载，

海外归来，

北京相聚，

无比欢欣。

定居不足三年，

又北上长春。

组建新校，

教学科研行政集一身。

无暇家顾，

教育子女，

操劳家务，

费尽君心。

重返京华，

屈指卅四载，

回忆平生事业，

功绩半归君。

刘柏青（1924-2016）

辽宁沈阳人，1948 年在东北行政学院（吉林大学）学习后入该校研究生班，毕业后任该校校刊编辑，1955 年在吉林大学中文系任教，从事中国现代文学教学与研究工作。社会职务有中国鲁迅研究会理事、名誉理事，吉林省鲁迅研究会副会长，吉林省中国现代文学研究会副会长。

八十感怀

韶光易蹉跎，古稀年已过。
不觉逾八十，来日已无多。
晚年逢盛世，日夕多祥和。
更幸身顽健，常住安乐窝。
念兹感先烈，为我洗山河。
更念今领袖，劬劳建强国。

路边柳

路柳随风一排排，冬尽僵枝未化开。
尘封满面初着绿，抖擞精神报春来。

春日街头所见

春城四月未见花，庭中老树才发芽。
妙龄少女追时尚，不畏薄寒已着纱。

夜思

青空霁月来几时，我今凭窗一望之。
寒星点点怅廖廓，清风屡屡洗迷痴。
儒家教化重仁义，老庄思想等生死。
我欲攀附先哲体，感悟人生惜已迟。

老迈

余亦端居耻圣明，奈何昏聩脑不清。
老迈至此行已矣，改革有成慰此生。

胡显中

1954 年吉林大学经济系入学，1957 年在《东北人大》发表了《胡风等人是反革命吗？》《纵论国事兼谈鸣放》，被打成右派。1981 年才走出监狱。曾在《经济纵横》任职，发表论文三十多篇，参加编写高校教材《中国近代经济史》等书。

铁窗

身陷铁窗犹疑梦，翘首飞鸿诉长空。
鸿毛轻生未足取，蒙垢常忆太史公。

满江红

蓦然回首，
廿七年，
蹭蹬曲折。
书生气，
纵论国事，
慷慨激烈。
歌舞春风庆桃李，
铁窗秋夜对星月。
心如焚，
叹人妖颠倒，
神州劫。

时代潮，
浪千叠；
挽狂澜，
有人杰。
应还我，
共产党员本色。
老骥又萌千里志，
雄心何惧两鬓雪。
逢盛世，
当鞠躬尽瘁，
死方歇！

王向峰

辽宁辽中县人，1954 年吉林大学中文系入学。现为辽宁大学文学院教授、博士生导师。曾任辽宁大学中文系主任、校学术委员会副主任、学位委员会副主席、辽宁省人民政府学位委员会委员。中国作家协会会员，辽宁省美学学会、诗词学会名誉会长。曾获辽宁省人民政府首届"哲学社会科学成就奖"、"全国文艺理论突出贡献奖"、中国作协"鲁迅文学奖"（理论评论类作品）等。

忆千山西阁梨花

梦怀梨花影，一春又一春。
尝想花开日，梅雪逊三分。
冷艳凌蜂蝶，幽香遏断云。
我来树影下，始有梦追寻。
春归无觅处，花落见纷纷。
枝头无玉蕊，难得梦重温。
遥想花飞谢，随流逝远津。
偶落护根土，亦不染污尘。
倘有龚卿遇，定作瘗花吟。
花落能重放，东风讯报春。
可惜今春过，愿将祝愿申：
国安天地顺，人和惠风薰。
云作及时雨，遍洒甘露雾。
东君歌一曲，满树绽香魂。
我来期有日，花季亦周循。
故人寻梦远，醉赏玉华新。

中秋望月遐思

海上冰轮冉冉升，离人遥夜赖呼应。
清光皎皎传心语，玉魄弯弯揽旧情。
帘外悬钩思绪涌，窗前挂镜影长凭。
青天碧海云霄冷，桂树摇风拂月明。

肖善因

1934 年 1 月生，江西安福人。1954 年吉林大学中文系入学，1958 年毕业留校，任助教、讲师、副教授、教授，主讲中国文学史。曾任吉林省红楼梦学会副会长，七、八、九届全国政协委员，民革中央委员等。著有《马致远集》《中国古典十大悲剧集》《中国古典十大喜剧集》等。

良师颂

——为纪念吉林大学七十周年校庆而作

母校吉大已经成立 70 年了，回顾以往很难忘记的就是匡亚明校长，以及那些注重言传身教在学业上的引路人，那些历经艰难曾不悔，只是许身孺子的良师。

忆废名（冯文炳）

教学创新专题多，杜甫鲁迅新民歌。
敢与莎翁相比拟，语出惊人骇四座。

吉林大学诗选

忆公木（张松如）

烽烟滚滚英雄在，一身正气育英才。
吉大七十周年日，校歌唱响壮志怀。

忆赵西陆

浩瀚文献谁释疑？百年诞辰忆赵翁。
抱病坚持育后辈，谁个能忘培养功？

忆蒋善国

独在异乡为异客，师生相逢在民舍。
陋室唯余德馨在，不忘著书传后代。

忆王庆菽

岭南淑女出名校，妙龄负笈去英伦。
立志广搜敦煌学，老去尚有专著存。

刘景禄

笔名刘耕路，1936 年生，吉林双辽人。1956 年吉林大学中文系入学，毕业后入东北文史研究所专攻古文古史。1970 年代在吉林省委工作。自上世纪八十年代起在中央党校任教，1986 年任教授，历任中央党校古典文学教研室主任、语文教研室主任、文史教研部主任。曾任第九、十届全国政协委员，政协文史委委员，现任中央党校学术委员会委员。著有《韩愈及其作品》《红楼梦诗词解析》《史记选译》等，还创作了电影剧本《谭嗣同》、长篇经典电视连续剧剧本《红楼梦》（1987 年版，与人合作）。

登长白山

我幸天缘好，神池开镜光。
岩苍历泰古，云乱演洪荒。
瀑泻出尘远，涛飞入世忙。
流连竟忘返，回首塞烟长。

雨中黄山

群峰明复暗，仰视古松高，
壁峭坚侔铁，雨轻柔似毛。
梦中飘羽客，眼底走云涛，
四顾黄山顶，粗堪意气豪。

咏泰山

丹崖刻字古斑斓，风雨千年现大观，
遗址登封今尚在，传闻降禅①觅踪难。
碧霞祠古炉香热，普照寺幽松叶寒，
五岳独尊当纪影，首昂天外镜中看。

①古代皇帝封禅泰山，有"登封、降禅"
之说，即登上泰山祭天，走下泰山祭地。

刘家相

1936 年 10 月生，辽宁营口人，1956 年吉林大学中文系入学。先后在吉林大学、山东大学执教。著有《刘家相卷》《刘家相书法选集》等。社会职务有中国书法家协会会员、中国艺术鉴定委员会艺术家学部委员会理事等。

献给柏青尊师

教坛名宿刘仙翁，学富德高育国英。
心怀祖国忧天下，满目青山夕照红。

论文两卷扬四海，诗作三百写春秋。
人格魅力传美誉，学者风范冠吾俦。

刘守铮

1957 年吉林大学物理系入学，1958 年进入校刊编辑部。1962 年由吉林大学物理系核物理专门毕业，1998 年初退休。

中秋致友

秋雨洗神州，亲临万里游。
群山叠翠满，沧海逐波流。
万里梦魂阁，千层幻景楼。
峰峦难隔断，老友乐悠悠。

仿《宿桐庐江寄广陵旧游》一首

山暗伴琴愁，松江急夜流。
风飘两岸叶，月洒一孤舟。
粤桂非吾土，香洲忆旧游。
泪抛独处女，拱北九州楼。

冬游赏冰

冰雕肌骨玉雕身，初上千灯美绝伦。
含笑盈盈生百媚，天宫佳秀落凡尘。

苦　酿

苦酿盈杯独自尝，心存不忍意徨徨。
无言再问路南北，有意何需话帝王。
风喜东篱花伴雨，云含西岭雪融霜。
谪仙吟唱酒酣醉，唯我终宵诗作狂。

念奴娇

玉渊潭畔，
众贤聚喜会，
樱棠春灼。
耄耋只言花怒绽，
不赏西风花落。
已褪红颜，
又生华发，
老迈须寻乐。
樱花垂柳，
烟波云淡楼阁。

不美堂内高人，
壮怀以远，
忘却平生搏。
何必再留心费米①，
与爱因斯坦约。
击节欢歌，
放言岁月，
邀集勤联络。
相期龟鹤，
贤哥贤妹还酌？

①恩利克·费米，美籍意大利裔的伟
大科学家，诺贝尔物理学奖获得者。

诉衷情·清明祭老伴

纷纷细雨伴春寒，
魂断却无言。
庭前草败花落，
云际处，
是孤鹃。
天淡淡，
水潺潺，
少钗环。
梦酣欢见，
无奈山高，
无奈河宽。

念奴娇·仲秋

绿消黄染，
雁群南飞去，
金秋时候。
临远登高梳旧梦，
一枕黄粱都有。
曲罢松江，
轻吟舷扣，
是美颜莲藕。
凌霄过尽，
锦书描绘可否？
凉雨几送微寒，
暮垂把酒，
棉被唯求厚。
电视飘来新度曲，
谁算歌王歌后？
丝竹歌喉，
品于魁智，
又记谭元寿。
有谁知我？
九天明月星斗。

李致洁

1957 年吉林大学物理系入学，供职于中国科学院半导体研究所工作。曾作为访问学者赴美三年，在宾州匹兹堡市卡内金`梅隆大学学习。回国后，从事超高速集成电路和功率器件研究，同时负责半导体研究所科技与开发的领导工作，任中国科学院半导体研究所所长。现任中国科学院老科技工作者协会常务理事、副理事长。

秦皇岛观海

夏日来临，大地苏醒。登楼远眺，一片翠绿，好不喜人。回想去夏秦皇岛雨中观海，景象依然在目，感慨万分，写诗一首记之。

细雨斜飞雾迷茫，携手挽裤踏水凉。
滨海撑伞访足迹，安知哪个属秦皇？

苍穹从来多晴雨，晦暗未曾愁断肠。
任凭风雨常催打，朝落夕涨自主张。

青风朦胧风掀浪，庞然巨轮远出航。
雪堆翻滚伴笑语，云飞雾散射斜阳。

江城子

生死相隔两茫茫，
常思量，
不能忘。
人生多彩，
理应无凄凉。
家友责情千斤重，
洗尘面，
肩上扛。

往事历历多欢畅，
约百年，
对月唱。
在天有知，
只盼更坚强。
春秋寒暑频交替，
忆从前，
记心上。

注：友，丧偶，悲极。步苏东坡韵填词，劝之。

迟乃义

　　1942 年生，吉林集安人，1960年吉林大学中文系入学。历任文化部工作人员、吉林省委宣传部处长、吉林艺术学院党委副书记、国家新闻出版署图书司副司长、中国连环画出版社总编辑、中国美术出版总社党委书记兼副总编辑。现为人民美术出版社编审。中国作家协会会员、中华诗词学会会员、中国版协连环画艺委会副主任。著有《迟乃义诗文选》《集安堂诗词书画册》等。

长白山天池行

一带盘旋系翠巅，车穿云海似行船。
美人松秀疑图画，黑土膏腴善沃田。
嵌玉白山飞宝镜，梳妆帝女下凡天。
瑶池何日逢霓彩，展翼长虹不羡仙。

庭院乐奏

世人心爱不珍藏，庭院操琴借月光。
古曲联弹传雅意，新声合奏颂安康。
无忧白发融融乐，多梦青年艳艳妆。
艺术真情归大众，弦歌管语韵飞扬。

鹧鸪天·金花请茶

初见蝶泉洱海边，南疆行旅点苍山。
新妆少女弦歌舞，蕙质兰心贮有缘。
三玉盏，苦醇甜，悠长回味谢花仙。
茗茶情愫春风意，笑语微言月正圆。

丁国成

1939 年生，籍贯黑龙江肇东，长于吉林德惠。资深编辑、著名诗歌评论家。1960 年吉林大学中文系入学。曾任中国作协全委委员，《诗刊》常务副主编，中华诗词学会副会长。现为中华诗词学会顾问，《中华诗词》副主编，《诗国》主编等。著有诗论集《古今诗坛》《诗词琐议》等。

天池

静如处子美如仙，不易真情若许年。
输予人间无限爱，相思化作大江源。

怀念学友桑逢文

五载同窗未忘情，爱民似子久闻名。
白山高耸树标格，松水长鸣扬政声。

2013 年 11 月 16 日于京华

李通

1942 年生，辽宁铁岭人，1962 年吉林大学数学系入学，后在长春第一汽车制造厂（现长春第一汽车集团公司）工作。曾任长春汽车研究所强度振动研究室主任，技术办公室主任，人事行政部副部长兼所办公室主任。系高级工程师，中华诗词文化研究所研究员，中国国学研究会研究员，长白山诗社社友。

悼念郭春祥同学（新韵）

英姿飒爽故乡郎，北上同窗六载忙。
缜密微积精算法，沉耽器乐稔宫商。
春兰香满科研路，锦绣祥文程序行。
成事在天君走早，鸿猷未竟亦铿锵。

敬贺周颖所长八秩寿辰（新韵）

海南统领创国优[①]，"解放"头名冠九州。
自主研发遵大道，共赢合作信鸿猷。
再生转鼓百般难[②]，试验矿车千里修。
厂总所揆伯乐赞，寿增福长更高楼。

① 1992 年，周颖所长率一汽试验车队赴海南岛进行创国优试验，CA141 汽车获 986.2 的高分，名列国优第一名。
②这是我国自制的第一台卡车用大型转鼓试验台。

吉林大学诗选

刘金霞

1944 年生，吉林敦化人，1963 年吉林大学中文系入学。大学毕业后从事编辑出版工作，编审。在国家、省、市报刊发表小说、散文、文学评论、回忆录与诗词若干，著有《小兴安岭风情》（散文集）《深秋落叶》（诗文选）等。

风入松·献给鹿玉瑛等逝者同窗

村童王子复聪明，
　淘漉到三更。
文楼挥手从兹去，
长亭别、祝愿声声。
雨雪交加炼狱，
雷鸣电闪守营。

晴天霹雳姊先行，
　难舍此生情。
苍天误把豪英掠，
千行泪、梦断清风。
渺渺人寰炫目，
幽幽地狱安宁。

西江月·怀念吉大阅览室图书馆

窗外仰天银汉，楼中俯首青灯。少男靓女喜扎营，享尽人间肃静。
不让朱颜暗换，只容秀发霜生。徜徉书海到天明，酿造一生美梦。

注：回忆当年，在吉林大学读书期间，如果不上课时可以去任何地方看书。
阅览室、图书馆等，美妙、静谧、温馨，很留恋，很怀念！

八声甘州·赠同桌关质琦

叹古稀重聚羽觞飞，心屏映孤鸿。
忆青葱岁月，松江淑女，清澈如泓。
娇燕婆娑弄影，一片叹服声。
快乐小天使，醉倒儒生。

不忍长亭相送，纵同窗两载，别泪盈盈。
惋从兹离去，锦绣易囚茔！
雪加霜、恶人行窃，雾凇乡、矻矻度余生。
琪花落、肢残失语，愤愤难平。

吉林大学诗选

扬州慢·赠同窗初平

戎马神州，
运筹帷幄，
忠纯铸造将军。
赞挥旄日月，
叹疆场驰奔。
自年少、鸿鹄高远，
三更学富，
内审修身。
解金戈、勋章生辉，
回报感恩。

功臣名将，
看门庭、簇簇亲亲。
纵权冠八方，
雁行有序，
不蔚童心。
五载同窗难忘，
煮肝肺、把酒寻根。
念初公身恙，
祈福长寿殷殷！

兰云翔

1963年吉林大学中文系入学。先后在辽宁省西丰县委宣传部和辽宁省委宣传部工作。现任《辽海诗词》杂志社顾问，辽宁省社会科学联合会顾问，辽宁省知识产权研究会顾问。

匡亚明驾鹤十六周年祭

——赠其子匡榕榕总裁

一

革命风范举世雄，揽贤纳萃百川容。
黉门主政勤开垦，阆苑植株苦作耕。
满腹经纶诚可仰，几囊卷帙更堪惊。
名垂两校千秋史，一代恩师万世情。

二

一世劬劳伟业存，丹青画就惠学人。
有为弟子成梁栋，无憾英才立世勋。
吉大革新追远梦，南开除旧迓芳春。
先师若见足堪慰，后继沾光永念恩。

怀念恩师

水深千尺自息喧，八斗高才不显山。
句撒珠玑梅共笑，词含艺理柳同欢。
至诚交友无声响，笃信为人有爱怜。
抱玉怀珠偏命短，念恩弟子泪涟涟。

佩戴吉大校徽

徽章老迈佩胸前，蓄意招摇引众观。
不是衣襟添胜景，岂能心事到遥天。
芬芳桃李神州艳，璀璨星光宇宙繁。
仰视黉门飞雅韵，清风梦枕数流年。

鹧鸪天·公木恩师塑像前

伟岸园丁雅士风，遥来凭吊泪盈盈。
雕龙翰苑文光耀，革命征程毅步行。
思往事，抚今情，托怀抱戴仰英名。
祈天眷顾轮回里，再拜高门洗耳听。

马仲喜

1963 年吉林大学中文系入学，现供职于沈阳军区后勤史馆。作品发表于《中华诗词》《中华辞赋》《中国诗赋》等。著有《快然吟草》《七绝题咏》《快然斋赋稿》等作品集。系中国诗赋学会会员，辽宁省作家协会会员。

西江月

天上游云缓缓，人间逝水悠悠。
无边思念每从头，未把前缘参透。
岁月如流不返，容颜永驻难求。
回眸风雨赋同舟，漫忆年华豆蔻。

热血如潮涌起，喉咙似角飞声。
组歌寥廓颂长征，万里旌旗入梦。
岁月滔滔未远，征程渺渺无穷。
江山同我共年青，自觉肩头任重。

满地图书散乱，心中疑惑难平。
千年文史等蒿蓬，知识何干反动？
造字仓颉忍泣，删诗孔子吞声。
疯狂如此忒狰狞，屈子难成独醒。

回首如临大梦，沉吟更觉凄凉。
茫然四顾向何方，文化都归扫荡。
默坐白杨树下，无言清水池旁。
晚风如丝绕愁肠，抱膝凝天怅望。

天赋钟灵才气，遣词不必穷搜。
生花妙笔写雎鸠，信是文坛高手。
曾卧荆山为璞，更由家事添愁。
诗文高雅自风流，对月高呼倒酒。

雅调无须择韵，天生丽质可人。
年轻一代似兰荪，幽谷焉能坐困。
人物春秋忆旧，荧屏故事出新。
聚来气象说氤氲，恰似江清月近。

赤日蒸云不雨，黄沙卷地飞蒿。
人生到此甚萧条，何妨向天一笑。
歧路杨朱洒泪，见猜方朔招摇。
粟饥桃饱莫牢骚，一样荒坟野草。

世事风云万变，同窗维系一生。
亦亲亦友亦宾朋，有此堪称大幸。
仅凭知闻一己，难描多彩诸兄。
西江一月百般情，聊作谈资助兴。

编者注：此组作品共100首，作者说：
"大学同窗五载，很多经历终生难忘。这百
首《西江月》，试图描绘我心中的人和事……"
限于篇幅，本书选发其中八首。

苏电西

1943 年出生，黑龙江人，1963 年吉林大学中文系入学。毕业后先到北大荒军垦农场锻炼，后分配到黑龙江省伊春市。上世纪 90 年代初调往哈尔滨，被派到俄罗斯符拉迪沃斯托克（海参崴），从事翻译和经济贸易工作。在国家、省、市报刊杂志发表小说、散文、诗歌、电影文学剧本与文学评论等若干，出版论文集《鲁迅教学研究》，诗词集《心有灵犀》（上下册）等。

怀念老校长匡亚明（二首）

（一）

匡世梦苏①一代雄，招贤纳士若谷容。
冯翁公木于无冕②，敖庆瑞璜关③作耕。
求贤若渴名家仰，尊重人才举世惊。
"三顾茅庐"④传佳史，七梁八柱竭其情。

（二）

洁玉⑤晶莹永世存，何畏⑥风雨一时阴。
吉南⑦名校出梁栋，著作高深探老荀⑧。

受尽酷刑⑨又续梦，从戎学者⑩复迎春。
总裁⑪学子齐告慰，后继有人感师恩。

注：①匡亚明，又名匡世，曾用名梦苏。
②"冯翁"指"五四"时代著名作家冯文炳；
"公木"，即吉大中文系张松如，解放军《军歌》
歌词作者；"于"指于省吾，是中国著名的古文
字学家。
③"敖庆"，即唐敖庆，中国著名化学家；
"瑞璜"指余瑞璜，中国著名物理学家。"关"
指关梦觉，中国著名经济学家。
④匡亚明聘请古文字学家于省吾"出山"，
被高教界誉为"三顾茅庐"聘贤才，至今仍传为
美谈。
⑤"洁玉"，匡亚明原名"匡洁玉"。
⑥"何畏"，匡亚明的曾用笔名。
⑦匡亚明先后担任吉林大学、南京大学校长。
⑧"老"指老子；"荀"指荀子。匡老曾被
任命为国家古籍整理出版规划小组组长。
⑨第一、二次国内革命战争时期，匡亚明在
白区坚持革命活动，先后四次被捕，受尽酷刑而
坚贞不屈。
⑩匡亚明任中共中央山东局宣传部长兼政策
研究室主任，是学者革命家。
⑪"总裁"指匡老之子匡榕榕。

王廷弼

男，辽宁大连人，1963年吉林大学中文系入学。曾在黑龙江省双鸭山矿务局从事教育工作多年，1993年奉调至华北科技学院工作，历任成人教育学院院长，教务处代处长，学报编辑部主任，长期担任中国煤炭教育协会副秘书长，曾任《煤炭职工教育》、《煤炭高等教育》副主编，出版专著和诗文集近20部。

贺吴开晋老师八十华诞

大德仁心不老翁，每从四海探行踪。
清词雅韵传天下，明理说文震寰中。
矢志耕耘结果硕，辛勤浇灌育花红。
名师风范弥足贵，携卷高唱大江东。

祭程书臣

人生阔海正初航，天公恶意降祸殃。
莫非佳醪惹人醉，抑或烈酒入愁肠。
昏天黑地落枯井，生离死别进梦乡。
而今离世四十载，野草荒冢在何方。

浣溪沙·祭张传增

一晌春光逝去忙，遥望北陲暗神伤。
黄泉碧落两茫茫。
满目飞花空念远，一天飘絮惹情长。
新词一曲寄愁肠。

杨强国

1943 年出生，黑龙江穆陵人。1963 年吉林大学中文系入学。从事金融理论研究和金融业务工作，历任《吉林金融研究》主编、调研处处长，吉林省金融研究所所长，吉林省信誉评级委员会副主任。为中国金融学会会员，中国钱币学会会员，全国资信评级委员会委员，吉林财经大学客座教授。有论文散见于《人民日报》《经济学周报》等，著有三部诗集。

汨罗怀古

汨罗奔流入吟讴，合纵连横弃案头。
香粽千载纪屈子，正气终久胜权谋。

乌江遗恨

楚汉相争未足描，十面埋伏已鸿毛。
力拔山兮今何在，唯闻弦坊说虞娇。

聂耳曲谱

水月天风指上寻，五线曲谱天籁音。
长歌当哭狂飙曲，奇才尚赖赤诚心。

刘中华

笔名甘泉，1941年生，吉林辽
源人，1964年吉林大学中文系入学，
高级讲师。著有《苦碟子传》。

自题

年过古稀出书卷，大器晚成莫愧晚。
韬光养晦几十载，厚积薄发心安然。

武绍岩

吉林大学中文系 1964 年入学，吉林省龙井市人大退休。

致敬吉大鸣放宫

——和同窗高继恒新七言绝句

当年吉大鸣放宫，远闻近听读书声。
四千学子今何在？女为婆婆男为翁。

王原赞

1944年生，江苏丰县人。1964年吉林大学中文系入学。南京市六合区教育培训中心校教师，江苏省书法家协会会员，南京市书法家协会会员，南京市六合区书法家协会主席，六合印社顾问，南京市六合区老年书画研究会副会长。有多首诗词在报刊发表。

题金光禅寺二首

一

金牛卧波堆银山，林木葱茏伴山岚。
古刹晨钟醒万籁，香客叩首到阶前。
宫殿辉煌映翠黛，经声朗韵种福田。

二

满眼山光接水光，鸥鹭欢歌逐帆翔。
群山拱卫灵秀地，祈福送德做道场。
佛香氤氲传客愿，山风甜润送吉祥。

注：金光禅寺坐落在金牛山上，金牛山是伸进金牛湖中的一个半岛，因形似卧牛而得名。金牛湖四面环山，湖水浩淼微澜，为2014年青奥会帆船赛训练和比赛场地。

任绍德

字梦轩，1944年生，辽宁新民人。1964年吉林大学中文系入学。长期从事宣传工作和高等师范教育工作，致力于文学、新闻、历史等方面研究。现为中华诗词学会、辽宁省诗词学会会员，《辽海诗词》执行主编，抚顺市诗词楹联学会顾问。公开发表有关论著四十余篇，并有诗词一千三百余首、楹联三百多副。著有《梦轩诗文选》《世路漫吟》，编著《当代辽诗三百首》。

秋 兴

携朋临画阁，怡悦览江天。
远岫浮云海，长汀笼野烟。
波开堤柳动，枫醉晚霞燃。
对酒酣歌舞，相扶枕月眠。

观曲阜祭孔大典有感

仪仗庄严鼓乐频，三呼叩拜动官民。
殿前多少躬身客，不是当年批孔人？

沁园春·雪

六出飘空，柳絮因风，四野漫漫。
更梨花着树，琼枝玉洁；
霜禽束翅，碧落云寒。
万壑皑皑，千山皦皦，
天地茫茫隐陌阡。
朝阳起，恰云蒸霞蔚，
炫目开颜。

忘情当此奇观，
有多少豪雄上笔端。
想苏卿持节，牧羊北海；
岳飞报国，立马中原。
可法孤忠，文山正气，
大义昭昭今古传。
披青史，羡铮铮铁骨，
后继前贤。

石观海

本名孙东临，1964 年吉林大学中文系入学，1979 年读硕士，师从公木教授。曾执教于武汉大学中文系，后执教于吉林大学珠海学院中文系。兼任中国俗文学学会副会长，中国红楼梦学会理事，中国水浒学会常务理事，中国西游记文化研究会理事，中国明代文学学会理事，湖北省水浒学会副会长，湖北省三国演义学会副会长等。著有《中国文学流派意识的发生和发展》《明代诗学》《中国文言小说流派研究》等。

感念

——致赵朴初

鹤寿龟年近百龄，慈悲一世仰高风。
心倾摩诘称居士，思慕释迦悯众生。
流水行云书最绝，汉俳元曲作尤精。
幸蒙椽笔题编著，蓬荜生辉怎忘情。

注：赵朴初（1907--2000），曾任中国佛教协会会长，全国政协副主席，中国书法家协会副主席，中国作协理事，西泠印社社长。善诗词曲，精书法。余与李中华教授曾撰《中日交往汉诗选注》，蒙先生赐写书名，回首已年过五五矣。

送少华兄北归

同窗半世老交情，孰料金湾喜再逢。
我已苍苍两鬓白，君仍勃勃满头青。
抒情随笔天行健，重译等身谁可轻！
溯本寻源均姓子，南溟北海不伶仃。

注：林少华，吉林大学研究生同窗，中国
海洋大学外语学院教授。日语学界著名学者，
国内多家报刊专栏特约作家。著译颇丰，所译
《挪威的森林》等为享誉文坛的畅销书。此番
来校讲座，引起轰动。
林姓为比干后裔，子姓也。

送忠魁兄归乡

五十余年日月长，天南地北不相忘。
宁歆异志难同席，管鲍知音共一肠。
箧负冰城论坟典，玉成观海渡扶桑。
匆匆相聚又将别，唯赠二言是健康。

注：田忠魁，余高中同窗，亦人生知己。
黑龙江大学外语学院教授。好古文，精日语。
余当年东渡，即彼说项也。阔别多载，驾临海
角，足慰阔别之思。彼将北归，赋此以送。

鹭岛重逢春时兄

重逢隔一纪，满脸竟沧桑。
君发虽仍黑，予头却已霜。
当年共南北，此刻看苍黄。
唯把桑榆景，笑当旭日光。

注：杨春时，余吉林大学研究生同窗。厦门大学中文系教授，第九、十届全国政协委员，中华美学学会副会长。著述颇丰。

挽故人松浦友久博士

九霄噩耗落西荆，顿觉东天一柱倾。
酬唱古今犹在耳，笑谈和汉已如风。
杏坛琴曲伤弦断，绛帐华章著汗青。
莫道泉台长寂寞，谪仙诗酒定相迎。

注：松浦友久教授（1935—2002），日本著名汉学家。关于李白及中日诗歌比较研究方面均造诣颇深。而且，在当今学坛上，他是著作中文版最多的一位日本学者。与余结识近二十年，惜天不假年，未至古稀，溘然长逝。

王永葆

字襄平，辽宁辽阳人。1964年吉林大学中文系入学，毕业后到沈阳工作。中华诗词学会会员，曾任沈阳市于洪区政协主席，2011年始任辽宁省当代文学研究会会长，现任该会荣誉会长。著有《襄平诗选》等诗词专集六部。

黄瓜

绿蔓似青龙，蜿蜒向碧空。
腾出分寸地，留与子孙耕。

咏拖布

角料塑身躯，除污力不遗。
抹擦通体染，洗浣片时息。
杂役常为伴，偏隅是所居。
勤劳消寂寞，奉献自欢愉。

过父亲节致女儿征夏

为父持家岁月长，半生功过费评章。
形单只影翁无伴，命苦双亲尔少娘。
立世艰辛深感受，求学梦想早消亡。
峥嵘往事难回首，一见孝心三断肠。

花甲漫兴

偏执本性历沧桑，失却青春未解狂。
阔第流风多富贵，寒窗潇雨有文章。
不悲衰老霜盈鬓，且喜浮生诗满囊。
花甲及轮辞案日，红梅映雪正芬芳。

王世岚

1946 年 12 月生，1965 年吉林大学中文系入学，毕业后留校执教。1987 年后在沈阳工程学院执教，1999 年评为教授。创作以吉林大学为题材的文艺作品《当代野人》《冤狱二十年》《死死生生》等。另外著有长篇通讯《寨外亿元村》等，并在各级报刊发表论文四十多篇。为辽宁省高职高专《法律基础》教材副主编。

寿存志高远

入坐喜空闲，满室书香甜。
雨中番茄绿，窗下麻雀欢。
冥思日瞳瞳，琴音传水边。
梦想亦增寿，寿存志高远。

题自画《丛竹图》

欲作画工已多年，伊甸园前今把玩。
三撞伊墙亦山响，变出门来我进园。

吕贵品

1956 年出生，祖籍山东诸城，生长东北吉林，现居广东深圳。1977 年吉林大学中文系入学，毕业后留校工作。当过知青、生产队长、大学教师、机关干部、公司总裁等。1968 年开始写诗与诗词。1982 年获《萌芽》奖，1983 年获《青春》奖，同年获《青年文学》奖。1987 年四川人民出版社出版诗集《东方岛》，2010 年作家出版社出版《吕贵品诗选集》，2016 年海天出版社出版《吕贵品诗文集》。

网

世间大网疏不漏，两苦人鱼网中装。
想要解脱生死缚，网作袈裟为衣裳。

家

颠沛流离万里沙，生根何处可开花？
随便找棵白兰树，闻到花香就是家。

粽子

缠足粽叶裹千年，没有行出半亩田。
一缕月光包不住，年年端午影杯寒。

自在

窗口吹拂五柳风，对天谈月夜渐明。
参禅不问身何处，一朵梨花落杯中。

蛙鸣

杯茶作酒酿清高，雅客闲游檐下聊。
谈起死生无语泪，青蛙窗外一声笑。

瓜

碌碌忙忙渡海涯，皮囊遮体作袈裟。
清风架下歇片刻，看到一只小苦瓜。

旧邻

久居老寓盼旧邻，有客倏然要进门。
正欲起身躬相见，忽觉我是那个人。

郭力宜

1957 年出生吉林长春，籍贯湖南湘潭，旅居深圳。1978 年吉林大学历史专业入学。为深圳某民营企业董事长，深圳市特种设备行业协会副会长，中国楹联学会深圳分会副会长，深圳听涛诗社创社社长。著有《郭力宜诗词选编》《清代湘潭郭氏诗人作品选编》等。

长春

北国苍茫路八千，山环水绕墓碑前。
残枝已向苍天落，归饮无由故纸悬。
仍得依依今宛在，不堪寂寂复何牵。
往来阶下时无语，默守流光入夜咽。

新春寄怀

云水苍茫绕岭悬，遣书聊趁燕将迁。
满山初叶惊残梦，半壁昏灯逐片笺。
六七年来双鬓雪，万千里去一时钱。
酒阑昨寄声声处，还有缤纷天外烟。

清明

潇潇细雨又清明，傍野流光暮色生。
芳草摇风相送暖，清樽别句挽含情。
荒郊默对哀思远，故里追寻旧梦萦。
不老苍天应有泪，垂垂落入夜无声。

端午

吟眺舟帆入渺茫，浑然逝水问苍凉。
声咽泽畔三分草，浪遏沉云一曲殇。
复有中天悬日月，焉知并世没文章。
当年渔父徒相问，归去来兮夜未央。

秋感

秋光流韵漫今兹，沧海寥天爽气驰。
万里炎凉帆戏浪，半阶冷暖梦寻诗。
离云漫卷江山外，落叶倾归风雨时。
疏阔远方寒欲入，一方草木赋新知。

重九并步杜甫"登楼"韵

重九登高遣此心，万花散谷待谁临。
已随落日浑天下，又入流光润古今。
彼域残霞山海入，殊途寥阔感怀侵。
菊萸丹叶凌秋共，一望逢时欲放吟。

念奴娇·岭南中秋遥寄

长空云敛，
漫凉飚岭野，
淡光天末。
蔽目远峰沉乱色，
徐吐清辉如雪。
摇曳黄花，
散芳纷桂，
陌上翩然豁。
倚山薄海，
鸟啼激岸声悦。

正道浩渺尘寰，
洋洋落草，
倾有亲身切。
料是蓬飘怜聚散，
竟得盛衰兼阅。
异境穷达，
盈虚幻替，
未了成圆缺。
斯时寥廓，
粤乡北望秋月。

吉林大学诗选

魏坚

1955年12月生，内蒙古呼和浩特人。1978年吉林大学考古专业入学，历史学博士。曾任内蒙古文物考古研究所副所长，中国人民大学北方民族考古研究所所长、博物馆副馆长、考古文博系主任。现兼任国务院学位委员会考古学科评议组成员，中国蒙古史学会副理事长，中国社会科学院古代文明研究中心客座研究员等。迄今共主持80多项考古发掘，出版《元上都》等学术专著6部，主编文物考古文集等8部，发表研究报告和论文百余篇。

居延行之一

极目居延在天边，横贯大漠历苦寒，
若得风雅棠棣美，何必跃马斩楼兰。

居延行之三

昨夜小聚酒半酣，晓行又驱嘉峪关，
本当居延宴诸君，无奈承命赴莽原。

访贺兰山下西夏王陵

纵越大漠空寂寥，回望贺兰亦萧萧。
党项盛衰两百年，王陵蓁蓁遍沙蒿。

过贺兰山之明长城

极目秋霜大漠寒，驱车一顾过贺兰。
大明边墙今犹在，天下几曾分胡汉。

魏志

笔名三月雨，吉林省吉林市人，1978年吉林大学外语系日本语言文学专业入学。

现任深圳市物业发展（集团）股份有限公司董事、党委副书记、总经理。

社会职务有深圳市房地产协会副会长、深圳市商业联合会副会长、吉林大学管理学院EMBA企业家辅导员等。

归故乡

故里窗下月光明，栅壁阵阵传娃声；
梦里还见慈母泪，醒来空余取仕行。

在外游子常思乡，入乡又念绿荫城；
有道自古伤离别，悲喜愁欢多儒生。

急急出走怀壮志，楚楚归来叹世穷；
架风操雷许天命，度日糊口乃本能。

左耳哗哗过涛头，右耳轰轰入机鸣；
翻上仰下终不寐，屋角天外日边红。

1979 年 9 月于吉林

游梅园

无意游太湖，恰逢桂花开；
痴觅入梅园，满枝皆绿彩。

芳香催人醉，青叶敞心怀；
不恋秋佳景，吾盼寒冬来。

1981 年 9 月于无锡梅园

吉林大学诗选

肖雨田

1962 年 10 月生，湖北荆州人，1979 年吉林大学历史系入学。供职于湖北省团校（湖北青年职业学院），从事历史、旅游方面的教学及青年运动史研究。出版《荆楚建制沿革》《荆楚文化》（合著）等。

聚乐赋

——为吉林大学历史系 79 级的中秋聚会而作

　　癸巳中秋，昔时同窗，聚首燕京。卒业卅年，于此盛会，乐何如耶？三两日契阔之匆匆，三十年思念之悠悠，以短逐长，不胜感喟之至也。归逾日矣，汉之广矣江之永，不足以咏思。乃试为聚乐之赋，其辞曰：

岁月如奔，年逾知命。

悲华发之早生，愧事功之无竟。

屏息乎江汉滨，挥汗兮火炉城。

日萦梦于东北，若孤雁之索群。

雁其鸣而引颈，忽手机传短信：

言同窗有期会，将有聚于北京。

电话核实，载欣载奔，

车票预订，及期北行。

车暮发而朝至，予反侧以达旦。

数情影之历历，缕往事之般般。

思悠悠而夜短，终抵京而觅馆。

二三子分纷至，每相迎而欣然。

洗旅程之劳顿，问彼此之寒暄。

继来者以陆续，手相执而详端。
或觑面而莫辨，随闻声则恍然。
既相见而雀跃，复抵掌以言欢。
询往时之师尊，叹作古已太半。
感过往之不谏，慨逝者其如川。
同学至者，三十有四，
近者京畿兮远者彼岸。
或当权于要冲，将致位于显宦；
或效力于基层，事躬行而实干；
或跻身乎枢幕，治学术于尖端；
或执鞭乎教席，育桃李以满园；
或治生于企业，致身家以亿万；
或徙居于泰西，远故国之烽烟；
或退身于岗位，享颐养之天年。
虽捷蹇各有遇，相与言亦泰然。
忆畴昔之过往，秉共有之师传。
席分三而任坐，厅据一以开筵。
琼浆注以飞觞，珍肴列于满案。
酒数巡而暂辍，各轮起以致言。
喜至极而泣下，尽举杯而哽咽。
俄转色而开颜，沾雨花何灿烂！
饮有节至微酣，慰老健犹善饭。
登楼顶兮夜分，暮空璧见东偏。
忆青春以歌舞，月当空而团圞。
李白邀以对饮，东坡当之兴叹。
今此月兮如古，吾侪仰而发愿：
五年兮复十年，同窗兮聚如前。
但愿健康长久，千里共此婵娟！

吉林大学诗选

孙大爽

吉林东丰人，1980 年吉林大学哲学系入学。现任公安部警务实战训练大连基地特级教官，辽宁警察学院教授。

高清海先生千古

为人治学品格高，砺炼身志期清明。
遨游思想海辽阔，精神博大智仁融。
效法师长求真理，万千读友润心灵。
古今一脉文明继，崇理尚思哲坛兴。

十六字令·冬

冬，瑞雪柔冰寥苍穹。
银装裹，凇雾映日红。

佟明

1946 年生，吉林舒兰人。1982
年吉林大学中文系入学。做过警官、
检察官、纪检干部。著有《归去来吟》
《岁月留痕》《采菊东篱》《平凡人生》
《一个公安的经历》《法特哈传奇》《关
东风情录》等。

独酌乐

桌上一杯酒，其色如琥珀。
邀月月不至，唯见树婆娑。
远离是非地，自娱趣味多。
兴至乱涂鸦，寂寞不磋跎。
儿女各自立，妇游少长舌。
谁言孤身苦？乐哉独自酌！

王志民

1982 年吉林大学通信工程学院计算机工程系入学，现在北京市人民检察院第四分院工作。

母爱

儿生始泪啼，苦乐入菩提。
母爱来相守，天福永不离。

踏春

踏步龙潭满目春，一眸一景摄心魂。
花苞恋雨滴香吻，绿柳依风舞入神。
鸟婉相鸣抒妙曲，湖清对影印归真。
临中不觉凡夫梦，王母瑶池降世尘。

杜晓明

1965 年 1 月生，吉林白城人，祖籍安徽淮北。1983 年吉林大学经济管理学院国民经济管理系入学。毕业后入新华社吉林分社任记者，1994 年调新华社江苏分社任记者。历任新华社江苏分社副社长，新华社湖北分社副社长，新华社宁夏分社社长，现代快报社社长。现为中国作家协会会员，中华诗词学会会员。著有古体诗词选集《昔我往矣》《杨柳依依》等。

高阳台·九派云横

九派云横，三山半落，孤亭独立风尘。
水岸听涛，遥接万累浮云。
危栏眺望明明月，想人间已自黄昏。
更何人，漂泊江湖，身世浮沉。

兴来挥手弹一曲，任野花闲放，飞鸟归林。
烟笼寒村，感时无限情深。
不知樵子识音律，竟高山流水是知音。
慰平生，此后何须，再抚鸣琴。

木兰花慢·日暮余霞散

日暮余霞散，静如练，大江澄。
正绝壁嵁岩，舟横野渡，雁字当空。
重来故人不在，但桃花依旧笑春风。
记得同游水岸，而今鹤去无踪。

青山隐隐绿荫浓，长恨水常东。
念桥上凌波，长亭折柳，溪畔闻钟。
往事依然在目，忆青春岁月总不同。
何日重来煮酒，凭栏论尽英雄。

喜迁莺慢·春来河曲

春来河曲，有潋滟晴光，空蒙奇雨。
风送沙涛，烟垂柳陌，葭苇正逢新绿。
鸿雁不辞路远，犹做天涯逆旅。
送望眼，但大漠云飞，长河鹭起。

塞上明镜里。数载征尘，常共故人语。
纵马川原，挥毫山麓，逸兴何须再举。
时到江南春暮，忽念昔年旧事。
好时节，忆故人纵酒，孤城落日。

满江红·人世逍遥

人世逍遥，任鹧鸟，又啼春晓。

风起处，满城飞絮，一川幽草。

淮水绕屋无尽去，烟波钓叟都来了。

但诗酒沉醉到何时，君休笑。

人犹健，花绝倒。

书未尽，时方好。

待呼鸥引鹤，再约缥缈。

笛曲无须歌塞上，江南花月知多少。

但频频西北望神州，天将老。

杜鹃歌

杜鹃开遍春已阑，欲将心事付青山。

骤雨无端飞陇首，潭水因风起波澜。

云台隐隐横葱岭，石塘袅袅笼炊烟。

鸟鸣林壑幽益远，花开绝壁红欲燃。

我思山青故我在，我见花开花未眠。

飘风来去吹衣袂，春雨淋漓湿嵁岩。

昔年相识楚山里，今日相伴吴山巅。

少年心性未觉好，中岁情味始爱怜。

野性难训居旷野，芳姿从容依峻峦。

四月众芳凋零尽，杜鹃枝叶始邈绵。

莫道子规空啼血，但愿此花常开颜。

风霜雨雪须历遍，始得人间一灿然。

吉林大学诗选

王欢院

男，陕西武功人，1983 年吉林
大学中文系汉语言文学专业入学，现
为《陕西日报》副总编辑。

五言古风

驱车过闹市，漫忆盛唐时。
我策快马去，呼朋将金镝。
忽过五陵原，射雕南山陲。
归来醉高楼，豪兴与歌飞。
君当挽高髻，绮窗弄长笛。
新月照幽巷，花香绕马蹄。

袁国胜

湖南汨罗人，1983 年吉林大学
化学系有机化学专业入学，曾供职于
中国石化巴陵石化有限公司，2004
年加入帝斯曼工程塑料（江苏）有限
公司至今。

鹰

岩巢永夜梦何长，吹彻西风独敢翔。
绝域苍茫犹朔漠，洪波壮阔又潇湘。
寒江老树鸥边雪，晓月孤村瓦上霜。
渺渺天涯归路稳，春风何处不家乡。

吉林大学诗选

临江仙·中秋

斗柄寒垂银汉皎，今宵人月同圆。

冰心未老鬓先斑。

别来多少事，相语莫潸然。

犹忆春城飞絮闹，蹴球赌酒高言。

欲乘鹏翼上云天。

浮生弹指半，何不醉尊前。

满江红·观花有感

媚紫娇红，堪怜处、俗人摧折。

能几度，一园红雨，半城梨雪。

道是芳菲容易尽，等闲误却花时节。

又春残飞絮卷澄城，莺声绝。

思往事，悲心切。

常酒病，雄心歇。

任目袁书卷，鬓生华发。

梦里潇湘斑竹泪，眼中吴越丁香结。

妄谈宗般若识因缘，情难灭。

蒋臻

安徽望江人，1985 年吉林大学
交通学院入学。现在安徽省望江县交
通局工作。

七律·卅年同学聚会

吉大相识三十春，山高路远志犹存。
飞鸿且未讥梁燕，驽马终难步捷程。
聚会毋忘书共读，离别更晓月同明。
韶华易逝光阴迫，常向余生思故人。

满庭芳·吉大重聚

数载寒窗，吉大相聚，少年何等疏狂。
事非天定，成败又何妨？
唯盼身心不老，天行健，再谱华章。
百年后是非功过，与我辈何伤。

相望能几度？精神汇聚，相得弥彰。
弃无谓浮名，异样端庄。
且举金樽怀旧，舒情愫，别样容光。
今同乐，对酒当歌，一曲满庭芳。

徐国兴

安徽明光市人，1964年2月出生，1985年吉林大学机械二系研究生入学，1988年毕业获工学硕士学位。中国致公党中央科技委员会委员，机械工业信息研究院教授级高工，中国人民大学产业经济与竞争政策研究中心研究员，中央财经大学经济学院兼职导师。经济学博士，主要从事经济政策和科技政策研究。

登九华山

久有菩提愿，今日登九华。
日月照山河，禅心映莲花！

虚怀

虚谷哪能比虚怀？山壑毕竟太狭隘。
海纳百川终有畔，晴空无际任云来！

李建兴

1986 年吉林大学白求恩医学部
入学，现任济南市孛一生网络科技
公司总经理。

入秋感怀

流水一弯秋自至，东风三日雪无痕。
净月潭边霜叶红，黄鹂居高弄好音。

诉衷情

冯唐易老错当年。
往事入云烟。
金戈铁马寒雁，
圆月夜阑珊。

空甲胄，
冷雕鞍，
醉新颜。
七十华诞，
桑梓天下，
可比先贤？

谭玉石

1986年吉林大学法学院经济法专业入学。毕业后一直在金融领域工作，从事风险投资。现居上海，为某股权投资基金管理公司总裁。

过浙江

富春江涌夕照明，远黛含烟山近清。
最是一年风物起，四月人间万物兴。

游曾国藩故居

远山七峰缓，近水半荷消。
三功立千仞，四维泽百娇。

宫凯

1967 年 10 月生，1988 年吉林大学地球科学学部社会科学系入学。1992 年 7 月至 1997 年 12 月，在黑龙江省地矿局第三地质勘查所工作。1998 年 1 月至今，在黑龙江省齐齐哈尔矿产勘查开发总院工作。

双调水仙子·忆母校

那年记忆那年秋，
别向他乡负笈游，
几番风雨长亭后。
想当年清泪匀，
叹青春梦蚀痕留。
四季宫前路，
三春鸽子楼，
涌上心头。

浣溪沙·寄母校

一别宽城已廿年，夜痕南浦旧残笺。
宫阶犹记那时颜。
淡去浮云追昨梦，浓成老酒是今欢。
高楼百尺看新澜。

水调歌头·抒怀

水漫嫩江岸，风隐卜奎①城。
春来秋往，驿路霜雪旧豪情。
一去流人风骨，几束阁中残卷，幽恨满长亭。
家国气生节，杖剑寿公名。

将军府，三百载，叹零丁。
清真老寺，阅尽今古废与兴。
鹤舞蒹葭烟渚，波动虎溪模样，聊借鹭鸥盟。
倦客伫栏久，双鬓已微星。

①卜奎，本为达斡尔族头领名字，后成为地名。卜奎城，即齐齐哈尔。

李秀颖

女，籍贯吉林农安，出生吉林九台，1988 年吉林大学外语系英语专业入学。1992 年吉林大学英语专业研究生入学，1995 年获得语言学硕士。现供职于北京翻译咨询公司。

如梦令·月

从银白变金黄，
行乱云至清朗。
如灯夜的光，
天上人间同堂。
自量，自量，
月下莫计沧桑。

486

刘名扬

1989 年吉林大学化学系入学，后留校工作，2006 年获化学院分析化学博士学位，2008 年清华大学化学系博士后出站。现为辽宁出入境检验检疫局技术中心研究员，大连交通大学环境与化学工程学院兼职教授。

咏黑龙江漠河
——俄罗斯输华原油管道

漠河管道卧江上，古柏青山叹盛亡。
隔江遥望外兴安，对月徘徊古战场。
一江割弃成南北，两岸别离梦国邦。
事败东窗见孽障，新疆左柳吊豺狼。

马大勇

吉林农安人，1989年吉林大学中文系入学，1991至1993年任"北极星诗社"社长，现供职于吉林大学文学院。

鹧鸪天

六月三十日晚至先生府上辞行，竟蒙先生以所著《阳羡词派研究》孤本见赠，并系一词，中有"一当穿尽芒鞋了，天堂亦合是醉乡"句，感慨深沉，气力雄厚，非弟子敢望项背。先生嘉惠于我，不知凡几，此番则真情流露，诚令予感激涕零不能自知也。因恭步原韵，调寄鹧鸪天。

壁上冷看俳优场，难消芒角尚撑肠。
正多国人无病病，遂令老子不狂狂。
朱颜换，绿鬓苍，茶烟事业转觉忙①。
仙人自有安生法，微醺处是白云乡。

①先生喜烟好茶，尝自称"茶烟阁"中人。

秋日杂诗呈迪昌师

世相年来看未真，重楼展卷自长吟。

漫云歌诗惊海内，岂有资产及中人。

镜中绿鬓逢秋老，笔底闲愁遇酒新。

清宵独酌面应赭，一啸弥觉长精神。

杂花小径近荒村，茅檐低压拂水云。

高枕匡床身懒散，弹丝擘竹意嶙峋。

偶教小子识奇字①，时听老仙谭旧闻②。

忽忆前年最萧瑟，螺丝浜里叩门频。

①迦维识字颇多，为之欣喜。
②近读先生大作。

临江仙·甲申初三夜感悼迪昌先师

彩胜椒盘无意思，

一灯独对怆神。

月华人意两冥沉。

尘世真如梦，

梦也化轻尘。

往事分明还记得，

已作逝水飞云。

遗稿披读倍惊心。

夜雪声籁籁，

情绪醉惛惛。

水调歌头·致马波

兄弟你走了，
　去天际翱翔。
没有留下言语，
　一点不张扬。
你用奇特方式，
如此残酷展现，
　什么是死亡。
玩笑开太大，
　令我摧肝肠。

从故土，
到异国，
上天堂。
四十三年电抹，
　剩照片泛黄。
也许尘世无味，
或者彼岸太美，
　总之已无妨。
窗外太刺眼，
　正午的阳光①。

①马波有《阳光二十行》。

李成旭

1995年吉林大学机械科学与工程学院机械制造及其自动化专业入学。现供职于大连木子策企业管理顾问机构，从事企业管理咨询、员工培训工作。

贺新郎·送友人

东风消残雪。
盈一湖、春水平阔，
清明时节。
十里烟树观细雨，
长亭遥看草色。
接天处、千顷白沙，
却为岁岁征鸿落。
思失侣，啼人间城郭。
每经时，难忘却。

无边春景谁领略？
辜负了、晨夕丁香，
润物雨雪，
凭栏独抚杨花意，
慵人只知寒热。
何处叹、世间情切！
斗酒相逢须醉倒，
只因这千里不负约，
共举酒，醉明月。

注：1998年，二友来长春看望我，共游南湖。时逢春雨，湖光树影，潋滟空蒙，虽春寒未退，仍感生机一片。兴尽举酒，满座欢言，皆醉。有感星移斗转，而情怀依旧，遂填此词，以念别意。

乐致纯

1997 年进入吉林大学物理学博士后流动站，1998 年至 2002 年，任在吉林大学物理学院教师。2002 年后在浙江工业大学工作，现任该校理学院副院长。浙江省"十一五"和"十二五"重大科技专项咨询专家，是光学工程领域众多国际学术期刊审稿人，先后主持完成国家国际科技合作项目、国家自然科学基金等国家级和省部级计划项目。共发表 SCI、EI 索引学术论文 100 余篇，出版学术著作 5 部。

过年感赋

浮龄①易逝又经年，荏苒光阴去若川。
半世逐梦情未改，千帆过尽志难迁。
雄心渐伴年华老，逸兴不随两鬓斑。
案几春秋读孔孟，窗边方寸种桑田。

①浮龄，岁月，源自谢灵运《山居赋》"伤美物之遂化，怨浮龄之如借。眇遁逸于人群，长寄心于云霓"。

八声甘州·堤上观钱塘江有感

望雨云漫漫卷轻纱，几处远峰遮。

正临江送目，钱塘水畔，依旧繁华。

波上寒烟渐起，是三两渔家。

暮影斜晖里，雁落平沙。

数度长堤信步，看潮兴潮退，落日昏鸦。

慕谪仙豪阔，也拟弄浮槎。

伴清风、闲观星月，醉扶归、敲铁板铜琶。

争知我，巨鳌不钓，只钓烟霞。

注：登高眺远乃人生乐事，数度漫步于钱塘江堤绿道，临风观江，感慨良多。读先人之八声甘州，常于简淡中见雄浑，欲效之，遂有此作。

郭雅君

女，北京人，1999 年吉林大学行政学院博士研究生入学。法学博士，著名学者、书法家，国家一级美术师。历任中央宣传部研究室副处长、中国文联办公厅秘书处处长、中国文联组联部副部长、中国文联艺术指导委员会副秘书长、中国书法家协会分党组副书记、中国书法家协会秘书长。

兼任职务有：中国书法家协会创作委员会主任、篆刻委员会主任、权益保护委员会主任、培训中心教授、中国政法大学名誉教授、吉林大学文学院研究员教授、中国文字博物馆荣誉馆员、中国民间组织国际交流促进会理事、中央教育电视台书画艺术顾问、中国书法家协会四、五、六届理事等。

泰山

巍巍岱宗，矗立东岳。
遥临大海，高极日月。
万物交替，当春发生。
成于太古，二十五亿。
众山之首，独尊五岳。
吞吐西华，拥抱南衡。
乘驾中嵩，超轶北衡。
山分丽幽，妙奥矿景。
岱庙神尊，遥参礼圣。
祭告天地，天贶禅封。
碑刻铁塔，灵应铜亭。
王母瑶池，龙潭柏洞。
红门斗母，经峪石铭。

万仙隐真，中天门庭。
云步松山，瞻鲁观峰。
升仙登道，南天揽胜。
九霄仰目，千嶂摩空。
一关独启，朝天路明。
天门长啸，万里清风。
问夫何如？群青未了。
元君灵佑，百感千重！
恁临八极，目尽长空。
拾阶而上，凌绝极顶。
晚霞映照，黄河金绫。
云海玉盘，旭日东升！

注：己丑春，幸登泰山。三十六年前曾达中天门，三十六年中，每每想起都心向往之。此次登临，神畅豁然。随手记下所情所感，虽未尽兴，却是吾三十六年的夙愿也！

太姥吟留

扬尘驱海隔，夙久瞻太姥。
仙踪何处寻，决眦拨云雾。
不知有我且无人，青山寂寞稀人语。
抬首一万八千丈，云霓隐见天边月。
坤龙指镜湖，止水映巍峨。
松板幽径轻足履，羽化登仙上崇阿。
青石伴我影，明月照阿娜。
千迴百转路迷离，别有洞天到主峰。
悟此人生莫不足，低首侧身方有由。
水澹澹遥瞩，风清清入怀。
暮濛濛徐降，鸟呖呖隐声。
鲤鱼峰雄势，观飞瀑之霹雳。
东海之涛声骤起，环天际之萦迴。
奇峰峭石不及睹，潺湲溪水脚下促。
谷深壁陡不见底，洞穴遍布密如蜂。
云烟缭绕仙人语，峦岭交错有无中。
空谷幽兰鸣杜鹃，相思感触林草丰。
当空彩练随风舞，雪芽云雾绿茸茸。

山增使海阔，海添山更雄。

天公施造化，群籁日蒸蒸。

天地相合，运成众生。

清明灵秀，正气秉承。

隆运祚永，天下太平。

溉及四海不辞远，甘露和风无有终。

凝结充塞，遂斥大壑。

风荡云摧，邪复妒正。

修治扰乱尽竭力，搏击以正济苍生。

怪石嶙峋魔高尺，峰岭叠翠道丈高。

云雾多变峰时隐，万顷碧涛逐浪潮。

凌波踏浪会有时，呼之欲出山岚应。

不为浮云遮望眼，只缘身在最高层。

海上仙都升红日，仰若天表太姥峰。

　　注：《梦游天姥吟留别》，是唐人李白笔下的一首千古绝唱，生动自然，读来有欲登临之心愿。2012年德清建魏征纪念馆，应邀往之。庆典罢，提议到太姥山，于傍晚到达，在余晖暮色中饱览雄伟壮丽的太姥山。随手记下瞬间的所情所感，圆满了自已的许久的夙愿。

　　　　　　　　写于 2012 年 7 月 10 日

月下与家人赏马友友拉大提琴

恬静家中夜览屏，
疏影婆娑暗扶棍。
先生按键女儿惊，
大提琴音韵娉婷。
钢琴伴奏和谐处，
妙不待言情磬萦。
忙敛思绪着意看，
叹感技艺绝世惊。
定睛字幕操者谁？
弦声激越心浮映。
抚身昂首情真切，
旁若无人独幸幸！
四个抑掩水波兴，
得意神采梦中行。
手压指板上下舞，
右弓伏弦成十形。
四个八度成音域，
柱传音箱如蝉鸣。
响遍良霄彩云止，
醉侵愉心绕华庭。
低音轰轰如峰岭，
高音呖呖如莺声。

随想浪漫小夜曲，
珠玉腾飞火光迸。
凝响突滞声暂歇，
万马齐喑如瀑倾。
人随律吕心登顿，
唯见皓月当空明。
白居易诗琵琶行，
哪有我醉到痴情。
平生好乐幸多赏，
如此共鸣难历经。
西洋乐器华人弹，
情到极致寥若星。
潇潇洒洒雨滂沱，
丝丝弱弱锦柔声。
光影交错射牛斗，
音绕天际波流萤。
把位铮铮如引弓，
指触镗镗合弦鸣。
美轮美奂清音赏，
回响天籁忆平生！

写于 2006 年中秋佳节

吉林大学诗选

于姗姗

女，吉林长春人，1999年吉林大学马克思主义学院思想政治教育专业硕士研究生入学。现供职于吉林大学党委宣传部。

寿星明·华诞七十

兴学丙戌，徙地传薪，朝暮勤研。
揽八方英才，泽桃润李，百花齐放，鸿誉经年。
时任敢当，六珠合璧，戮力同心历苦甘。
积跬步，敦行壮志笃，力拓疆原。

暑寒荣枯流转，欣迎母校七十华诞。
沐盛世昌明，家国兼济，鼎新革故，树惠滋兰。
辉芒耀世，寰宇蜚声，雏凤清音舞翩然。
今肇启，护红弄香影，勋绩恒绵。

张伯晋

北京人，1999 年吉林大学法学院入学，
2004 年吉林大学法学院硕士研究生入学，2007
年吉林大学法学院博士研究生入学。现任检察日
报社新媒体工作室主任。

浣溪沙·离情

相思成对影成单，潇湘千里送青鸾。凄凄独上九重天。
白日伤情光晦暗，长街萧索客稀闲。此去瑶台又一年。

浣溪沙·秋风

一夜秋风落梧桐，对镜梳妆理倦容。萋萋黄叶摧软红。
踯躅北雁情牵绊，缥渺飞鸿意怔忡。又是离愁满肠衷。

采桑子·眉间

眉间愁绪唇边语，爱也呢喃，恨也呢喃，憔悴伊人病倚阑。
情丝绕指人难剪，来也痴缠，去也痴缠，笑泪经年总是缘。

杨永民

2002 年吉林大学文学院新闻系入学，现任天弘基金股权投资部总经理。

毕业十周年同学聚会

四载同窗共喜愁，十年聚忆少年头。
功成毋论惟兄弟，豪情只欠一杯酒。

刘恒跃

2006 年吉林大学建设工程学院土木工程专业入学，后进入中国电力建设集团旗下中国水利水电集团第十四工程局。受公司派遣自 2010 年 11 月至今，一直在非洲各国从事道路施工建设设计技术工作。

忆秦娥·思念

风如嘶，
细雨潇潇何所似？
何所似？
欲止还续，
恰如离思。
正当朔寒漠漠时，
添衣加餐君应知，
君应知。
待团圆夜，
再和新词。

2012 年 11 月 6 日，于塞内加尔。

曹军

2007年吉林大学文学院考古系入学，2011年保送边疆考古研究中心攻读战国秦汉考古方向研究生，2014年毕业后，进入山东省文物考古研究所工作至今。

醉离别

雨过天晴艳骄阳，云诡波谲观影像。
月朗星稀映霞远，暗消霓虹曳烛光。
夜风对饮酒意凉，慢起朱唇诉离殇。
燕子别时歌一场，回首蓦然泪两行。

郑毓麟

浙江绍兴人，2007 年吉林大学
数学与应用数学专业入学。现供职于
于浙商证券资管子公司（杭州）。

黄昏有所思

自来长春难逢雨，谁料黄昏雨连绵。
连绵细雨勾情窦，暗淡街灯思红颜。
几回劝君随花去，昔日同窗尚无缘。
君为相思影消瘦，何人将君寄心间。
天亦为君垂清泪，故此黄昏低迷烟。
秋风吹湿白织光，光下孤影谁人怜。
奈何北国秋甚冷，问是风寒或雨寒。
秋蝉声声鸣思念，一路秋心一路喃。
回首南国凝望眼，依然苍茫寂寞天。

最后的诗

丈夫何效女儿行，快酒高歌引啸声！
杯里乾坤谁掌握？座中卧榻尔纵横。
今朝酣醉别离意，他日扶持兄弟情。
散作星辰相照应，与君共创一时明！

注：写于 2011 年 6 月毕业季，醉中初成
后修订。

因聚会广发请帖有感

愁云北望卷龙吟，秋日京华暮色深。
天地飘零多冷暖，江湖落拓几浮沉。
遥知兄弟皆如意，何叹我身不称心！
四海邀约求一醉，凭君谈笑古和今。

注：07 级吉大数院二班男生，2013 年国
庆在北京聚会而作诗纪念。

曹建明

甘肃临洮人，2008年吉林大学建设工程学院入学，大学期间任吉林大学白桦林文学社社长。现供职于中国煤炭科工集团西安研究院。

鹊桥仙·无题

叶落秋寒，
天高风齐，
淡酒与谁共酌？
山河共媚画新图，
你与我，
含笑两脉。

谈此风情，
哪得清幽？
文学自有功秋。
盼此种佳期共诩，
有梦起，
不畏悲凉！

郭青松

　　1984年3月生，河北吴桥人，2011年吉林大学建设工程学院岩土工程专业硕士研究生入学。现供职于中国冶金地质总局山东局山东正元地质勘查院。

声声慢·怀吉大（新韵）

——谨以此词纪念在吉林大学难忘成长并为母校七十年校庆献礼

北国寥廓，万里碧空，秋风折阻飞鸿。
绿荷红槭白露，树挂[①]独钟。
梦寐倏忽归去，怎奈何、寒气袭迎。
夜半起、杏殇惜别照[②]，魂系春城。

曾忆校园旧事，自别后、渐感离恨重重。
雨打落花多少，倩影纤萦。
而今胶东客旅，眺汪洋、惟见晨星。
庆华诞、道传七十载，硕果纷呈。

①树挂，即雾凇。
②杏殇，谓杏的花苞凋落，此处指美好事物的逝去以及亲密师友之间的别离。别照，即分别时所拍摄的照片。

后　记

　　当这部沉甸甸的《吉林大学诗选》，终于赶在母校 70 华诞庆典之前付梓印刷时，我这个主编情不自禁地长长舒了一口气……

　　编辑这样一部诗集，是我由来已久的夙愿。虽然我不会写诗，但从 1964 年考入吉大中文系，到毕业后留在系里，一直到 1988 年到教育部工作，我在吉大学习、工作了 25 个年头。在这 25 年里，我亲眼目睹了以公木老师为代表的师长，以芦萍、吴开晋为代表的学长在诗歌创作上的不菲成就；更亲身感受到 77 级以来吉大学子自发成立的"赤子心"、"北极星"等诗社以及从吉大校园里涌现出来的一大批年轻诗人，诸如王小妮、吕贵品、徐敬亚、邹进、苏历铭、包临轩、安春海、丁宗皓、野舟、李富根、杜晓明、杜占明、伐柯、马大勇等等，这些弟子们在诗歌创作上的成就，在全国高校乃至中国诗歌界的影响，为吉大大为争光添彩！我一直觉得，这笔宝贵的财富和辉煌的业绩，很值得记载、总结和传承。恰逢吉大 70 周年校庆的到来，我在去年年初向北京校友提出征集出版这样一本诗集的倡议，得到大家的积极响应和热情支持。于是，成立筹备组、向各地校友会和广大校友发出通知，于是才有了今天这本《吉林大学

诗选》。

编辑出版这样一本诗选，其工作量之大，任务之繁杂，始料未及。然而，更让我始料未及、深受感动的，是整个编辑出版过程中许许多多校友表现出的那份热情、主动和慷慨！我这个主编只不过是起了个向大家倡导、发动组织和分派任务的作用而已，更多事情是众多校友们共同完成的。所以在这里要——向校友们表示由衷的感谢！

首先要感谢积极为我们提供稿件的众多校友，通知发出后的几个月里，校友们的数千首作品像雪花般地飞来，为我们的编选工作提供了充足的资源。

再要感谢我的恩师，吉大的老校长刘中树老师，他亲自为本书撰写序言，给我们的工作以肯定，深情概括了吉大历史和诗歌成就。

感谢母校领导对我们的支持和赞赏，并在校庆期间安排本书的首发仪式。感谢吉大出版社的张显吉等社领导，亲自前来关心、指导我们的工作，对诗选的出版给予全力支持。

感谢我们的编委，几个月来，大家在百忙之中一次又一次地在一起讨论、商议，各自认真完成所承担的任务，外地编委也在网上给予关注，并提出很好的意见和建议。

尤其是编委章君校友，在执行统筹编辑全部书稿的过程中，日以继夜，埋头苦干，付出了诸多心血，为保证该书如期出版发挥了重要作用。

还要感谢为本书编辑工作提供诸多方便和付出心血的李英俊、张世根、江兵、吴玉龙、张继合、隋伦等校友。

诗选的排版、设计，印刷、发行和相关活动，需要一笔不小的费用。

这里，要特别感谢邹进、陶万广、程刚和侯明亮校友在经费上给予的慷慨捐助！

这本《吉林大学诗选》，可以说是我们吉大历史上一部最为齐全的校友诗歌成就荟萃，代表了吉大校友诗歌创作的水平。但是，恐怕也难免有不尽人意之处。比如，由于我们工作做得不够深入、细致，可能还有在诗歌创作上成绩突出的校友和他们的作品被遗漏。由于版面所限，我们只能从校友推荐的诸多作品中选用其中几首，入选的可能不是作者最满意的作品。再比如，由于这本诗选是向母校 70 华诞的献礼，编选时兼顾了各个校区、不同层次校友的代表性，入选诗作的水平难免会有些差距。这些，还请校友们给予理解和谅解。

最后，让我们共祝我们的母校生日快乐！祝吉大的明天更加辉煌！

贾玉亭

2016 年 8 月于北京

吉林大学诗选